Die Geliebte des Doktor Colbert

Michael Voss

Die Geliebte des Doktor Colbert

Weitere Bücher aus der Serie »Ines-Erotikbücher«:

Ines, der Dreiundzwanzigste erschienen im BoD-Verlag, Hamburg (2010)
ROCCO, das zweite Leben erschienen im BoD-Verlag, Hamburg (2011)
Hi, Liebling – ja, mein Schatz! erschienen im BoD-Verlag, Hamburg (2011)
Morgen ist schon zu spät!
Unter: www.mallorca-autoren.de zum lesen eingestellt.

Bibliografische Information der Deutschen Nationalbibliothek:
Die Deutsche Nationalbibliothek verzeichnet diese Publikation in der Deutschen Nationalbibliografie;
detaillierte bibliografische Daten sind im Internet über
http://dnb.d-nb.de abrufbar.

© 2011 Michael Voss
Lektorat: Diana Müller (www.diana-mueller.de)
Umschlagbild:© Angela Hawkey - Fotolia.com
Satz, Umschlaggestaltung, Herstellung und Verlag: Books on Demand GmbH, Norderstedt
ISBN: 978-3-8448-5847-1

Es ist Freitag und die Kollegen verabschieden sich. Ich habe mich freiwillig zum Spätdienst gemeldet, da ich dann Montag frei bekomme.

Wir sind ein modernes Klinikum, etwas außerhalb von Lyon. Noch warte ich auf meine Beförderung zum Chefarzt, aber ich bin eigentlich mit meinem Posten auch so recht zufrieden. Man muss ja nicht gleich die komplette Verantwortung übernehmen.

Für dieses Wochenende teile ich mir die Arbeit mit dem Kollegen Jean, er ist mit mir eingestellt worden und so haben wir uns unsere Freundschaft bis heute bewahrt.

Es ist immerhin bereits zehn Jahre her, als wir gemeinsam unseren Einstand mit den Kollegen feierten.

Er hatte übrigens Glück, schon nach vierzehn Tagen fand er seine große Liebe in der Nachtschwester Helene. Ein Jahr später heirateten die beiden, ein weiteres Jahr später kam ihr erstes Kind zur Welt.

Wir gehen gern gemeinsam wandern und ich passe auch schon mal auf seine beiden Gören auf, wenn Jean und Helen mal ein Wochenende alleine verbringen wollen.

Da ich noch unverheiratet bin und somit auch kinderlos, macht es mir riesig Spaß, mit den beiden etwas zu unternehmen. Die zwei sind acht und neun Jahre alt. Da kann man schon mal in ein Kino gehen oder eine Pizzeria aufsuchen.

Wir sitzen mit den Nachtschwestern am großen Tisch und wechseln uns mit der Patienten-Überwachung ab. Jean übernimmt einen frisch Operierten und sieht halbstündlich nach ihm. Eine Nachtschwester sitzt im Vorraum und beobachtet ihn ebenfalls über einen Monitor.

Es ist kurz nach halb elf, als der Notarztwagen einen Patienten bringt.

»Den haben wir in der Fußgängerzone gefunden. Zuerst dachten wir, er hätte zu viel getrunken, aber er ist nüchtern. Er scheint etwas mit dem Magen zu haben.«

Zwei Schwestern stehen bereit und bringen ihn direkt in den OP-Raum. Hier wird er von mir untersucht. Eine Not-OP ist unumgänglich, wir müssen sofort ran. Jean wollte sich gerade etwas ausruhen, aber das kann er nun vergessen.

Nach vier Stunden haben wir es geschafft, er ist über dem Berg. Wir sind beide völlig fertig, wollen das jedoch nicht zeigen. Wir stärken uns in der Kantine, sind aber auf dem Sprung, falls sich unser Patient meldet. Er liegt jetzt auf der Intensiv-Station und hängt an Schläuchen und Kabeln.

Dann kommt eine Schwester an unseren Tisch und berichtet, dass der Patient keine Krankenversicherung hat. Stattdessen habe sie in seiner Jackentasche ein Kuvert gefunden, worauf mein Name steht.

»Michel Colbert« - woher kennt er mich? Ich beginne zu lesen.

»*Hallo Michel, du wirst dich an mich sicher nicht mehr erinnern. Wir waren zusammen auf der Schule.*«

Aus diesem Schreiben schließe ich, dass er darauf gewartet hatte, bis ich Nachtdienst habe. Er schreibt weiter, dass er Magenkrebs hat, im fortgeschrittenen Stadium.

Natürlich haben wir das während der OP auch festgestellt.

»Wie lange geben Sie ihm denn noch?«, fragt mich die Nachtschwester.

»Zwei, vielleicht drei Monate ...«

Jean, ist da anderer Meinung. »Der wird hier nicht mehr raus kommen, es ist einfach zu spät.«

Ich lese weiter. »*Ich habe kein Geld, aber der Trailer soll dir gehören. Dein Martin.*« Im Kuvert liegen ein Schlüssel und ein Lageplan.

»Was soll ich mit einem Wohnwagen?«

»Sieh ihn dir doch wenigstens an. Wenn er schon an dich gedacht hat, warum nicht. Außerdem kann ich ihn ausleihen und dann mit der Familie mal nach Spanien in Urlaub fahren.« Jean ist da offensichtlich optimistischer als ich.

Ich stecke Kuvert und Schlüssel ein und beginne an meine Schulzeit zu denken. Ich bin fast vierzig, das ist jetzt ungefähr dreißig Jahre her. Vermutlich hat er mich beobachtet, woher sollte er sonst wissen, dass ich hier arbeite. Aber dann fällt mir ein, dass ja vor einem halben Jahr ein Artikel über mich in der Tagespresse stand. Damals leistete ich Hilfe bei einem Verkehrsunfall und konnte so einer Familie das Leben retten. Ich bekam sogar vom Bürgermeister einen Orden. Vielleicht hatte Martin das mitbekommen.

Jean und ich wechselten uns mit einer Nachtschwester ab, jede Minute kann er aufwachen.

»Der ist zäh und wird uns alle überleben«, meint Schwester Hildegard. Sie ist aus Freiburg und vor einem halben Jahr zu uns gewechselt.

Als er dann aufwacht, will er mich sprechen. Mal sehen, wie es ihm nun wirklich geht.

Sein Gesicht hellt sich auf, als er mich im Türrahmen sieht. Seine Stimme ist noch sehr leise, aber seine Augen funkeln. Sein Lachen überzeugt mich, dass er immer ein fröhlicher Mensch war. Schon in der Schule leistete er sich immer die schlimmsten Streiche. Dafür musste er so manchen Nachmittag nachsitzen.

Wir mochten ihn alle, da er unsere kleine Bande zusammen hielt. Beim Fußball waren wir gefürchtet, da er der Mittelstürmer war. Fast alle Tore gingen auf sein Konto.

Wir drücken und herzen uns, so gut das nach einer OP geht.

»Du altes Haus, was treibt dich in diese Gegend.«

»Das könnte ich dich auch fragen, wolltest du nicht unbedingt nach Paris?«

Dann kommt auch schon der Chefarzt, sein Dienst hat gerade angefangen. Er geht durch die Zimmer und sieht nach seinen Schäfchen.

»Aha, das ist der Neuzugang Martin Belfort, neununddreißig Jahre.« Sein Blick verdunkelt sich, als er die Krankendiagnose liest. »Das sieht ja nicht so rosig aus.«

»Also Martin, ich muss weiter machen, und für dich ist es besser, wenn du dich jetzt ausruhst.« Wir drücken uns nochmals die Hände und ich ziehe ein Zimmer weiter.

Nach einer weiteren Stunde habe ich Dienstschluss.

Erst vier Tage später sehe ich in mein Jackett und finde das Kuvert mit dem Schlüssel wieder. Ich habe es anscheinend verdrängt, oder ich wollte es einfach nicht wissen.

Martins OP konnten wir über unseren Hilfsfond abrechnen. Wir Ärzte haben ihn gerade für solche Fälle eingerichtet. Die Gemeinde übernimmt die Hälfte der Kosten.

Meine Gedanken kreisen um einen verwilderten Campingwagen, der in irgendeiner Sumpfgegend abgestellt ist. Ich sehe hohe Farne und eine Ziege, die für die tägliche Milch sorgt. Nein, dass wollte ich auf keinen Fall haben. Obwohl, wenn es da wirklich eine Ziege gäbe … ? Um die Ziege müsste ich mich kümmern, einen neuen Besitzer finden. Ich denke da an ein Zigeuner-Lager, etwas südlich von Lyon. Die würden sich bestimmt freuen, eine Ziege geschenkt zu bekommen.

»An was denkst du denn gerade?« Hinter mir steht Schwester Verena. Ich erzähle ihr von dem Kuvert und meinem Freund.

»Da musst du hin, du kannst doch nicht einfach einen Wohnwagen in der Landschaft stehen lassen, wenigsten entsorgen musst du ihn.« Da fällt mir ein, dass Verena bei den Grünen ist. Natürlich widerstrebt es ihr, einen Wohnwagen in der Landschaft stehen zu lassen und auf diese Art zu entsorgen.

»Okay, ich werde ihn suchen und einen Abschleppdienst beauftragen, der den Wagen zum Schrottplatz bringt.«

In meinem Wagen habe ich eine Landkarte, mein Navigationsgerät könnte mir auch helfen. Am besten, ich gebe die angegebene Adresse einfach mal ein. Einige Sekunden braucht das Gerät, um nachzudenken. Dann hab ich die Peilung. Ach, die Straße kenne ich, da gibt es ein ausgezeichnetes Restaurant auf der linken Seite. Also werde ich meinen kleinen Besuch mit einem Mittagessen verbinden.

Mit dem Schlüssel in der Hand gehe ich auf meinen alten 607 zu. Ein Peugeot, der seine besten Jahre bereits gesehen hat. Aber er ist bequem und braucht nur wenig Pflege.

»Hi, nimmst du mich mit?« Ich drehe mich um und sehe in die Augen von Verena.

»Ich fahre aber nicht nach Hause, sondern gehe zuerst mal etwas Essen und dann sehe ich nach dem Wohnwagen.«

»Das passt doch, du musst mich auch nicht einladen. Ich will nur den Wohnwagen sehen, mein Freund sucht nämlich einen.«

Wir steuern das kleine Restaurant an. Heute gibt es Saumagen, nicht ganz mein Geschmack, aber es ist der Tipp des Tages.

Verena ist recht aufgekratzt. Sie malt sich im Geiste schon ihre Urlaubsreise aus. Wenn sie mit ihrem Herzallerliebsten am Strand von Valencia Urlaub macht.

»Die frischen Orangen, die langen Strände, dass ist richtiges Leben.«

»Verena, jetzt komm mal auf den Boden der Tatsachen. Vielleicht hat er ja nicht mal Räder. Wir haben doch keine Ahnung, was uns erwartet.«

»Da hast du recht, aber eines versprichst du mir, du lässt ihn da nicht einfach stehen.«

»Ich verspreche es. Ich stelle ihn dir vor die Haustüre.«

Verena wohnt in einem sehr gepflegten Reihenhaus-Viertel in einem kleinen spießigen Vorort von Lyon. Jeder Nachbar weiß vom anderen, was er gerade tut. Allein der Gedanke, dass da eventuell ein vergammelter Wohnwagen stehen könnte, lässt mein Herz höher schlagen. Das gäbe Randale in der sonst so ruhigen Wohnsiedlung.

Wir steuern langsam auf den im Navi angezeigten Ort zu. »Hier muss es irgendwo sein, vielleicht dort vorne, da parken einige PKW.

»Bingo, da ist es.« Wir stellen uns zwischen zwei Lastwagen, die gerade ihre Kaffeepause machen. Es ist schwierig einen Platz an der Theke zu bekommen. Alle Stühle sind besetzt. Wir sehen uns um, wo aber ist der Wohnwagen?

»Kann ich Ihnen helfen?« Ein bärtiger Typ kommt auf uns zu. Ein Bein zieht er nach, es muss von einem Unfall stammen. Auf seiner Lederjacke ist unübersehbar zu lesen »Harley Driver«. Ich sehe das Firmenzeichen der bekannten Marke. Es prangt auch auf dem Imbissstand.

»Entschuldigung, wir suchen einen Wohnwagen von einem …«

»Sie müssen der Herr Doktor sein?«

»Wieso, woher kennen Sie mich?«

»Vor gut vier Jahren hat mir Ihr Kollege mein Bein abgenommen. Es war der Unfall auf der Strecke Lyon-Paris.«

Dann dämmert es mir, es war ein schrecklicher Fall. Der Unfallverursacher hatte Fahrerflucht begangen.

»Also der Wohnwagen steht da hinten. Er deutet auf einen Durchgang, der mit Kletterpflanzen zugewachsen ist. »Sehr romantisch, da geht es sicher zum Paradies.«, meint Verena.

Wir folgen dem Weg, den uns der Harley Fahrer gewiesen hat.

Wir müssen uns etwas ducken, um durch die schmale und zugewachsene Türe zu kommen.

»Wow, das ist ja tatsächlich ein Paradies.«

Ein Fleckchen Erde, wo die Welt noch in Ordnung zu sein scheint. Auf einem riesigen Gelände stehen mehrere Wohnwagen. Jeder hat einen Platz mit Garten und Vorzelt. Es erinnert mich sofort an die Laubenkolonien in Deutschland.

Schrebergärten nennt man sie auch.

Die Einteilung ist sehr korrekt, an jedem Eingang prangt eine Nummer.

So suchen wir nach der Nummer drei.

»Hier ist es, komm mal, dass musst du sehen.«

Ich folge Verena und staune nicht schlecht. Soviel Ordnung hätte ich dem »alten Haus« nicht zugetraut, in der Schule war er immer der Schlampigste von uns allen.

Der Wohnwagen ist von Sträuchern und kleinen Bäumen völlig zugewachsen.

Im Hintergrund höre ich ein Gewässer fließen. Das Grundstück endet an einem Hang, dieser wiederum fällt zur Rhone hin, stark ab.

Die Rhone zieht hier in einer leichten Kurve unterhalb des Grundstücks vorbei.

Nun aber wollen wir den Wagen aufschließen. Hier muss gerade die Putzfrau gewesen sein. Kein Staubkorn, kein Brösel, keine Unordnung.

»Ich vermute mal, er wollte alles geordnet zurücklassen. Er wusste ja nicht, wie die OP verlaufen würde. Dass er mir den Trailer überlässt, wusste er anscheinend schon eine ganze Weile.«

Dann steht der Bärtige im Türrahmen.

»Na was sagst du dazu? Herzlich willkommen im Land der Gestrauchelten.«

Mit der Bezeichnung »Gestrauchelten« konnte ich nichts anfangen. Was will er mir damit sagen? Aber die Gelegenheit war nicht günstig, vor allem im Beisein von Verena wollte ich nicht nachfragen. Dass muss ich alleine mit ihm klären.

Verena ist damit beschäftigt, die Schubladen und Geschirrschränke zu inspizieren. »So sauber ist es ja nicht mal bei mir.«

»Er war immer darauf bedacht, dass alles seine Ordnung hat.«, erklärt der Bärtige.

Ich würde ihn gern mal in einer etwas ruhigeren Zeit aufsuchen, um mehr über meinen alten Freund zu erfahren.

Wir einigen uns auf morgen zehn Uhr abends. »Dann herrscht hier absolute Ruhe, es ist unser Ruhetag.«

»Gut, dann bis morgen gegen zehn. Ich bringe auch einen guten Schluck mit.«

Auf dem Rückweg zur Klinik erreicht uns die Nachricht, dass mein Freund den Stecker gezogen hat. »Keine Chance, wir hatten gerade Dienstwechsel.«, erzählt mir Jean.

Ich bin erschüttert. Jetzt hatte ich ihn gerade über den Berg, dann so etwas. Warum hat er mir das angetan? Wollte er nur sicher gehen, dass ich sein Erbe antrete? Ich soll es am nächsten Tag erfahren. Mein Leben wird sich verändern.

In der Klinik herrscht Aufregung, einer schiebt die Schuld dem anderen zu.

»Hört auf, euch zu streiten, er wollte es so. Wäre es nicht jetzt passiert, hätte er eine andere Zeit gefunden.«

Verena und ich erzählen den anderen vom Trailer, von dem kleinen lauschigen, fast schon romantischen Plätzchen, wo er steht. »Du findest es nicht, wenn es dir keiner zeigt.«, meint Verena mit einem begeisterten Aufblitzen in den Augen.

Dann aber ruft der Dienst und meine Trailer-Geschichte blendet sich ganz von selbst aus. Erst auf der Fahrt in meine Wohnung, kommen mir erste Zweifel und Gedanken. Wer wohnt in den anderen Wohnwagen? Was sind das für Leute? Der Harley-Fahrer ist wohl so eine Art Wachhund, achtet darauf, dass niemand in das kleine Reich eindringt.

Am folgenden Tag kann ich es kaum noch erwarten, es ist erst vier Uhr, gegen acht hab ich Dienstschluss. Was soll ich mitbringen, ich will mich ja ordentlich einführen.

Als Arzt bin ich ein Pünktlichkeits-Fanatiker. Das lernt man schnell. Wenn es heißt um zehn ist die OP, dann ist sie nicht erst um viertel nach zehn Uhr.

Ich stehe pünktlich auf dem Parkplatz. Nun stehen hier keine Lastwagen mehr herum. Es sind einfache Personenwagen. Vielleicht von den Bewohnern der Kolonie.

Ich stelle meinen Peugeot dazwischen. Eine kleine Lampe erhellt den Laubeneingang. Ich schiebe das Gatter zurück und dann steht auch schon in seiner vollen Größe der Harley-Mensch vor mir.

»Da bist du ja, komm wir warten schon auf dich. Alle sind gespannt, was für ein Typ du bist.« Er geht voraus und geleitet mich zu einem kleinen Pavillon.

Der Qualm und Rauch steht bis unter die Decke. Als mein Harley-Typ die Türe zurückschiebt, verstummt das Stimmengewirr.

»Hi, ich bin Michel Colbert.«

Gespenstische Ruhe. Keiner wagt etwas zu sagen, bis endlich »Harley« in die Hände klatscht. Dann beginnt ein Gejohle, ähnlich wie in einer Stierkampfarena. Harley erklärt, dass sie gerade die Heimreise ihres gemeinsamen Freundes feiern.

»Das machen wir mit Musik und einer großen Sauferei. Er hat es sich so gewünscht. Sogar die Getränke hatte er noch organisiert.«

Den Ehrenplatz an diesem Abend bekomme ich zur Rechten von Harley und zur Linken von Chelion. Chelion ist eine Zigeunerin. Sie wurde aus der Camargue vertrieben und ist schlussendlich hier mit ihrer Familie gelandet.

Ich bekomme den Eindruck, alle hier Anwesenden sind eine große Familie.

»Los, trink schon, du musst nicht mehr fahren, du wirst heute das erste Mal deinen Trailer genießen.« Ach so ist das, das hatte ich mir eigentlich anders vorgestellt.

Chelion legt ihren Arm um meine Schulter. »Sei doch nicht so verspannt, ab heute hast du neue Freunde und wir lassen dich nicht einfach so gehen. Du wirst dich an uns gewöhnen, außerdem hat uns ein Doktor schon lange gefehlt.«

In dieser Nacht erfahre ich keine Einzelheiten mehr. Wir tanzen nach Zigeunermusik und ich verliebe mich in den Blick von Chelion. Ich lasse mich treiben, genieße die Lebensfreude, die hier so spürbar ist. Je mehr ich trinke, umso tiefer sinke ich in die Arme von Chelion.

Am nächsten Morgen kommt die Ernüchterung. Mein Dienstplan sagt mir, dass ich seit einer Stunde im OP stehen sollte. Aber mein Kopf meint es anders. Was haben wir da alles zusammen getrunken?

Ich schaue aus dem Fenster meines Trailers und verstehe, warum es so wichtig ist, mal aus der Reihe zu tanzen. Einmal nicht das zu tun, was man von mir erwartet. Noch nie bin ich auch nur eine Minute zu spät gewesen. Doch diesmal sollte ich alle Rekorde brechen. Seit einer Stunde bin ich abgängig, so nennen wir das, wenn einer nicht zum Dienst erscheint. Es wird mir eine Rüge beim Boss einbringen. Aber ich werde es wieder ausgleichen. Zwei zusätzliche Nachtschichten, dann wird wieder alles geregelt sein. Über mein Handy verständige ich meine Abteilung. »Einen Ruhetag bitte, ich hole ihn auch dreifach nach.« Ich bekomme meinen Ruhetag. Da klopft es an der Wohnwagentüre. »Wer stört?«

»Ich bin es, Chelion. Dein Frühstück ist fertig, es erwartet dich.«

Wie schön, Frühstück am Bett, das hab ich mir immer gewünscht.

Die Sonne scheint erbarmungslos herunter. Wenigstens heute hätte es doch ein bisschen bewölkt sein können. Ich taste nach meiner Sonnenbrille und wackel zu meinem Tisch auf der kleinen Veranda vor dem Trailer.

»Mensch, war das eine Nacht!«

Chelion sitzt im Schatten und hat ebenfalls eine Sonnenbrille mit großen runden Rändern auf.

»Das ist ja mörderisch, dieses Sonnenlicht.«

»Ich kann dir auch die Augen verbinden, wenn es für dich unerträglich ist.«

Bei Chelion hat die Sauferei scheinbar keine argen Spuren hinterlassen. Sie wirkt hellwach.

»Sag mal, wie alt bist du eigentlich?«

»Warum musst du das wissen?« Hm, da hat sie irgendwie recht. Wir frotzeln weiter herum und ziehen uns gegenseitig auf. Da steht plötzlich der Vater von Chelion am Tisch.

»Also pass mal auf, nur weil du der Herr Doktor bist, kannst du meine Tochter nicht von der Arbeit abhalten. Sie muss seit einer Stunde die Ziegen melken.«

Das war klar und deutlich. Chelion hat Respekt vor ihrem Vater, sie springt sofort auf, »ich mach es ja schon.«

»Wo sind denn hier Ziegen?«, frage ich den Alten.

»Komm mit, ich will dir mal etwas zeigen. Wir haben nicht nur Ziegen, wir haben noch Schafe und zwei Pferde. Meine Frau gibt nämlich Reitunterricht.«

»Noch eine kleine Pause, noch die Tasse Kaffee, dann bin ich schon da.«

»Mach dir keinen Stress, ich bin am Waldrand, muss mich um den Traktor kümmern.«

Während ich meinen Kaffee trinke beobachte ich das rege Treiben der anderen Mitbewohner. Jeder hat hier seine Aufgabe. Einige Männer arbeiten wohl auswärts. Die Frauen fegen ihre Wege, andere graben in den Vorgärten.

Dann werde ich mir mal den Trailer vornehmen. Gründlich inspizieren. Was hat mein Freund hier getrieben, was war seine Aufgabe?

Ich gehe jede einzelne Schublade durch, bis ich auf eine etwas größere stoße, die nur Papiere enthält. Auch einen Laptop gibt es hier. Es fehlt an nichts. Der Kühlschrank muss aufgefüllt werden, vor allem Getränke sind nach dem gestrigen Abend Mangelware. Nur Wasser, dass gibt es in größeren Mengen.

Ich ziehe die Schublade mit den Papieren vollständig heraus, dann kann ich besser kramen. Es ist wie in einem Krimi, in den ich hier einsteige. Was wartet auf mich, gibt es Geheimnisse? Was sind das alles für Leute, die hier zusammen gefunden haben? »Gestrauchelte«? Was meinte er damit?

Ich hoffe, dass ich eine Antwort in dieser Schublade finden werde.

Der Schlüssel für den Wohnwagen passt auch an dieser Schublade, sogar an ein Schließsystem hat er gedacht. Es sind Dinge, die ich niemals bei ihm erwartet hätte.

Ein extra Kuvert, was am Trailer zu beachten ist. Abwassersystem, Heizung und Frischwasser, an alles ist gedacht. Wo ist der Elektrozähler? Alles hat er fein säuberlich aufgeschrieben.

Nun erfahre ich auch, dass die Gemeinde die Erschließung in einer Spendenaktion vorgenommen hat. Aber warum Spendenaktion?

Ein weiteres Kuvert erklärt alles, was an Fragen noch offen ist. Es enthält eine CD, die ich in den Computer einlege.

Ein Großbrand ist zu sehen. Dann mein Freund in eine Decke gehüllt. Rettungswagen, Feuerwehr und man kann sehen, wie das Gebäude in sich zusammen fällt. Es war ein hochherrschaftliches Gebäude, soviel kann man auf dem Film erkennen. Dann ist der Film zu ende.

Es folgen Dokumente, die mir so einiges erklären. Ein Papier von einer Brandversicherung. Abtretungsurkunden, ein Schreiben der Gemeinde, Polizeibericht. Das muss ich mir in Ruhe ansehen. Nur eines weiß ich schon jetzt, es sind wichtige Dokumente.

Dann entschließe ich mich, zu Harley zu gehen, ich bin mir sicher, dass auch er mir einiges erzählen kann.

»Hi Harley, hast du mal einen Moment für mich?«

»Wenn du dir ein Bier schnappst, und nicht so nervös herum springst, dann hab ich Zeit.«

»Wie lange kennst du den Martin eigentlich?«

»Er kam mich im Krankenhaus besuchen, als sie mir gerade das Bein abgenommen haben. Er wollte wissen, ob ich Freunde hätte, oder wer sich sonst um mich kümmern würde.«

»Und was kam dann?«

»Er berichtete von seinem eigenen Schicksal und dass er eine Aktion plane.«

»Aktion?«

»So weit ich erfuhr, rettete er drei sehr wertvolle Bücher aus dem brennenden Haus. Mit diesen Büchern ging er zum Pfarrer, da auch zwei Bibeln dabei waren. Einige Tage später bekam er vom Pfarrer den Vorschlag mit dem Grundstück. Die Kirche hat alles übernommen, ich meine das mit dem Grundbucheintrag, die Kanalisation, das Frischwasser, eben alles was man braucht, um einen Campingplatz betreiben zu können.«

»Ist das denn ein offizieller Campingplatz?«

»Ganz offiziell ja, deshalb dürfen wir ja auch das Bistro betreiben.«

»Ach ja, jetzt verstehe ich. Aber warum der Name »Gestrauchelte«?

»Weil wir alle, die hier leben, aus der Bahn geworfen wurden. Bei mir war es das Bein. Bei Chelion und ihrer Familie, war es der Brandanschlag. Bei Martin der Großbrand, der ihm alles nahm, da es einen korrupten Bürgermeister gab.

Du wirst sie alle noch kennen lernen. Keiner redet gern über sein Schicksal. Aber alle haben hier ein neues Zuhause gefunden.«

»Jetzt begreife ich langsam. Wer hat denn die neuen Wohnwagen gekauft, die waren ja nicht billig?«

»Das hat alles Martin aus dem Erlös der Bücher finanziert. Außerdem ist er ein Ordnungsfanatiker. Deshalb, sind alle Wagen gleich.«

»Okay, das war es schon. Wenn ich noch Fragen hab, dann melde ich mich.«

»Du müsstest mal nach meinem Bein sehen, es schmerzt in letzter Zeit etwas.«

»Mach ich, ich werde eine Sprechstunde in meinem Wohnwagen einrichten. Selbstverständlich ist die Behandlung kostenlos.«

Ich ziehe mich zu meinem Wohnwagen zurück, krame weiter in den Unterlagen.

Dann finde ich einen Hinweis, dass es noch eine weitere Schublade geben muss. Fündig werde ich unter meinem Klappbett.

Hier ist eine CD Sammlung. Zuerst dachte ich an Musik oder vielleicht Hörbücher, aber weit gefehlt. Es sind alles CDs mit Geschäftsunterlagen verschiedener bekannter Firmen. Warum hat er sie durchleuchtet? Irgendeinen Grund muss es ja geben. Ein weiteres Kuvert mit Daten bringt mich auf die Lösung.

Martin hat über bekannte Aktiengesellschaften und Fonds CDs angelegt. Vielleicht hat er ja spekuliert?

Das Einfachste ist, ich schiebe eine der CDs in den Computer. Mal sehen, was kommt.

Ich staune nicht schlecht. Es scheint ein Film zu sein, doch dann merke ich, dass ich direkt in eine Konferenzschaltung eingeloggt bin. Ich höre verschiedenen Herren bei einem hochbrisanten Thema zu.

Es geht um das Hochtreiben einer Firmenaktie, da wohl einige Inhaber verkaufen wollen. Ob ich mich wohl zuschalten kann?

Es wird ein Codewort geben, aber zuhören ist ja viel interessanter.

Dann steht plötzlich Chelion im Wagen. »Was treibst du denn hier, draußen scheint die Sonne und du sitzt hier im Dunkeln.« Dann sieht sie mir über die Schulter.

»Das war das Lieblingsspiel von Martin. Er hat sich damit ein paar Kröten nebenbei verdient.«

»Ach das ist ja interessant, erzähl mal.«

Chelion erzählt, dass Martin oft den halben Vormittag hier gesessen ist und anschließend in die Stadt gefahren war. Meist hat er dann einige Tage später eine Runde Bier ausgegeben.

»Kam das oft vor?«

»Zwei oder dreimal die Woche sicher.«

»Dann hat er an der Börse gezockt.«

Ich merke gar nicht, wie schnell die Zeit vergeht, plötzlich wird es dunkel.

Chelion meint, ob ich nicht rüber zum Abendessen kommen möchte. »Der Papa hat gesagt, hol ihn mal rüber.«

Bei Familie Zigeuners gibt es Käseauflauf. Genauer gesagt, Ziegenkäseauflauf.

Der Ziegenstall grenzt direkt an das kleine Grundstück von den Zigeunern. Auch die Schafe gehören dazu. Nur die Pferde, die gehören eigentlich allen Mitbewohnern. Gepflegt werden sie aber von der Mama Zigeunerin.

Ziegenkäseauflauf, ich hab mir ja vieles darunter vorgestellt, aber damit hatte ich nicht gerechnet. Es war sehr lecker, vielleicht ein bisschen gewöhnungsbedürftig.

Ich musste zweimal nach holen, eigentlich war es so, dass mir Chelion einfach nachschenkte. Als dann der Likör auf den Tisch kam, erfuhr ich, dass Chelion in drei Tagen achtzehn wird. Eine kleine Feier ist angesagt, »Du kommst doch hoffentlich.«

Nach dem Essen muss ich erst mal eine kleine Siesta halten.

Anschließend wollte ich mich nochmals einloggen. Mal sehen, was mich auf den anderen CDs erwartet. Es ist Arbeit für einige Wochen, da ich ja nicht weiß, was gerade aktuell ist, muss ich selber testen. Das dicke Buch mit den Eintragungen hilft mir, die Übersicht zu behalten. In dieser Liste sind nur Nummern verzeichnet, keine Namen. Das hat Martin wohl wegen der Sicherheit so gemacht.

Eigentlich waren es zum Schluss nur noch fünf CDs, die Martin täglich nutzte. Diese fünf sollten meine Basis für die Zukunft sein.

Sehr spät fuhr ich in dieser Nacht in meine Wohnung nach Lyon. Die Listen nahm ich sicherheitshalber mit. Ich musste mich etwas gedulden, da ich am nächsten Morgen Frühdienst hatte. Aber ich wollte mal mit Jean darüber reden. Er hat schon öfter den Versuch unternommen, an der Börse zu zocken, ich vermute, dass er sich auskennt.

Inzwischen werde ich wegen meines Trailers im Dienst aufgezogen. Aber ich merke, dass reges Interesse an meinem Wagen besteht. Die eine oder andere Kollegin fragt schon mal, ob sie sich das Ding mal ansehen darf.

Bei unserer gemeinsamen Vormittagspause spreche ich dann Jean an, ob ihm diese oder eine andere Firma etwas sagt. »Hör mal, dass sind internationale Firmen, da geht es mal rauf und mal runter. Du musst nur darauf achten, dass du kaufst wenn sie gerade mal unten ist. Verkaufen ist dann ganz leicht, natürlich wenn sie sehr weit oben ist.«

»Ja danke, dann werde ich das mal versuchen. Wenn du Lust hast, dann könnten wir das auch zusammen machen.«

Für den heutigen Abend nehme ich mir vor, die erste von den fünf CDs abzuspielen. Am folgenden Tag würde ich dann mal mit einem kleinen Betrag einen Versuch wagen.

So leicht, wie ich es mir vorgestellt habe, war es dann doch nicht. Die Info, die ich abhörte, war nicht sonderlich hilfreich.

Erst die zweite CD hilft mir auf die Sprünge. Ich notiere die Daten und will gleich am nächsten Morgen bei meinem Banker anrufen und einen Einkauf tätigen. Es geht dabei um eine japanische Elektronik Firma.

Mein Banker dachte zuerst, dass ich einen Scherz mache. »Was willst du denn von Aktien wissen? Da verspielst du ja dein letztes Hemd!«

Aber er lässt sich breitschlagen, ich riskiere zweitausend. Das kann ich verschmerzen, wenn alles schief laufen sollte.

Am Tag darauf hänge ich wieder an meinem Computer. So wie es aussieht, muss ich in drei Tagen abstoßen. Das zumindest, konnte ich aus den Unterlagen von Martin erkennen.

Ich stieß ab, aber leider einen Tag zu früh. So konnte ich aus meinen zweitausend gerade mal viertausend machen. Einen Tag später wären es viertausendfünfhundert gewesen. Aber ich lerne schnell, da ich alles, so wie es Martin auch gemacht hat, auf einer Liste vermerke.

Mein Banker wollte natürlich wissen, von wem ich den Tipp bekam. »Ich werde es Ihnen mal später erklären.«

Meine abendliche Beschäftigung war, fünf CDs rauf und runter zu hören. Insider-Wissen zu erkennen und richtig zu bewerten.

Beinahe hätte ich den Geburtstag von Chelion vergessen. Aber Harley gab mir noch einen Tipp. »Morgen Abend steigt eine kleine Fete. Sie wünscht sich eine Lederjacke, vielleicht könntest du ja mal in der Stadt nachsehen?«

Ich besorge die flotteste Lederjacke, die für so ein junges Mädchen angesagt ist.

Als Dank dafür, fällt sie mir heftig um den Hals. »Ab jetzt bin ich achtzehn, nur damit du es weißt.«

»Was willst du mir damit sagen?«

»Gar nichts, nur eben, dass ich ab heute offiziell darf.«

»Ah, so meinst du das. Du willst doch nicht noch ein zweites Geburtstagsgeschenk?«

»Warum nicht, aber ich wünsche mir dafür eine besonders schöne Stunde.«

Die Fete ging bis spät in die Nacht. Meine Zigeuner sind schon zu meiner neuen Familie geworden. Die Mutter von Chelion gab mir bereits Reitunterricht. Ihr Vater zeigte mir Gitarre spielen. Chelions Bruder begutachtete mich jedoch argwöhnisch. Dass ausgerechnet seine Schwester in einen Arzt verliebt ist, gefiel ihm nicht.

Ich nehme es locker, da ich eh mit meinen Zahlen ziemlich beschäftigt bin. Auch den Vater bezog ich schon in meine Zockerei mit ein. Natürlich nur, wenn ich sicher gehen konnte, dass es einen Gewinn gab. Eines Abends steht er vor mir, »Hast du wieder einen guten Tipp? Ich möchte meiner Frau ein Geschenk machen, aber dafür brauch ich erst Kohle.«

»Nach meiner Information müssen wir Automobilwerte kaufen, sie sind gerade ziemlich unten, aber in zwei Wochen beschließt das Parlament, dass es für Neuwagen Zuschüsse gibt. Dann wird es einen Boom geben.«

Am nächsten Morgen setze ich alles auf Automobilwerte. Dreißigtausend, bevor ich einzahle, bete ich zum Gott der Aktien. »Lass sie ins Unendliche steigen.«

… und sie stiegen. Als ich hundert Prozent Gewinn hatte, verkaufte ich.

Niemals wieder habe ich in so kurzer Zeit so viel Gewinn gemacht. Es war der Tipp schlechthin. Natürlich hab ich es dem »Abhören« zu verdanken und eines weiß ich auch, legal ist es nicht. Unsere kleine Siedlung jedoch, machte den Gewinn des Jahres.

Kürzlich erfuhr ich sogar, dass Martin mit seinen Männern dieses Spiel öfter spielte. Jetzt, wo man auch mir vertraute, verriet mir Mama Zigeunerin, wie die Dinge hier laufen. Auch einige Lastwagenfahrer besserten so ihren schmalen Verdienst auf. So sorgte Martin bei seinen Freunden für fröhliche Gesichter und im Bistro für guten Umsatz.

Mit meinen Voraussagen hatte ich immer mehr Treffer. Einige Male verschätzte ich mich, was man mir nachsah.»Er muss halt noch üben. Es ist noch kein Meister vom Himmel gefallen.«

Am Bistro gab es eine schwarze Tafel, hier platzierten wir immer unseren Tipp.

Currywurst am steigen, da ging es um einen Food Konzern, das erklärte dann Harley für die Unwissenden. Aber eigentlich waren wir ein eingeschworenes Team. Neue Mitspieler kamen nur selten hinzu.

Eines Nachmittags kam ich gerade des Weges aus Lyon, da sah ich am Straßenrand unsere Italiener gehen.

»Habt ihr den Bus verpasst?«

»Nein, man hat uns mal wieder ausgeraubt und der Busfahrer hat uns einfach auf die Straße gesetzt, weil wir kein Geld für das Ticket hatten.«

»Kommt steigt ein, erzählt doch mal, wie ihr zu diesem Haufen gestoßen seid?«

Sie haben Vertrauen und erzählen mir auch direkt, was ihnen widerfahren ist.

»Wir waren damals auf einer Reise von Rom nach Brüssel, dort wollten wir zukünftig wohnen. Wir hatten bei einer Gesellschaft einen Vertrag für die Kantine übernommen. In Rom packten wir unsere sieben Sachen in den großen Kombi und fuhren Richtung Brüssel. Wir suchten eine Raststelle und machten gerade ein Picknick. Da fielen sie über uns her, sechs Jugendliche mit Schlagstöcken. Sie nahmen den Wagen und uns blieb nur das Sandwich in der Hand. Die Polizei glaubte, wir sind Zigeuner und buchtete uns ein. Nach vier Tagen entließen sie uns mit den Worten, »Lasst euch hier nie wieder blicken!« Uns blieb keine andere Wahl als im nächsten Wald zu übernachten. Dort fand uns glücklicherweise Martin. Damals hatte er noch sein Landgut. Er brachte uns unter und stellte uns als Bedienstete an.«

»Er hatte ein Landgut? Davon weiß ich ja gar nichts.«

Dann aber konnte ich mich an Unterlagen in einer seiner Schubladen erinnern.

»War er denn nicht versichert? Eigentlich ist man doch gegen Brand versichert?«

»Das lief alles ganz anders. Einige Tage zuvor kam der Bürgermeister mit seiner Frau. Sie gingen ohne zu fragen einfach durch sein Haus. Seine Frau sagte dann, dass es am besten wäre, wenn man es abbrennen würde. Dann könnten sie sich ein neues Haus bauen.«

»Interessant – und was geschah dann?«

»Erst einmal gar nichts. Bis wir irgendwann Martin in seinem Büro schimpfen hörten. »Diese Lumpen, da schicken sie mir einfach einen Bescheid über dreihunderttausend.« ...so erbost hatten wir ihn noch nie gehört.«

»Um was ging es denn? Was für ein Bescheid war es?«

»Als ich bei ihm die Fenster putzte, sah ich ein Papier der Gemeinde auf seinem Schreibtisch liegen. Ich glaube, es war ein Steuerbescheid. Ich erkannte noch, dass es die Steuer für die letzten zwölf Jahre war.«

»Und Martin hat das einfach akzeptiert?«

»Dieser Bürgermeister war irgendein Onkel von ihm. Wir hörten mal, wie er mit ihm telefonierte. Sie duzten sich. Er sagte auch, »Onkel, dass kannst du nicht mit mir machen!««

»Also, ich weiß nur, dass Martin dort schon immer wohnte. Sein Vater war der Besitzer des Hauses, aber vielleicht hab ich dass nie richtig verstanden. Es könnte ja auch sein, dass der Bürgermeister ein Mitbesitzer war.«

»Wir werden das nie klären können, aber man sollte in Erfahrung bringen, ob die Steuer tatsächlich von der Gemeinde erhoben wurde?«

»Ach, außerdem sollten wir mal checken, ob die Versicherung bezahlt hat. Laut den Unterlagen, hat die Versicherung die Zahlung verweigert, da sie Brandstiftung vermuteten.«

Dann endlich erreichen wir den Parkplatz vor dem kleinen Bistro. Harley hat alle Hände voll zu tun. Die Würstelbude ist umlagert von Menschen. Ein Bus mit Touristen, die haben scheinbar Hunger bekommen.

Die beiden Italiener sind schon um die Ecke, sie sind wohl froh, endlich angekommen zu sein. Außerdem müssen sie die Küche im Bistro herrichten. In einer halben Stunde wird das Lokal geöffnet.

Chelion hilft heute im Bistro aus, die Kellnerin ist ausgefallen. Da sie ja jetzt volljährig ist, kann sie ganz offiziell angestellt sein. Als sie mich entdeckt, winkt sie herüber.

»Komm doch rein, es gibt noch eine große Auswahl.«

Nachdem ich heute mein Mittagessen nur zur Hälfte essen konnte, da ein Notfall herein kam, werde ich es hier und jetzt fortsetzen.

»Hier hab ich einen Platz für dich. Magst du ein Bier?«

»Nein, bring mir einen Roten.« Sie hat sich schick hergerichtet, sie will wohl zeigen, dass sie jetzt zu den Großen zählt.

Bis ich Platz genommen habe, steht der Rote schon am Tisch.

»Und erzähl, wie viele konntest du retten, wie viele liegen in der Leichenhalle?« Sie ist wohl sehr gut drauf. »Halsgrat könnte ich empfehlen, und der kommt nicht aus deiner Klinik.«

»Okay, warum nicht.«

Sie kommt an meinen Tisch und setzt sich für fünf Minuten. »Noch eine Stunde, dann mach ich Feierabend, dann kommt der Felix, du weißt schon, der von Nummer acht.«

Ich weiß zwar nicht wer Felix von der Acht ist, aber ich weiß, dass ich heute gerne mit ihr zusammen sein will. Ich betrachte sie, während sie zwischen den Stuhlreihen herum saust. Ihre Figur ist makellos, ihr kleines Tuch welches um ihre Frisur gebunden ist weht hinter ihr her. Die langen schwarzen Haare lassen sie recht rassig wirken. Was heißt wirken, sie ist rassig!

Sie spürt, dass ich sie beobachte und wirft mir ab und zu einen lieben Blick zu. Dann aber steht ihr Vater hinter mir. »Halte sie nicht von der Arbeit ab. Wenn du etwas Ernstes von ihr willst, musst du zuerst mal mit mir reden.«

Das war klar und ich kann ihn verstehen. Eine achtzehnjährige Tochter mit dem Aussehen, da muss man gewaltig aufpassen.

Als ihr Dienst beendet ist, fragt sie ihren Papa, »Kann ich noch ein Stündchen zu Michel?« Natürlich weiß ich, dass sich die Familie nichts Schöneres denken könnte, als eine Heirat mit einem Arzt. Aber ist der Gedanke nicht etwas voreilig?

Wir sitzen auf der kleinen Veranda meines Wohnwagens, ich träume vom Süden und einem langen weißen Strand. Niemals Arbeit und Chelion an meiner Seite. Einer kleinen Fischbude, alle Plätze voll besetzt. Chelion wetzt zwischen den Stühlen und ich stehe am Grill.

»Du musst sofort kommen, die Fatima hat sich verbrüht.«

»Verbrüht? Ich komme.«

Als Arzt der Vagabunden-Gemeinde hab ich natürlich immer einen Notfallkoffer im Trailer. Ich eile, Chelion bringt mich zu Fatima. Fatima ist ein vierjähriges Mädchen. Sie hat versucht, für die Mama einen Tee aufzugießen. Das ging ordentlich schief. Ich versorge sie so gut es gerade geht und fahre sie anschließend auf einen kurzen Besuch zur Klinik hinüber. Chelion leistet mir Hilfe. Sie nimmt Fatima in die Arme und tröstet sie.

Nach zwanzig Minuten sind wir in der Notaufnahme. »Sie haben wohl nie Dienstschluss«, meint die Nachtschwester.

Chelion geht durch den Gang des Klinikums. »Hier würde ich gerne arbeiten.«

Sie schreitet durch die Gänge und sieht sich schon als »Schwester Chelion«.

Als ich aus der Notaufnahme komme, sitzt sie gerade bei einem kleinen Jungen, der sich am Auge verletzt hat. Sie tröstet ihn und macht ihm Mut, erzählt eine Geschichte von einem jungen Ritter, der sich in der Schlacht verletzt hat.

Der Junge beginnt zu lachen und nimmt die Hand von Chelion.

Warum sollte sie nicht eine Ausbildung als Schwester machen? Begabt ist sie sicher, dass merke ich schon daran, wie sie mit dem kleinen Jungen umgeht.

Ich hole aus unserem Personalbüro die Unterlagen für eine Bewerbung als Lernschwester.

Fatima soll eine Nacht in der Klinik bleiben, Chelion bleibt bei ihr.

»Warum nicht, so kannst du dich schon mal umsehen.«

Nach zwei Stunden fahre ich dann zurück zur Trailer Siedlung und gebe den Eltern von Fatima Nachricht. »Es geht ihr schon viel besser, es ist nur wegen des Schocks. Außerdem will sich Chelion mal umsehen, ob nicht der Beruf einer Schwester der richtige wäre.«

Da nun Chelion nicht da ist, suche ich nochmals in den Schubladen. Die dritte hab ich noch gar nicht aufgemacht. Also ran an den Speck. Jetzt will ich den Rest auch noch sehen.

Mit einer Flasche vom Roten verziehe ich mich in die kuschelige Ecke des Wagens.

Ich finde dann auch Unterlagen von den Trailern. Was sie gekostet haben, wer von den Mitbewohnern einen erworben hat, was die anderen an Unkosten beitragen und was ihnen gestundet wird. Eine richtige Buchhaltung. Martin war ein ganz Genauer. Sogar die Kommastellen hat er ausgerechnet. Ich hatte es ihm nicht zugetraut. Oder … ich erinnere mich plötzlich an eine Mathestunde. Vier Stellen nach dem Koma war er noch nicht zufrieden. Er wollte es auf den Punkt bringen.

Ich blättere in den Unterlagen des Trailers. Der war mal richtig teuer. Dann ein Beiblatt über die Montage des Vorzeltes. Das ist eine Wissenschaft für sich! Nun wird mir auch klar, warum er Harley eingestellt hat. Martin hatte immer schon zwei linke Hände.

Und wenn man vom Teufel spricht … Harley scheint es wohl langweilig zu sein. »Bekomme ich bei dir einen Schluck?«

»Klar komm nur herein.« Er sieht, dass ich in die Unterlagen des Trailers vertieft bin.

»Wenn du irgendetwas wissen willst, ich kenne mich aus.«

»Das ist mir inzwischen auch schon klar geworden. Martin hätte das nie ohne dich geschafft.«

»Da hast du recht, wir hatten mal einen verstopften Kanal, da ist er fast durchgedreht. Dabei war es ganz einfach, das Ventil war geschlossen!«
»Erzähl mal, was sind das für Leute zu meiner Rechten?«
»Die sind aus Tunesien, sie leben vollständig zurückgezogen. Hin und wieder fahren sie in die Stadt, dann nehmen sie den Bus.«
»Was machen sie beruflich?«
»Ich kann es dir nicht sagen, aber ich hab mal gesehen, dass ein Auto von einem Reinigungsservice kam.«
»Ah okay, weißt du, ich will schon wissen, was ich hier für eine Aufgabe übernommen habe? Noch kenne ich ja die Wenigsten.«
»Aber ich darf dir versichern, sie mögen dich alle. Einer sagte mal, »einen besseren Nachfolger hätten wir nicht finden können.« Ist doch schön, nicht!«
Dann legt mir Harley ein Schreiben der Gemeinde auf den Tisch. »Das ist gestern gekommen, sie wollen mehr Grundsteuern. Außerdem erhöhen sie die Standgebühr für den Imbisswagen. Das Bistro soll auch mehr zahlen. Wir müssen uns unbedingt zusammensetzen.«
»Überlass das mal mir, ich kenne den Amtsvorstand, ich hatte ihn mal unterm Messer. Bei dem hab ich noch was gut.«
Harley reicht mir das Papier. »Ich erledige das gleich in den nächsten Tagen.«
Dann spaziere ich noch rüber zu den Eltern von Chelion.
»Trinkst du mit uns einen Tee?«
»Gerne, ich will mit euch etwas besprechen.«
»Na dann schieß mal los.«
»Es geht um Chelion. Ich habe sie beim Umgang mit Kindern beobachtet. Da dachte ich, vielleicht wäre sie eine gute Kinderkrankenschwester?«
»Ja das wäre natürlich toll, aber sie hat ja keine richtigen Papiere.«
»Dann müssen wir welche besorgen, so kann sie ja nicht immer leben.«
»Weißt du, wir sind hier nur geduldet.«
»Das müssen wir ändern. Wenn du einen richtigen Job hast, dann bekommst du auch eine Aufenthaltsgenehmigung und Papiere.«
»Lass mich mal machen, ich hab da so eine Idee.«
Ich lasse die Unterlagen für eine Bewerbung einfach bei ihnen. Für Chelion wäre es wichtig, dass sie aus dem Strudel der Unsicherheit herauskommt. Ich

werde das in die Hand nehmen. Ich fühle mich verpflichtet, mich um sie zu kümmern.

Als ich zu meinem Wagen zurückkomme, wartet die Dame vom Wagen zur Linken auf mich. »Entschuldige, aber ich wollte doch wenigstens mal Hallo sagen. Es macht dir doch nichts aus, wenn ich dich duze?«

»Nein nur zu. Ich dachte mir schon öfter, wer da nur wohnt?«

»Also, ich bin Griechin, komme aus Thessaloniki. Ich bin hier gestrandet. Wohnte aber auch schon bei Martin im Landhaus.«

»Was hast du denn bei ihm gemacht?«

»Ich war die Hausdame, wenn du weißt, was das ist?«

»Erkläre es mir.«

»Martin war in Euböa, zu einem Sommerurlaub. Er hat mit dem Schreiben angefangen. Eines Tages saß er im Café am kleinen Platz. Ich merkte, wie angespannt er arbeitete. Er reizte mich unheimlich. Seine Ausstrahlung, sein Gehabe, wie ein Großfürst. Dann sah er mich an und meinte ziemlich frech, »Wollen Sie meine Muse sein?« Ich lachte ihn an. »Mit allem drum und dran?«

»Natürlich, dachten Sie ich will eine Muse nur zum Rumsitzen?«

Als ich dann an seiner Seite saß, wurde mir ganz warm ums Herz. Seine Schultern, seine Schrift …Ich sah ihm über die Schulter und fragte, was das wird?«

»Und was hat er gesagt?« Ich hätte es ihm nicht zugetraut. Er war in der Schule immer der Auftreiber und Pausenclown. Und eine richtige Beziehung hatte er meines Wissens nicht. »Wie ging es weiter, das ist ja richtig aufregend.«

»Wenn du auf einen Wein herein kommst, dann erzähle ich dir auch noch den Rest.«

»Ich bin übrigens Sophie.«

Sophie bereitet den Tisch, ihre Ordnung allerdings, lässt ziemlich zu wünschen übrig. Sie hält das eher für unwichtig. Hinter einen Paravent sehe ich ein zerwühltes Bett und ihre Unterwäsche herumliegen. Alles Wäsche aus feinster Seide. Da scheint sie nicht zu sparen.

Sophie ist in meinem Alter. »Was machst du denn beruflich?«

»Ich bin Schriftstellerin, für Griechische Mythologie.«

»Das klingt schwierig. Kannst du nicht einfach Romane schreiben. So von Liebe und der Wirklichkeit?«

»Da brauch ich noch etwas Erfahrung, du müsstest mir Nachhilfe …«

»Das lassen wir lieber, ich bin doch hier der Doktor, der die Nachfolge von Martin übernommen hat.«

»Nachfolge, dann bist du bei mir richtig. Das heißt dann wohl, dass ich zukünftig deine Muse bin.«

Sophie serviert einen vorzüglichen Wein. »Noch ein paar Plätzchen dazu? Martin schätzte dass immer besonders.«

»Okay, dann Plätzchen dazu.«

Sie trägt einen Morgenmantel, vielleicht ist es auch ein Tages-Mantel. Auf jeden Fall war er weit hinauf geschlitzt. Ziemlich aufregend für einen Doktor vom Lande. Jetzt verstehe ich Martin, wenn er an eine Muse dachte.

»Hat Martin dann eigentlich irgendetwas geschrieben?«

»Ja, hat er. Er beschrieb meine Lenden, meine tiefen Abgründe, aber zum Aufschreiben kam er nur selten. Die Praxis war ihm sehr wichtig.«

»Der Martin, ich hätte es ihm nicht zugetraut.«

Dann steht Sophie hinter mir. »Martin mochte es, wenn ich ihn massierte. Immer zuerst das Genick.«

Sie fragt nicht lange, beginnt mit einer sehr einfühlsamen Massage. Ihre Hände gleiten im Bereich der Schulter, mal nach links, mal nach rechts. Dann finden ihre Hände den Weg zu meiner Brust. »Ist es gut so?«

»Wirklich toll, jetzt nur nicht aufhören.«

»Das sagte Martin auch immer.«

Sie beginnt die Knöpfe von meinem Hemd zu öffnen. »Zieh es einfach aus, es stört doch nur.« Meine Oberarme gefallen ihr, so kräftig und ausgeprägt, was immer das heißen soll. Ein Arzt braucht einfach seine Muskeln, sonst kann er nicht arbeiten.

Ihr Atem wird heftiger, sie beginnt zu stöhnen.

»Los jetzt runter mit der Hose, lass dich doch nicht zehnmal bitten.« Die Hose fällt, die Socken auch. Socken im Bett, das ist schrecklich!

»Komm lass uns hinter den Paravent gehen.«

Sophie ist eine Muse, die ich nicht missen möchte, da vertrete ich Martin gerne. Ihr Körper riecht wunderbar. Ihre Bewegungen bringen mich ziemlich rasch zum Höhepunkt. »Wenn du meinst, dass war es, dann hast du dich getäuscht.«

Es folgte eine Orgie mit viel Rotwein und immer wieder wollte sie meinen Schwanz in den Händen halten. »Zeig ihn mir nochmal.«

Inzwischen ist es draußen dunkel. Eine Kerze leuchtet im vorderen Teil des Trailers und ich bewundere die Kurven von Sophie, die einen Schatten werfen. Sie richtet eine Schinkenplatte.

»Damit du mir nicht nachlässt. Wir haben ja noch die ganze Nacht vor uns.«

»Martin sagte immer, es ist die Nacht der Liebenden. Wenn du bestimmte Vorlieben hast, musst du es mir sagen. Beim Spiel kenne ich keine Grenzen.«

»Sag mir jetzt bitte nicht, was Martin gerne hatte.«

»Das würde dir sicher auch gefallen. Aber okay ich sage nichts.«

Die Nacht wird kühler, die Fenster beschlagen ziemlich stark. Es wirkt, als säßen wir in einem Aquarium. Nur diesmal sind die Fische draußen.

»Möchtest du noch einen Nachtisch?«

»Was kannst du mir denn anbieten?«

»Es ist etwas zum Schlecken, aber nicht Eis am Stil.«

»Vielleicht ein Pudding?«

»Das kommt zwar ziemlich dicht dran, aber es schmeckt sicher anders.«

Die Nacht wollte nicht enden. Gegen vier Uhr verziehe ich mich in meinen Trailer, der ja Gott sei Dank gleich nebenan steht.

Ich habe Frühdienst, das heißt, in einer halben Stunde muss ich mich auf den Weg machen. Also duschen, umziehen und ab zur Klinik.

Zuerst sehe ich nach Fatima. Wie süß, Chelion hat sich ein Bett gleich an ihrer Seite gerichtet. Also da bin ich mir sicher, Chelion wird mal eine gute Kinderschwester.

Der diensthabende Arzt ist froh, dass er nun endlich zu seiner Frau kann. »Wir bekommen bald ein Kind, da muss ich mich um sie kümmern.«

»Ja klar, dann schwirr ab. Grüß sie recht schön von mir.«

Die Nacht ist ruhig und so lege ich mich bis zum Morgen etwas hin. Dann spüre ich eine Hand auf meinem Gesicht. Es ist Chelion, an ihrer Seite ist Fatima. »Hi, wie geht es euch denn?«

»Sie darf Heim, die Eltern kommen gleich, um sie abzuholen.«

»Hast du dir das mit einer Kinderschwester überlegt?«

»Ich habe sogar schon davon geträumt.«

»Das sind ja die richtigen Voraussetzungen. Ich hab auch schon mit deinen Eltern gesprochen. Sie wären begeistert. Jetzt musst du nur noch eine Bewerbung abschicken.«

Da kommen auch schon die Eltern von Fatima. Sie sind sehr erleichtert, als sie Fatima lachend an der Seite von Chelion sehen. Die Schwester erklärt ihnen noch, dass sie in drei Tagen vorbei kommen müssen, wegen der Nachkontrolle.

»Sie können meinen Wagen nehmen, dann sparen Sie sich das Taxi.«

Ich sehe sie noch durch die Glastüre verschwinden. Dann steht auch schon die OP Schwester vor mir.

»Kommen Sie, wir haben eine Hüfte, dass machen Sie doch mit links.«

Die OP war dann doch nicht so leicht, wie wir alle dachten. Es gab Komplikationen mit dem Kreislauf. Die Patientin hatte uns verschwiegen, dass sie Drogen nimmt. Für eine ältere Dame auch nicht der Regelfall. Auf dem Fragebogen hatte sie es nicht angekreuzt. Aber auch das haben wir schlussendlich noch hinbekommen.

In einer Kaffeepause denke ich an die kleine Fatima, wie leicht hätte das schiefgehen können. Die Eltern von ihr sind etwas verhuscht. Sie leben noch in einer anderen Welt. Sie stammen von einem Bauernhof in der Nähe von Oporto im Norden Portugals. Ihr Hof stand einem neuen Flughafen im Weg. Sie wurden einfach enteignet. Die Regierung wischte alle Einwände einfach beiseite.

»Die werden schon woanders unterkommen.«, so lautete der Kommentar des Regierungssprechers. Martin las damals den Bericht in einer Französischen Zeitung und bot seine Hilfe an. Wie aus dem Zeitungsbericht hervor ging, kam die Familie des Ehepaars aus Bordeaux. Sie waren Wanderarbeiter und so kamen die Großeltern nach Oporto. Über zwanzig Jahre betrieben sie einen Bauernhof, dann kam das brutale Aus.

Die Großeltern nahmen sich das Leben an dem Tag, als das Räumungskommando kam. Fatimas Eltern hatten nicht mal die Zeit, sie anständig zu begraben. Sie wurden auf einen Lastwagen verladen und mit Fatima in einem Heim gebracht.

Wenn Martin so etwas erfuhr, dann konnte er nicht zusehen. Die Eltern sind selbst nach einer Zeit von vier Jahren immer noch traumatisiert. Sie arbeiten in einer Näherei, ganz in der Nähe des Trailercamps. Fatima ist ein sehr aufgewecktes Mädchen und spricht französisch als Hauptsprache. Ihre Eltern unterhalten sich eigentlich nur auf Portugiesisch.

Umso mehr ich über das Camp nachdenke, finde ich die Idee von Martin einfach nur toll.

Verena holt mich in die raue Wirklichkeit zurück. »Chef, du träumst ja schon wieder von deinen Gestrauchelten. Ich sehe schon, es wird die Zeit kommen, da bleibst du bei denen für immer hängen.«

»Ja das könnte schon sein. Umso mehr ich überlege, wird mir klar, dass ich noch viel zu tun habe.«

»Wir haben Visite, kommst du?«

»Ja noch schnell den Kaffee austrinken, dann bin ich schon da.«

Ich habe mich nur um die vierte Etage zu kümmern, die anderen Stationen sind anderen Ärzten zugeteilt.

Es ist halb neun und ich stehe vor dem Klinikportal. Wo ist denn mein Wagen?

Mir fällt ein, dass ich ihn den Eltern von Fatima geliehen habe. Ein Spaziergang wird mir gut tun. Meine kleine Wohnung liegt gleich in der Nähe der Klinik. Viele Kollegen sind in dieser Siedlung untergebracht worden. Es sind Betriebswohnungen. Auch Verena und Hildegard haben hier einen Unterschlupf gefunden. Beide leben Tür an Tür und teilen sich den Garten.

Ich nehme mir für diesen Abend vor, die Unterlagen des Camps zu studieren und in Ordner abzulegen. Das ist auf jeden Fall eine abendfüllende Arbeit. Ich brauche Platz und räume meinen Wohnzimmertisch leer.

Bei der Durchsicht der Papiere sehe ich, dass die »Vier Pepes« gleich beim Einzug ihre beiden Trailer gekauft haben. Das macht mich stutzig. Was treiben die eigentlich? In den Unterlagen ist nichts von einer Arbeitsstelle verzeichnet. Also müssen sie selbstständig sein. Die Trailer sind gekauft, aber nicht das Grundstück, auf dem sie stehen. Das ist wichtig. Würde ihnen dieser Anteil gehören, wären wir von ihnen immer abhängig. Ich sehe noch einen weiteren Käufer. Die Nummer Acht, der Besitzer heißt Felix. Er hat ebenfalls gleich beim Einzug gekauft. Woher hatte er das Geld? Damals war er gerade mal zwanzig Jahre jung. Beruf, unbekannt?

Da muss ich nachhaken. Nicht das der Martin da zu leichtgläubig war. Fragen über Fragen. Ich entschließe mich, mit Harley zu reden. Eigentlich ist er die einzige Informationsquelle, der ich trauen kann. Er kennt alle, an ihm kommt keiner vorbei. Er ist der Wachhund des Camps.

Inzwischen schreibe ich das vierte Blatt Papier voll. Zu jedem Camp-Bewohner einen eigenen Fragebogen. Natürlich hab ich einige Mitbewohner bereits besser kennen gelernt. Es bleiben eigentlich nur die Pepes und Felix. Die sind vorrangig zu klären.

Was sagt eigentlich die Uhr? Ach, Harley ist sicherlich noch wach. Kurzentschlossen rufe ich ihn an.

»Harley, ich brauche ein paar Daten über …«

»Da kann ich dir nicht viel sagen. Ich weiß nur eines, der Felix ist ein prima Kumpel, der hilft immer, wenn ich Hilfe brauche. Aber über die vier Pepes, da kann ich dir nichts sagen, die schotten sich total ab. Es sind zwei Ehepaare. Zwei Brüder und die dazugehörigen Frauen, du verstehst schon.«

»Sind sie verheiratet, oder leben sie in wilder Ehe?«

»Also hör mal, wen geht denn das heute noch was an. Ob verheiratet oder ledig, das ist doch völlig egal. Ich hatte in Duisburg auch an jedem Finger eine große Liebe hängen, aber verheiratet war ich nie.«

»Du Schwerenöter, aber versteh doch, ich will es einfach nur wissen, wer alles so bei uns lebt.«

Ich will schon auflegen, da ruft Harley noch, »Ach, ich hätte es beinahe vergessen, heute war die Polizei da.«

»Das sagst du erst jetzt. Du hättest mich anrufen müssen!«

»Hab ich doch, aber du hörst ja deine Mailbox nicht ab.«

»Ach so eine Scheiße, entschuldige, ich war so im Stress. Nun erzähl schon, was wollten sie?«

»Sie wollten die Namen der Bewohner, sie scheinen jemanden zu suchen.«

»Aber Genaueres haben sie nicht gesagt?«

»Doch schon, seit einiger Zeit gibt es vermehrt Einbrüche in der Nachbargemeinde, das sind nur sieben Kilometer von uns weg. So glauben sie, es könnte jemand von uns sein. Ich hab gleich gesagt, wir sind hier nur anständige Menschen.« Harley gibt mir noch den Namen des zuständigen Beamten. Das darf man nicht so locker sehen.

Nun hab ich tatsächlich die Flasche geleert! Ich muss mal sehen, ob ich noch was zum Essen habe? Im Kühlschrank finde ich nur einen leckeren Camembert. Schwarzbrot, sind auch noch ein paar Scheiben da, das reicht.

Mein Handy läutet. Es ist Sophie. »Hi, was kann ich für dich tun?«

»Du musst in die Klinik kommen, ich bin hier mit einem jungen Mann. Sie haben ihn zusammengeschlagen. Er hat aber kein Geld.«

»Das wird etwas dauern, ich hab keinen Wagen. Aber ich verspreche, ich bin in zwanzig Minuten dort.«

Ich rufe bei meinem Kollegen durch, der für heute die Nachtschicht hat.

»Hi Roger, was ist denn mit dem, den sie zusammengeschlagen haben?«
»Ach, das ist schon erledigt, das waren nur ein paar Kratzer.«
Ich berichte kurz, dass mich Sophie angerufen hat, dass ich dringend kommen muss.
»Vergiss es, der junge Mann ist drogenabhängig, ich vermute mal, dass deine Sophie ihm etwas verschaffen will. Ich hab abgelehnt, wenn du verstehst, was ich meine.«
»Haben wir auf der Station einen Platz frei oder sind alle Boxen belegt?«
»Alles belegt, die Drogensucht in dieser Gegend ist heftig gestiegen.«
»Dann sage doch Sophie, dass ich ihr in diesem Fall auch nicht helfen kann. Eigentlich müssen wir es der Polizei melden.«
»Mach ich, du kannst dich auf mich verlassen!«
Ich sehe zum Fenster hinaus und bemerke erst jetzt, dass es in Strömen gießt. Bei so einem Sauwetter setzt man noch nicht mal einen Hund vor die Türe. In was ist da Sophie hineingeraten? Vielleicht ist sie ja seine Muse. Von wem denn noch alles »Muse«?
Martin muss ja viel Zeit gehabt haben, wenn er da überall helfen wollte.
Ich rufe Sophie zurück und erkläre ihr, dass ich da nicht helfen kann.
»Dann lass es halt, ich dachte, du bist ein Freund!«
Tja, die Wirklichkeit holt mich ein. Solche Fälle haben wir tagtäglich, wir haben dafür einen Arzt abgestellt, der sich nur um die Drogenabhängigen kümmert. Er hält auch Vorträge in den umliegenden Schulen. Seine Bezahlung übernimmt die Regierung. Ein extra Programm wurde dafür eingerichtet. Aber es werden täglich mehr.
Nun weiß ich natürlich, was auf mich zukommt, wenn ich Sophie das nächste Mal sehe, wird sie mich übersehen oder sie wird mich beschimpfen.
Ich gehe zu Bett, der Tag war lang und anstrengend.

Am nächsten Morgen, muss ich erst um zehn in die Klinik. Also Zeit, über einiges nachzudenken. Ich ziehe das Frühstück über eine volle Stunde hin. Das ist eigentlich gegen meine Gewohnheiten. Frühstücken erledige ich normalerweise in zehn Minuten. Aber heute lese ich noch die Zeitung, auch wenn sie inzwischen von gestern ist.
Im Dienst empfängt mich Hildegard. Sie wirkt abgehetzt und fertig, obwohl sie gerade vor zwei Stunden angefangen hat. »Was ist los, warum bist du so fertig?«

Wir haben einen auf der Notfallstation, er hat sich zugespritzt. Meine Vermutung wird bestätigt. Es ist der Freund von Sophie. Sophie sitzt jammernd in der Ecke.

»Das ist alles nur, weil du nicht gekommen bist. Er hätte ja nur ganz wenig gebraucht. So ist er zum Bahnhof und hat richtig Scheiße gebaut.«

»Erzähl, was ist passiert?«

»Er hat dort einen Dealer, von dem bekommt er immer etwas, aber gestern hat er kein Geld gehabt.«

»Ja und dann?«

»Er hat den Dealer zusammengeschlagen und hat sich seine Tasche genommen. Den Rest kannst du dir ja denken. So viel Koks hatte er noch nie. Er hat sich einfach zu viel gespritzt.«

»Ich gehe mal zu meinem Kollegen, um zu sehen, wie es ihm geht. Du wartest hier bitte.«

Der Kollege redet nicht lange um den heißen Brei. »Ob wir den nochmal rüber bekommen, …da hab ich meine Zweifel.«

Dann kommt Aufregung in die Station, die Polizei will mit dem Patienten sprechen. Nun erfährt die Polizei natürlich, wie es um ihn steht. Der Arzt meint, »Reden Sie doch mit seiner Freundin, die sitzt draußen.«

Der Kommissar geht zu Sophie. »Wir brauchen ein paar Auskünfte.« Ich beobachte den Vorgang aus der Entfernung. Dann sehe ich, wie Sophie plötzlich zu Boden sinkt. Ich renne zu ihr, lass sofort eine Trage kommen.

»Wir bringen die junge Dame auf meine Station.«

Eine halbe Stunde später sitze ich am Krankenbett von Sophie. Sie hängt am Tropf und schläft. Die zuständige Schwester bekommt ihre Anweisungen von mir und ich erteile ein Besuchsverbot. So müssen die Beamten vorerst draußen bleiben.

Gegen vier Uhr ertönt mein Piepser, ich muss zum Chefarzt.

»Hi Manfred, was kann ich für dich tun?«

»Du hast doch die Sophie auf deiner Station. Ihr Freund ist vor einer halben Stunde verstorben.«

Was für ein Tag, da ist mal wieder einiges zusammen gekommen. Das brauch ich nicht öfter. Auf dem Heimweg mache ich noch einen Umweg über mein kleines Bistro.

Auf der Speisekarte stehen Garnelen. Da ich mir etwas Gutes tun möchte, bestelle eine große Portion. Auch der Wein kann heute ruhig mal etwas teurer sein. Ich hab es mir verdient.

Ich fange an, nachzurechnen, wie lange ich mich bereits im Camp engagiere. Warum hat Martin ausgerechnet mich auserwählt, sein Werk fortzusetzen? Ich versteh es nicht. Wollte er sich verspätet rächen, weil ich ihn mal nicht abschreiben ließ? Das liegt inzwischen mindestens dreißig Jahre zurück.

Ich erhebe das Glas auf ihn und lasse ihn hochleben. Er ist zwar schon im Himmel, aber ich schwöre ihm, dass ich sein Werk zu Ende bringe. Ich werde mich darum kümmern.

Der Tisch zu meiner Linken, sieht mich etwas verwirrt an. Meine Selbstgespräche waren wohl etwas zu laut.

Nach zwei Stunden und dem Genuss einer guten Zigarre, trete ich den Heimweg an. Zufrieden mit mir und meinem Schwur, denke ich an Sophie. Ich muss es ihr noch sagen. Wie wird sie es aufnehmen? Kannte sie ihn überhaupt besser, oder war es nur eine kurze Bekanntschaft?

Ich werde es morgen erfahren. Sie soll es sich einfach von der Seele reden.

Kaum daheim, schon lieg ich im Bett. Noch eine Zeitschrift zum Blättern und ablenken. Zehn Minuten später lösche ich das Licht.

Am nächsten Morgen werde ich durch die Klingel meiner Haustüre geweckt. Verena hat sich den Scherz gemacht und ihren Daumen auf meinem Klingelknopf geparkt.

»Du möchtest mir wohl einen Herzinfarkt zufügen?«

»Nein, ich möchte dich mitnehmen, ich habe heute den Wagen. Dann brauchst du nicht zu laufen. Wo ist eigentlich dein Wagen?«

»Den hab ich völlig vergessen. Ich hab ihn den Portugiesen geliehen. Kannst du mich heute Abend in das Camp fahren?«

»Klar mach ich das, mein Götter-Gatte ist nämlich auf einem Kurs. Du kannst mich deshalb auch zum Abendessen einladen.«

»Abgemacht! Im Bistro im Trailer-Camp.«

Als ich auf meine Station komme, begegnet mir Sophie. »Hallo, was machst du denn hier?«

»Ich muss mich doch um die Angelegenheiten kümmern, schließlich hatte er doch sonst niemanden.«

»Woher weißt du … ?«
»Der Chefarzt hat es mir mitgeteilt.«
»Wenn du Hilfe brauchst, dann ruf nach mir.«
»Hilfe hätte ich von dir in der Nacht gebraucht, als er sich entschloss, zum Bahnhof zu gehen.«
Ich drehe mich um, sie wird es nie begreifen, da bin ich mir sicher.
Der Tag bringt Stress ohne Ende. Ein Notfall von der naheliegenden Autobahn verlangt uns das gesamte Können ab. Erst gegen fünf wird es etwas ruhiger.
Auf dem Gang begegnet mir Verena. »Hi, du denkst doch noch an unser Abendessen?«
»Ja klar, ich hab schon mächtig Hunger.«

Als ich vor die Türe des Krankenhauses gehe, sehe ich schon von weitem Verena mit ihrem kleinen Renault warten.
»Na, jetzt bin ich aber froh, dass der Tag vorüber ist. So schlimm war es ja schon lange nicht mehr.«
Verena nimmt die Abkürzung über die Autobahn. Im Umland von Lyon ist sie ohne Gebühr zu befahren. Auf einem Parkplatz sehe ich Felix von Wagen Nummer Acht, beim Umladen von Kisten. »Was macht der denn hier?« Umladen auf einem Autobahnparkplatz, macht mich stutzig. Er wird doch nicht etwas Krummes machen?
»Weißt du schon, was es heute Abend gibt, ich meine im Bistro?«
»Die haben doch immer eine prima Speisekarte, auf was hast du denn Appetit?«
»Ich esse alles, Hauptsache es ist lecker!«
Beim Einparken vor dem Bistro fällt mir auf, dass mein Peugeot in der Ecke steht. Der Kotflügel hat eine leichte Welle. Hatte er die schon vorher? Ich weiß es nicht.
Um den Wagen hab ich mich nie gekümmert, nur Benzin nachgefüllt und das war es auch schon. Nachdem Verena eingeparkt hat, gehe ich kurz zu meinem Wagen um nachzusehen. Auf der anderen Seite, erkenne ich, dass die Türe eingedrückt ist.
Scheiße, auch das noch. Trotzdem lass ich mich nicht aus der Ruhe bringen, ich werde es mir später genauer ansehen.

Verena ist unheimlich aufgedreht. Sie lästert über jeden und alles. »Darf ich heute Nacht bei dir bleiben?«

»Wenn du dich recht brav auf die Couch verziehst, hab ich nichts dagegen.«

»Couch? Ich glaube du scherzt.«

Wir bekommen gerade die Vorspeise, da parkt direkt vor dem Bistro der Felix ein. Er hat es eilig, schlängelt sich durch die parkenden Wagen und verschwindet im Laubengang. Zehn Minuten später schwingt er sich schon wieder in seinen Wagen und braust davon.

»Habt ihr hier noch einen Platz für einen armen hungrigen Mann?« Hinter mir steht Harley. »Komm setzt dich zu uns, bestell dir etwas, ich zahle.«

Das lässt sich Harley nicht zweimal sagen.

Während er an seinem Wein nippt, frage ich ihn, »Was macht eigentlich der Felix von Beruf?«

»Das ist eine berechtigte Frage. Eigentlich ist er Pharma-Vertreter, aber in letzter Zeit läuft er immer mit so einem Sicherheitskoffer umher.«

»Sicherheitskoffer? Du meinst, er macht in Geld?«

»Es geht mich ja nichts an, aber er hat immer Geld. Ich fragte ihn mal nur so zum Scherz, kannst du mir mal einen Tausender leihen? Zehn Minuten später steht er vor meiner Türe und drückt mir zweitausend in die Hand.«

»Gut zu wissen.«

»Ach, weißt du schon das mit deinem Wagen … ?«

»Nein, was ist passiert?«

»Die Portugiesen haben die Kurve wohl etwas zu heftig genommen. Du kannst es noch am Rasen sehen. Aber er läuft noch gut. Ich hab den Reifen getauscht. Ein Tipp, kauf dir einen neuen Reifen.«

»Na wenn es sonst nichts ist, die Reifen wollte ich sowieso wechseln.«

»Das mit dem Blech lohnt nicht mehr, dafür ist deine Kiste schon zu alt. Fahr ihn einfach noch über den Winter, im Frühjahr kaufst du dir einen neuen.«

»Ach das ist eine gute Idee und das Geld leih ich mir von Felix.«

»Warum nicht, der hat ja genug.«

Verena lauscht unserem Gespräch und prustet dann heraus. »Wenn die deinen Wagen kaputt machen, dann müssen die dir doch einen neuen besorgen.«

»Vergiss es, die arbeiten in einer Wäscherei, die haben nur das Nötigste.«, antwortet ihr Harley.

»Das sehe ich auch so. Wir werden auf einem Autofriedhof einfach nach Teilen suchen und die tauschen.«

»Da helfe ich dir, da kenne ich mich aus.«

Verena versteht die Welt nicht mehr. »Wenn ihr das so seht, ist es ja okay.«

Wir stoßen an und bekommen gerade die Hauptspeise. »Bitte noch eine zweite Flasche Rotwein, der Harley trinkt soviel.«

Bevor wir uns in den Trailer verziehen, versuche ich noch meinen Peugeot zu starten. Es funktioniert alles bestens, er lässt mich nicht im Stich. Ich werde mir den Schaden morgen mal ansehen. Jetzt ist es nicht wichtig, schließlich wartet Verena.

In der Zwischenzeit hat Verena eine Kerze angezündet und für Stimmung gesorgt.

»Es ist dir doch recht so, oder hast du lieber deine Funzel an?«

»Was hast du vor?«

Verena nutzt jede Gelegenheit, um an meiner Seite zu sein. Ihr Mann ist viel auf Tour und so vermute ich wenigsten, hat er eine Freundin.

Die Couch wird von Verena nicht benutzt, sie kuschelt lieber an meiner Seite, was mir wirklich gut tut. Der Wirbel in letzter Zeit hat mich gestresst. Ein bisschen Seelenpflege kann ich da nicht ablehnen.

Am nächsten Morgen scheint die Sonne bereits kräftig, so dass Verena die Fenster des Trailers weit öffnet. Wir hören Musik von Sophie herüber. Sie hat sich eine alte Single von Dean Martin aufgelegt.

»Es ist der große Luxus, den sich Sophie leistet, sie hat eine sehr feine Stereo Anlage, inklusive eines Plattenspielers.

Wir richten uns das Frühstück und sehen, wie gerade Felix durch die Türe bei Sophie verschwindet.

»Ist das auch seine Muse?«

»Ich glaube, es ist die Muse der Nation«, meint Verena.

Da könnte sie durchaus recht haben, wenn ich mir so ihren Verschleiß vorstelle.

Nach unserem gemeinsamen Frühstück starten wir in die Klinik, diesmal nehme ich aber meinen Wagen, damit ich unabhängig bin.

Verena ist schneller, sie hat schon eingeparkt, da komm ich gerade um die Ecke. Mein Wagen stottert etwas, vielleicht ist noch Sand im Getriebe? Harley soll es sich mal ansehen.

Kaum steh ich auf meinem zugewiesenen Parkplatz, höre ich auch schon die ersten Frotzeleien. »Warum parkst du denn auf einem Acker?« Solche oder ähnliche Bemerkungen muss ich mir den ganzen Tag anhören.

Gegen Mittag werde ich kurz in meiner Werkstatt vorbeifahren. Sollen die doch mal sehen, was los ist.

Mein Werkstattmeister lacht und ich bekomme ähnliches zu hören, wie schon den Vormittag über.

»Du hast mir bei meiner Frau geholfen, jetzt werde ich mich revanchieren. Komm mal mit, ich glaube ich hab für dich das Richtige.«

Er führt mich in eine Halle mit vielen Gebrauchtwagen. »Wie findest du den da hinten? Es ist der gleiche Typ wie deiner.«

»Ich hab gerade in meine kleine Wohnung investiert, dass kann ich mir nicht leisten.«

»Jetzt vergiss mal die Kohle, der steht hier schon eine kleine Ewigkeit, den Motor tausche ich mit deinem.«

»Warum tauschen?«

»Der Motor ist hinüber.«

»Ach verstehe. Die Idee gefällt mir. Nur die Farbe, sieht ja wirklich ätzend aus.«

»Sieh es doch mal anders, den klaut dir keiner, mit der Farbe, macht jeder einen großen Bogen darum.«

»Da hast du sicher recht, wo soll ich den denn hinstellen. Wie konnte man denn einen so schönen Wagen mit einer solchen Farbe versehen?«

»Das war ein Sonderwunsch des Kunden. Giftgrün, sieht ein bisschen nach Hühnerkacke aus. Aber dafür hat er Ledersitze vom Feinsten. Außerdem siehst du die Farbe ja nicht wenn du drinnen sitzt.

»Das ist das Argument, das mich überzeugt.«

Zurück nehme ich ein Taxi. In zwei Tagen hätte er die Maschine getauscht. Solange muss ich überbrücken. Ob vielleicht Verena … ?

Verena lacht sich schief. Einen Peugeot mit der Farbe »Hühnerkacke«, so etwas hat sie noch nie gesehen. Wenn ich dann mein Abzeichen für den Arzt aufklebe, denken sicher alle ich bin Tierarzt.

Verena verbringt auch den folgenden Abend mit mir. Natürlich blieb sie auch über Nacht. Extra heimfahren, das lohnt nicht. So trug sie es vor, während sie die Betten überzog.

Am nächsten Morgen wurden wir wieder mit sanfter Musik geweckt. Sophie hat wirklich einen guten Geschmack. Diesmal bekamen wir eine Single von Charles Aznavour zu hören. Ich behielt die Türe von Sophie im Auge. Natürlich blieb das nicht unbemerkt. »Du bist wohl eifersüchtig. Willst wissen, wer diesmal die Bude verlässt?«

»Nein, ich bin nur besorgt.«

»Also, sie macht mir nicht den Eindruck einer hilflosen Person, die kann sich schon wehren.«

»Meinst du?«

»Wir tauschen jetzt die Plätze oder ich verbinde dir die Augen.«

»Wir tauschen die Plätze.«

Diese Nacht verbrachte Sophie wohl alleine. Auf jeden Fall konnte ich niemanden ausmachen, der ihren Trailer verließ. Verena musste etwas früher weg, so dass mir nur die Möglichkeit eines Taxis blieb.

Kaum hat Verena meinen Wagen verlassen, steht Sophie schon vor meiner Türe.

»Hast wohl eine Neue?«

»Nein, es ist eine Stationsschwester, sie fährt mich, da ich im Moment keinen Wagen habe.«

»Daher kenne ich sie, sie ist mir auf dem Gang begegnet. Aber ich komme eigentlich wegen etwas anderen zu dir. Ich wollte mich für mein Ausrasten entschuldigen.«

»Komm doch rein, lass uns ein zweites Frühstück einnehmen.« Sophie beginnt mir eine lange Geschichte zu erzählen. Bis wir dann durch lautes Klopfen gestört werden.

»Polizei, machen Sie bitte auf!«

»Ja bitte, womit kann ich Ihnen helfen. Es ist sicher wegen meines Wagens?«

»Nein, was ist denn mit Ihrem Wagen?«

»Der parkte im Straßengraben ...«

»Nein, das interessiert uns nicht. Wir kommen wegen einem Felix.«

»Kommen Sie doch herein.« Sophie entschuldigt sich und verschwindet zu ihrem Wohnwagen.«

Der Beamte will wissen, was ich als Arzt des hiesigen Krankenhauses hier mache. Ich erkläre ihm die Umstände mit Martin und was alles damit zu Tun hat.

»Das ist ja eine ganz schöne Belastung, wenn Sie sich dafür einsetzen.«

»Nun kommen Sie mal auf den Punkt, was kann ich für Sie tun?«

Die Beamten legen mir diverse Papiere vor. Alles dreht sich um Geldwäsche und immer wieder fällt der Name Felix Bernstein. Ob ich wüsste, wann er zurück kommt?

»Ich bin nicht sein Kindermädchen, außerdem dachte ich, er sei Pharma-Vertreter.«

»Das stimmt schon, so ist er auch gemeldet. Aber er wurde von einem gewissen Jonathan beschuldigt, ihn betrogen zu haben.«

Inzwischen schenke ich eine Runde Kaffee aus. Erst nach einer weiteren Stunde trennen wir uns und ich verspreche, mit Felix zu reden.

»Schicken Sie ihn bitte auf dem Revier vorbei. Er muss eine Aussage machen. Schließlich ist das ein Vorwurf, der nicht auf die leichte Schulter zu nehmen ist.« Ich gelobe und verspreche.

Dann wird es aber Zeit, dass ich mir ein Taxi rufe. Auf dem Weg zur Straße begegnen mir die Portugiesen.

»Es tut uns ja alles so leid. Wir ersetzen alles.«

»Vergessen Sie es einfach. Die Reifen waren sowieso fällig.«

Als dann das Taxi vorfährt, schütteln sie immer noch meine Hand. »Laden Sie mich einfach zu einem echten portugiesischen Essen bei sich ein. Wie geht es eigentlich Fatima?«

Sie erzählen noch, als sich das Taxi schon in Bewegung setzt.

In der Klinik ist wieder Hektik. Schwester Helene hat wohl mitbekommen, dass Verena die letzten Nächte bei mir war. »Was denkst du dir eigentlich dabei. Sie hat einen Mann.«

»Ja schon, aber ich habe gerade keinen Wagen und da dachte ich …«

»Du hättest ja mich fragen können …«

Helene verzeiht nicht so schnell. Aber so hab ich erfahren, dass sie gerne mal einen Blick in meinen Trailer geworfen hätte. Das lässt sich sicher nachholen, so denke ich wenigstens.

Das Gespräch bleibt nicht unbeobachtet. Die schon wieder!

»Schwester Beatrix, was geht sie das denn an?«

»Ich wollte schon immer mal einen Wohnwagen von innen sehen.«

»Aber Schwester Beatrix, dass ist doch gar kein Problem, gibt es da eventuell noch mehr Interessenten? Ich könnte ja einen Betriebsausflug organisieren.«

»Sie wollen mich nicht verstehen, vergessen Sie es einfach.«

Beatrix zieht beleidigt ab. Nun kann ich mich endlich auf meine Arbeit konzentrieren.

Ich sehe mir die OP-Termine an und stelle fest, dass die nächsten Tage gefüllt sind.

Eine Hand fährt unter meinen Pullover. Streichelt meinen Rücken. »Nicht aufhören, es tut sehr gut.«

»Darf ich heute nochmal mit auf deine Couch?«

»Verena, es fällt den Kollegen schon auf. Wann kommt denn dein Götter-Gatte zurück?«

»Gar nicht mehr, wir haben uns getrennt.«

»Das sagst du mir erst jetzt?«

»Ich wollte noch mit meiner Entscheidung warten, erst wollte ich Gewissheit über uns.«

»Gewissheit über uns?«

Ich spüre, wie mein Mund trocken wird. Wie kommt sie auf die Idee, dass ausgerechnet wir zwei …

Ich will keine feste Bindung, da bin ich mir sicher. Außerdem ausgerechnet jetzt, wo meine Freizeit auf ein Minimum zusammen geschrumpft ist. Aber ich könnte ihr ja eine Aufgabe in Verbindung mit dem Camp übertragen, dass wäre eine Idee …

Ich will gerade auf ein Taxi zugehen, da ruft schon Verena. »Hier steh ich, du brauchst kein Taxi.« Ach stimmt ja, ich hatte es völlig vergessen, wir sind ja verabredet.

Sie fährt sehr ruhig und ich merke, dass sie etwas auf der Seele hat. Sie möchte es loswerden. Ich ahne schon, dieser Abend wird kein leichter sein. »Sag mal, macht es dir etwas aus, wenn wir nachher in das Bistro gehen?«

»Nein gar nicht, ich muss sowieso versuchen, den Felix zu erwischen. Ich muss ihm unmissverständlich sagen, dass ich keinen Ärger im Camp will.«

Als wir das Bistro betreten, sind wir die ersten.

»Lass uns doch noch einen Drink in deinem Wohnwagen nehmen.«

Sie sagt immer Wohnwagen, das klingt so etwas abwertend. Vielleicht will sie mir klar machen, dass ich ein richtiges Haus brauche, damit sie etwas zum pflegen hat.

»Okay, lass uns noch einen Drink nehmen.«

Wir gehen nach hinten, durch den schmalen Durchgang und stehen auch schon vor meinem Trailer. Ein Kuvert ist in den Türspalt geschoben. Ich sehe nach und lese:

»Hallo Herr Doktor, wir würden Sie gerne zu einem Abendessen einladen. Wir dachten an den kommenden Donnerstag um 20.00 Uhr.« Ihre Cuatro Pepes!

»Das ist ja lieb. Sie wollen mich einladen«, erkläre ich Verena.

Verena kennt sich aus. Sie muss nicht suchen. Die Gläser sind im Regal, der Whisky in der Bar. Sie schenkt großzügig ein.

»Du willst mich wohl besoffen machen, damit ich keinen Widerstand leiste.«

»Du hast es erkannt, los trink schon!«

Sie muss über sich selber lachen. Ich werfe einen Blick in die Post, die sich in den letzten Tagen angesammelt hat. Rechnungen, Formulare von der Gemeinde und natürlich Werbung ohne Ende.

Dann spüre ich wieder ihre Hand. Sie hat so eine Art, da beginne ich zu zerfließen. Nun, diesmal stört uns niemand. Ich werde es einfach mit mir geschehen lassen. Da liegt mein Hemd bereits über der Couch. Und auch meine Hose verabschiedet sich gerade von meinen Hüften. Die Socken haben auch schon das Weite gesucht.

»Komm mal mit, ich muss dir etwas zeigen.« Sie nimmt mich bei der Hand und führt mich in das Schlafabteil. Denn etwas anderes ist es nicht.

Sie gibt mir einen Schubs und ich bewege mich in die Horizontale.

»Wollten wir nicht in das Bistro?«

»Die Vorspeise bekommst du hier!«

Sie drückt meine Arme nach oben und setzt sich auf meine Oberschenkel.

Ganz langsam beginnt sie sich zu entkleiden. Ihre Bluse wandert in Zeitlupe über ihren Busen, dann über die Schultern, bis sie davonfliegt. Ihr BH rutsch Millimeter für Millimeter hinunter. Sie streift das kleine Mini Höschen ab und legt es mir auf das Gesicht. »Na, fein der Geruch?«

»Umwerfend, würde ich nicht schon liegen, würde es mich umhauen.« Verena legt sich auf meinen Körper und beginnt mit rhythmischen Bewegungen. Ich nehme sie in die Arme und streichle ihren Rücken. Sie beginnt heftig zu atmen und hat es nun eilig, meine Hände zu ihrer Muschi zu führen. »Streichel mich, mach mich scharf!«

»Darf ich dich schlecken, ich meine wegen der Vorspeise?«

»Frag nicht, mach es!«

Wir ließen uns für die Vorspeise viel Zeit. Wir genossen sie und holten uns noch etwas nach. Eigentlich hatten wir auf die Hauptspeise im Bistro nun keinen Appetit mehr. »Lieber drei Vorspeisen, wie siehst du das?«

»Ich bin ganz deiner Meinung.«

Ich sehe zum Fenster und erkenne Sophie, sie hat uns die ganze Zeit zugesehen. Sie sitzt an ihrem Fenster und blickt zu uns herüber.

»Ich hoffe, es hat ihr Appetit gemacht!«

Demonstrativ, greift sie zu einem Schal und verbindet sich die Augen. »Dieses Biest!«, meint Verena.

Nun hat uns der Hunger aber doch noch eingeholt. Wir entscheiden uns, noch, das Bistro aufzusuchen.

Die erste Person, die mir in die Arme läuft ist Felix.

»Ich muss mit dir reden.«

»Kein Problem, lade mich zum Essen ein und ich habe alle Zeit dieser Erde.«

»Dann komm mit an unseren Tisch. Ist dir eine Lasagne recht.«

»Es gäbe da aber auch noch Hummer auf der Speisekarte.«

»Nein, nicht heute! Eine Lasagne muss reichen.«

»Du willst sicher wegen der Polizei mit mir reden?«

»Genau, wir wollen uns das hier nicht leisten. Ich bitte dich das gleich morgen früh zu regeln.«

»Morgen früh, da geht es nicht. Ich muss zuerst meine Pharma-Kollektion abholen, das ist in der Stadt.«

»Aber anschließend, dann machst du es. Was treibst du eigentlich, wenn du nicht die Apotheken besuchst?«

»Ich bin noch reitender Bote für eine Finanzierungsgesellschaft.«

»Wenn es das ist, woran ich denke, meine ich, du musst ziemlich aufpassen, dass dir keine an die Wäsche geht.«

»Ich bin da kein Anfänger mehr. Ich mache das schon seit über vier Jahren.«

»Du bringst also Geld über die Grenze und zahlst es auf eine Bank deines Vertrauens ein.«

»Ja, so ähnlich, da hast du recht. Man verdient übrigens besser als ein Arzt. Ich kann dir den Job nur ans Herz legen.«

»Immer mit einem Fuß im Knast. Das ist nicht meine Philosophie.«
»Was war denn mit dem Jonathan?«
»Das ist ein Gauner, er hat mir zwanzig Mille gegeben und hat später behauptet, dass es dreißig waren.«
»Aber du hast doch eine Quittung?«
»Quittung, das wäre ja die Freikarte in den Knast. Da müsste ich schon sehr blöd sein. In diesem Geschäft hat jeder das gleiche Risiko.«
»Verstehe, dann lass uns jetzt mal die Lasagne schmecken.«
Verena hat sich das schweigend angehört. Ihr einziger Kommentar lautet, »Na dann Prost!«
Felix hat es plötzlich ziemlich eilig. »Ihr müsst entschuldigen, ich habe einen Termin vergessen. Also dann, vielen Dank und bis auf Bald.«
»Warum hat er es jetzt plötzlich so eilig?«, will Verena wissen.
»An der Türe stand eine Person, er hat ein Zeichen bekommen, dass er raus kommen soll.«
»Wollen wir die Nachspeise lieber bei uns, oder besser hier … ?«
So entschließen wir uns, die Nachspeise lieber im Trailer einzunehmen.
Der Weg ist kaum beleuchtet. »Da sieht man ja die Hand nicht vor den Augen.«
Prompt stolpert Verena und fällt der Länge nach hin.
»Scheiße, was liegt denn da am Boden?«
Ich erkenne eine Person. »Wenn das mal nicht Felix ist?«
Es ist Felix, sein Partner war nicht zimperlich mit ihm. Sie müssen ziemliche Differenzen gehabt haben. Ich rufe den Notarzt und die Polizei. Die Erstversorgung übernehme ich gleich vor Ort. So hat sich das mit der Nachspeise erledigt.
»Dann bekommst du sie eben morgen«, meint Verena.
Verenas Knie sind ziemlich aufgeschürft. Da müssen wir etwas machen. Ich helfe sofort, damit kein Schmutz in die Wunde kommt.
Sie liegt lang gestreckt auf meinem Bett und hat den langen Rock nach oben gezogen. Sie betrachtet mich genau, als ich sie versorge.
»Jetzt musst du mich tragen.«
»Aber sicher, aber da du ja schon im Bett liegst, wo sollte ich dich denn noch hin tragen?«
»Dann musst du mich ganz lieb haben, damit die Wunde schnell heilt …«

Am nächsten Morgen kommt die Polizei nochmals, um ein Protokoll aufzunehmen. Verena erklärt das sehr exakt. Man könnte auch sagen, minutiös. Am liebsten würde sie die Situation nachstellen. Aber der Beamte war nicht bereit, sich auf den Boden zu legen. Verena hat Bettruhe verordnet bekommen, so fahre ich mit ihrem Wagen in die Arbeit. Da fällt mir ein, eigentlich müsste ja heute mein Wagen fertig sein. Ich werde mal nachfragen.

Hildegard ist heute meine Assistenzschwester, es bleibt nicht aus, dass sie nach Verena fragt. »Ihr seid doch gestern gemeinsam von hier abgefahren. Hat sie etwa Schnupfen und liegt in deinem Bett?«

»Hildegard, es ist nicht so wie du denkst. Sie ist gestürzt und hat sich ziemlich verletzt.«

»Ach, ist sie etwa über einen Arzt gestürzt?«

»Nein, über einen fast Toten.«

»Da fällt mir ein, haben wir einen Felix auf der Station?«

»Ja, da haben wir einen, dass könnte er sein. Sieht so aus, als hätte ihn eine Walze überfahren.«

»Ich werde nach der OP gleich mal nach ihm sehen.«

Ich habe Felix fast vergessen, als eine Hilfsschwester in mein Zimmer kommt und mich ruft. »Felix verlangt nach Ihnen.«

»Wo liegt er denn?«

»Vierter Stock, dreiundzwanzig.«

Als ich an sein Bett trete, ist nichts mehr übrig von dem Strahlemann, der er gestern noch war. Ein Häufchen Elend, mehr nicht.

Ich sehe auf sein Datenblatt und lese: Nasenbeinbruch, Schulterfraktur, Wirbelverletzung und vieles mehr. Dass man an einem Menschen so viel kaputt machen kann ist mir zwar bekannt, aber dass das ein Mensch tut, das habe ich noch nicht gesehen. Ein Autounfall okay, das hatten wir schon öfters.

Felix versucht sich verständlich zu machen, aber da hat er keine Chance. Sein gesamter Mundbereich ist geschient. Aber ich reiche ihm einen Block, der liegt neben seinem Bett schon bereit. Er versucht einige Wörter zu schreiben und aus diesen entnehme ich, dass ich in seinen Trailer gehen soll. »Ein Golfbag steht dort, das muss nach Zürich.«

»Da geht es doch um einen Geldtransport?« Er versucht zu nicken. Dann schreibt er noch weiter. Sophie weiß Bescheid!

»Ich werde mit Sophie sprechen, war sie deshalb bei dir?«

Seine Antwort heißt »Ja!«

»Versprechen kann ich dir nichts, aber ich werde mit Sophie reden.«

Zurück auf meiner Station, gärte es in mir. Jetzt benutzt mich dieser Felix schon für seine krummen Geschäfte, muss ich das haben! Nach einer weiteren Stunde erhalte ich den Anruf, dass mein Wagen zur Abholung bereit steht. Na da bin ich aber gespannt. Hühnerkackegrün, ich komme!

Da steht er dann auch. Er schnurrt wie ein Kätzchen – immerhin, viel besser als ein gackerndes Huhn! Nun hat er sogar eine Automatik, eigentlich das, was ich mir immer gewünscht habe.

»Na wie gefällt er dir?«

»Wenn ich drinnen sitze, ist es der schönste Wagen, den ich jemals hatte. Nur von außen …«

»Du wirst dich daran gewöhnen. Außerdem sagt man, dass solch hässliche Autos nur selten angehalten werden.«

»Na das ist ja ein feiner Trost. Aber ich muss dich umarmen, dass du mir so geholfen hast. Also vielen Dank. Ich hab dir auch einen besonderen Tropfen mitgebracht. Hier, trink ihn mit Genuss.«

Als ich vom Hof rolle, fällt mir erst auf, wie leicht bei diesem Wagen alles geht. Es ist die Servolenkung, die war wohl bei meinem alten schon längere Zeit außer Betrieb.

Gemeinsam schnurren wir dahin, in Richtung Camp. Das Erste was ich erledige, ist mit Sophie reden. Ich parke vor dem Würstelstand.

»Bitte fahre ihn ein bisschen zur Seite, der tut einem ja in den Augen weh.«

»Verstehe, entschuldige!«

Als ich auf meinen Trailer zugehe, kommt mir Sophie schon entgegen.

»Wir müssen reden.«

»Ich weiß, wo ist denn das Golfbag?«

»Ich hab es schon in meinem Wagen.«

»Lass mal sehen. Weißt du was drinnen ist?«

»Drei Mille!«

»Woher weißt du es?«

»Felix hat es aufgeschrieben. Wir müssen es zur Bank in Zürich bringen, die Adresse steht hier drauf. Aber ich mache das nicht alleine!«

»Wann willst du das machen?«, frage ich.

»Übermorgen, sonst hab ich keine Zeit.«
»Ach verstehe, als Muse ist man ziemlich beschäftigt.«
Sophie bleibt mir eine Antwort schuldig.
»Also okay, wir machen das, aber wir fahren gegen fünf in der Früh los.«
»Dann musst du mich in Zürich aufwecken!«

Ich sage nichts mehr, ich bin über mich erstaunt, das ich mich auf so etwas einlasse, dass lässt mich vor mir fremdeln. Ein innerer Konflikt macht sich in mir breit. Ein Geldschmuggler, ein Verbrecher, bist du, beschimpfe ich mich.

Aber ich muss ihm doch helfen, entgegnet mein Helfersyndrom.

Halt den Mund! Mein Helfersyndrom zieht sich beleidigt zurück.

Also dann, übermorgen, es wird schon gut gehen. Das war die Stimme des Verstandes, der wohl zuvor gerade ausgesetzt hatte.

Für Felix, oder mache ich es für Sophie, um ihr zu beweisen, das ich kein Spießer bin. Oder will ich es mir selber beweisen?

Ich sehe aus dem Fenster und Sophie liegt im Liegestuhl mit einem Glas Rosé in der Hand und genießt die Abendsonne. Eine gute Idee!

So sitzen wir beisammen und philosophieren über die Gauner dieser Erde. Ohne sie wäre es doch ziemlich langweilig. Dann pufft sie mich in die Seite.

»Wenn wir über die Grenze fahren, nenne mich doch bitte Tante Ursula.«

»Warum denn das?«

»Das wirkt gegenüber dem Grenzer dann so, wie wenn du dein Tantchen zum Doktor bringst.«

»Wie soll ich heißen? Vielleicht Onkel Eduard?«

»Ich werde dich als Frau verkleiden, dann denken die, seht mal, die zwei alten Tanten fahren zum Kaffeetrinken.«

Sophie lädt mich noch zum Abendessen ein. »Du bist ein prima Kerl, ich hätte es dir nicht zugetraut. Du hast einen Gauner-Stern verdient.«

»Gauner-Stern? Für was bekommt man den denn?«

»Das ist eine Auszeichnung, die erhalten nur die großen Gauner.«

Während wir beim Essen sitzen, malen wir uns aus, wie wir uns verkleiden könnten. Wir kommen zu dem Schluss, dass wir den falschen Bart und die Perücke weglassen. Außerdem nehmen wir ja den hühnerkacke-grünen Wagen, da werden sie schnell uns durchwinken.

So war es dann auch. Umso näher wir der Grenze kommen, rutschte uns das Herz in die Hose. Sophie ist ziemlich still und beobachtet mich von der Seite.
»Wenn sie uns erwischen, wie viele Jahre bekommen wir?«
»Frag so etwas nicht, ich bin schon nervös genug. Aber ich gehe mal so von vier Jahren aus.«
»Glaubst du, sie lassen uns zusammen in eine Zelle?«
»Sophie, du meinst, wir zeigen uns selbst an? Aber vier Jahre mit mir in einer Zelle, ich glaube du würdest durchdrehen.«
»Nein, das bestimmt nicht. Es wäre eine Möglichkeit, das musst du zugeben.«
Wir fahren auf die Grenze zu, im Wagen herrscht eisige Stille. Wir zeigen unsere Pässe. Der Grenzer meint, »Wo haben Sie denn die fürchterliche Farbe her?«
»Das war ein Sonderwunsch, mein Onkel wollte mich ärgern. Als er ihn mir schenkte, sagte er, »damit bist du für den Rest deines Lebens gezeichnet.«.«
»Sie tun mir wirklich leid. Ich würde Ihrem Onkel keine Blumen auf den Grabstein legen.«
Wir lachen noch eine halbe Ewigkeit über diesen komischen Rutsch über die Grenze, bis wir endlich vor dem Geldinstitut sind, welches auf unserem Zettel steht. Der Pförtner will uns mit dem Golfgepäck nicht in die Bank lassen. »Das ist eine Bank und kein Golf Store.«
Ohne lange zu diskutieren, zeige ich ihm ein Kuvert. Er liest den Brief, »Dritter Stock, Zimmer zwölf.«
Der Mitarbeiter der Bank kennt die Golftasche anscheinend. Fachmännisch öffnet er an der Seite eine Naht. Entnimmt Geld, zählt es nach und nickt. »Alles okay, Sie bekommen noch einen Beleg.« Bereits nach zehn Minuten verlassen wir das Bankhaus und sehen uns verwundert an. »So leicht ist das. Hast du gesehen, der macht die Naht an der Seite auf und holt einfach das Geld da raus. Vielleicht ist ja noch etwas drinnen?«
Wir fahren gemütlich und entspannt gen Heimat. »Die Gefahr war doch gar nicht so groß.« Leise spricht Sophie weiter, »vier Jahre mit dir in einer Zelle, sehr verlockend.«
»Und davon kann man reich werden? Da gebe ich doch gerne meinen Vierzehnstundentag auf und sattle um.«

»Da mach ich dann mit. Wir verkleiden uns und ziehen mit dem Geld von anderen Leuten durch die Lande. Aber den Wagen müssen wir tauschen, der wird bald bekannt sein wie ein bunter Hund.«

»Bunter Hund, das trifft den Nagel auf den Kopf.«

»Das könnte ein Hindernis sein. Du hast recht. Es müsste ein ganz neutraler Opel sein, oder Ford, oder Peugeot, oder ...«

Gegen Abend kommen wir zurück in unser Camp. »Wir müssen es aber für uns behalten, sonst bekommen wir noch Konkurrenz.«

Sophie nimmt meinen Kopf zwischen ihre Hände und gibt mir einen langen Kuss.

»Du bist ein prima Kumpel!«

Sie fragt auch nicht lange, kommt mit in meinen Hänger, öffnet den Kühlschrank und bereitet für uns eine Brotzeit auf dem Ausziehtisch.

»Prost, das haben wir uns heute verdient!«

Ich gehe auf sie zu und nehme sie in die Arme und küsse sie lange und anhaltend. »Vier Jahre?«

»Soll ich zur Polizei gehen?«

»Wenn du meinst?«

»Nein, die Strafe wäre mir zu groß. Dann lieber in Freiheit und nur hin und wieder einen Blick in deinen Trailer werfen.«

»Du hast Verena und mich beobachtet. Was ich nicht verstanden habe, warum hast du dir die Augen verbunden?«

»Es hat mich unheimlich scharf gemacht, als ich euch so zugesehen habe. Das mit dem Augenverbinden sollte bedeuten: Ich kann euch nicht zusehen!«

»So ähnlich hab ich es auch gedeutet.«

Ich schaue Sophie beim Essen zu, ihre Bewegungen sind sehr ausgeglichen, eher ruhig. Jeder Handgriff überlegt. Dann nimmt sie meinen Blick auf und sieht mir unbeirrt in die Augen. »Ich möchte dich einen ganzen Tag für mich, alles mit dir tun dürfen, was ich mir so ausdenke.«

»Aha, woran denkst du denn?«

»Ich kenne einen ziemlich abgelegenen Hof. Den könnte ich mieten, sagen wir mal, so für ein langes Wochenende.«

»Du machst mir Angst.«

»Angst ist gut, wenn ich dich erst mal in der Mangel habe, wird dir sicher komisch werden.«

In diesem Moment beginnen ihre Augen zu blitzen. Der Glanz lässt sie wie eine Außerirdische wirken. Dann erkenne ich zwischen ihren Lippen die Zunge. Sie kommt wie ein anderes Wesen immer größer werdend auf mich zu. Niemals zuvor sah ich eine so bewegliche Zunge. Spitz, sich windend und vom linken zum rechten Mundwinkel wandernd. Sophie ist inzwischen aufgestanden und sie bewegt sich auf mich zu. »Los, die Hose runter!«

Es beginnt eine fantastische Orgie. Ihre Zunge schlängelt sich in meinen Mund. Ich genieße es, wie sie darin umher wanderte. Ich biege die Arme von Sophie ganz langsam nach hinten. Halte sie fest, nehme meinen Gürtel und fessle sie damit. Sophie schließt die Augen und flüstert, »Für vier Jahre will ich deine Gefangene sein. Du befiehlst, du bist der Herr, ich gehöre dir.«

Wir erlebten die Nacht der Nächte.

Es war die Nacht, als Sophie meine Muse wurde.

Am nächsten Morgen, liegt Sophie immer noch mit gefesselten Händen an meiner Seite. »Sophie, lass dich freimachen, es muss ja schrecklich wehtun.«

»Du entscheidest – wenn du es willst, bleibe ich so den ganzen Tag.«

Sie meint es ziemlich ernst mit ihrer Ansage. Ich dachte eher an eine überschwängliche Art …, einen Scherz, oder so ähnlich. Sie aber schwörte mir ihre Verfügbarkeit.

Wir sitzen uns schweigend am Frühstückstisch gegenüber. Ich richte ihr das Brot, gieße den Kaffee ein. Ihre Augen haben den Glanz noch nicht verloren. Aber ihr Blick ist nun eher unterwürfig. Ihr Kopf gesenkt. »Was soll ich zum Abendessen machen? Ab heute wirst du mir sagen, was du wünscht.«

»Jetzt lass aber den Blödsinn. Du entscheidest, wozu du Lust hast. Es war doch nur ein Scherz, oder wenn du es so willst, eben ein Spiel.«

»Das sehe ich anders. Ich will es so, wie ich es gesagt habe, und nicht anders!«

Jetzt hat sie wieder dieses Feuer in ihrem Blick. Ihre Lippen öffnen sich einen Spalt, ich sehe die Zunge hin und her wandern. Diesmal aber nur die Zungenspitze. Es sollte wohl so etwas wie eine Warnung sein.

»Ich muss zum Dienst, heute ist ein anstrengender Tag. Jetzt habe ich es beinahe vergessen, wir sind heute Abend bei den Cuatro Pepes eingeladen. Da müssen wir hin.«

»Du bist eingeladen, du wirst ohne mich gehen. Ich werde den Trailer etwas umgestalten. Da hab ich genug zu tun.«

»Wie du meinst, du musst nicht mit.«

Auf dem Weg in die Klinik, kreisen meine Gedanken um Sophie. So eng sollte es nicht sein. Ich vertrage das nicht. Ich kenne mich, spätestens nach vier Wochen drehe ich durch. Wenn ich könnte, ich würde mich unsichtbar machen. Aber ich habe mich verpflichtet, mich um das Lager zu kümmern. Es war ein Versprechen, von dem ich nicht wissen konnte, was auf mich zukommt.

Schwester Verena steht bereits im Gang und reicht mir meinen Kittel. »Du schaust ja ziemlich zerknautscht aus. Was haben sie denn mit dir gemacht?«

»Ich habe einfach nur schlecht geschlafen.«

»Da siehst du, einmal nicht an meiner Seite und schon schläfst du schlecht.«

Ich pendle an diesem Tag zwischen dem einen OP-Saal und dem anderen, es ist Hektik angesagt. Zwei Notfälle haben uns den gesamten Plan durcheinander gewirbelt. Jean hat sich krank gemeldet, so habe ich seine Visite auch noch am Hals.

Gedankenversunken fahre ich zum Camp. Blumen, jetzt hab ich die Blumen vergessen. In der Klinik haben wir einen Stand, es wäre so einfach gewesen. Ich werde die Blumen am nächsten Tag hinschicken lassen.

Sophie hat die Gardinen meines Trailers herunter genommen.

»Die brauchen dringend eine Wäsche. Bettsachen hab ich inzwischen von mir genommen. Da müssen wir dringend einiges nachkaufen.« Ein Blick in den Schlafteil verrät mir, sie muss den ganzen Tag gewerkelt haben. Sieht aus, als sei der Weiße Riese durchgefegt.

»Hier ist ein Geschenk für die Pepes. Du hast es doch sicher vergessen.«

Wie recht sie hat! Sie kennt sich mit Männern aus, da gibt es keinen Zweifel.

»Frische Sachen hab ich dir herausgehängt. Willst du eine Krawatte oder lieber das Hemd offen tragen?«

Das wird mir unheimlich. Das ist beängstigend. Was hat sie vor?

Sophie nimmt mich in die Arme und verteilt noch zwei kurze Küsse. »Und grüße sie ganz herzlich von mir. Du wirst schon eine Entschuldigung finden. Du sagst einfach, dein Frauchen ist fix und fertig.«

Ich stehe vor dem Trailer der Pepes. Sie haben das prima gelöst, mit dem Überdach zwischen den beiden Wohnwagen. Es ist praktisch ein Freisitz mit Übergröße.

»Hi, da bist du ja endlich!«

»Seid gegrüßt, ich freue mich schon, euch kennen zu lernen.«

Sie haben einen Tisch gedeckt und ich sehe auf Anhieb, dass sie mit keiner weiteren Person gerechnet haben. Es ist nur für fünf Personen hergerichtet. Also kann ich mir die Entschuldigung ersparen.

»Vielleicht ein Bier, damit wir den Magen öffnen?«

»Ja gerne, eine gute Idee.«

Wir tasten uns langsam aufeinander zu. Wir kennen uns ja nur vom Sehen.

Ich frage vorsichtig woher sie kommen.

»Andalusien!«

»Wie lange seid ihr schon in Frankreich?«

»Sieben Jahre.«

Der jüngere der beiden Brüder lenkt das Gespräch auf meine Arbeit. Er will wissen, was die Leute so haben. Er meint die Krankheiten.

»Auch nichts anderes, was sie so bei euch in Andalusien auch haben.«

Die beiden Ehefrauen haben bis jetzt noch nichts gesagt. Sie sitzen schweigend dabei und sorgen für die Getränke, bis der ältere Bruder meint, »Lass uns zu Tisch gehen und mit dem Essen beginnen.«

Wir sitzen um einen ovalen Tisch. Mit viel Liebe dekoriert. Ich gehe mal davon aus, dass sie auch gerne zeigen wollen, wie gepflegt sie wohnen. Wir Herren sitzen bereits, die beiden Damen sausen zwischen Tisch und Küche hin und her.

Zwei große Tapa Teller werden herein getragen. Allein der Anblick lässt einem das Wasser im Mund zusammen laufen. Dann beobachte ich, wie man sich bedient, kleine Gabeln und Löffel liegen auf den Tellern. Es ist das erste Mal, dass ich ein Abendessen in dieser Form kennen lerne. Durch das Herumreichen der Teller wird die Situation entspannter. Nach einer weiteren halben Stunde beginnen die beiden Brüder von Sevilla zu erzählen. Da kommen sie nämlich her. Fotos werden geholt und so sehe ich ein Bild mit den Eltern. Im Hintergrund steht ein hoch herrschaftlicher Palazzo. »Ist das ihr Elternhaus?«

Sie sehen sich beide an und schweigen. Ich vermute, da liegt etwas im Argen. Die beiden Damen unterhalten sich mit ihren Ehemännern nur auf Spanisch. Es ist ein sehr schnelles Spanisch, so dass ich absolut nichts mitbekomme. Der jüngere Bruder erzählt, dass ihre Frauen erst seit Kurzem hier sind und noch französisch lernen. Sie erzählen, dass sie bei ihren Eltern in Sevilla waren und die beiden Schwestern kennen lernten. Es war Liebe auf den ersten Blick. So leben zwei Brüder mit zwei Schwestern zusammen. Kann das harmonisch sein? Die beiden Brüder erzählen, dass sie die beiden Trailer zusammen gekauft haben und so ein etwas größeres Grundstück bekommen haben.

Warum haben sie keine Wohnung gekauft, lag es nur am Preis, oder ist da so etwas wie die Sehnsucht nach dem Nomadenleben? Das Gefühl, immer aufbrechen zu können, wenn man will. Wobei ich nicht verstehen kann, wie man einen so großen Trailer an einen Wagen spannen kann.

Nach zwei Stunden, wird die Stimmung immer ungezwungener und die Brüder wollen nun auch etwas von mir wissen. Ich beginne aus meiner Studentenzeit zu erzählen. Von Marseille, Paris und das ich letztendlich in Lyon hängen geblieben bin. Es war die einzige Möglichkeit mit der Aussicht auf einen Chefarzt Posten. Gegen Mitternacht zeige ich dann, dass es Zeit wird, aufzubrechen. Schon an der Türe angekommen, fragt mich der ältere Bruder, ob ich ihn mal untersuchen könnte, da sei etwas nicht ganz in Ordnung. Er habe Angst in einer Klinik, da bekommt er gleich Panik. Der Geruch in einer Klinik, das vertrage er nicht, seit er seine Mutter da liegen sah und sie dort verstorben ist, betritt er kein Krankenhaus mehr.

Wir vereinbaren einen Termin. Ich spüre seine Erleichterung, dass er das Thema noch unterbringen konnte. Diese vier Personen bleiben mir ein Rätsel, sie verhalten sich wie in einem Film, es gibt so eine Art von Vakuum. Als ich zu meinem Trailer gehe, sehe ich mich nochmals um. Was stimmt mit den Cuatro Pepes nicht?

Als ich in meinen Trailer komme, liegt Sophie bereits im Bett. Sie hat sich eines meiner Bücher herausgesucht und blättert darin.

»Na, wie war es? Ich hatte dich eigentlich erst etwas später erwartet.« Ich sehe auf die Uhr, tatsächlich, es ist erst halb zwölf.

»Was machen wir mit der angebrochenen Nacht?«

»Komm an meine Seite, ich brauche deine Hände.«

Sophie ist eine Frau, wo man nie genau weiß, was als nächstes kommt. Kaum liege ich an ihrer Seite, schmeißt sie sich auf mich. Ich liege nun unten und sie sitzt triumphierend auf mir. »Ich dachte, wir wollten kuscheln?«

Dann aber erkenne ich, dass sie sich schon eingerichtet hat. Am oberen Ende des Bettes sind Schlaufen angebracht.

»Was wird das?«

»Wirst du gleich sehen. Eigentlich wollte ich mich anhängen, aber dann kam mir die Idee, es für dich einzurichten.«

»Ich bin aber nicht in der Stimmung.«

»Das kommt schon noch. Ich habe einige Spielsachen von mir geholt. Du weißt ja, ich bin eine Muse.«

»Wie du meinst, dann Muse mal herum.«

Sie bringt meine Hände in die richtige Position und zieht die Schlaufen zu.

»So, das wäre der erste Teil. Der zweite folgt zugleich.«

Gespannt warte ich darauf, was sie sich ausgedacht hat. Außerdem ist es für mich interessant, mal zu sehen, was sie so als Muse treibt.

Was folgt sind die Schlaufen an den Füssen. »So mein Lieber, jetzt muss ich mal überlegen, was ich als nächstes mit dir mache.« Aus einer Tasche, die gleich neben dem Bett liegt, holt sie eine Schachtel mit einem Plastikteil. »Was ist das denn?«

»Das schiebe ich jetzt über deinen Penis.«

Das Gefühl ist nicht unangenehm, ich warte darauf, was dieses Teil macht. Bis jetzt umschließt es nur ziemlich eng meinen aufgebäumten Schwanz.

Sophie betrachtet sich ihr Werk und macht die notwendigen Gurte fest. »Das muss sein, sonst fliegt das in der Gegend herum.« Sie macht mir Angst, »fliegt herum«? Was wird das?

Sie holt noch aus dem Badezimmer ein großes Handtuch, wickelt es um meine Lenden, bindet es mit Tüchern fest. Dann legt sie ein Kabel von der Steckdose zu dem Penishalter.

Ein Klick sollte mir zeigen, was dieses Ding vollbringt. Es massiert ohne Pause. Das ist der Wahnsinn. Wie soll ich das durchstehen. Ich wollte am liebsten los brüllen, aber die Hand von Sophie, ließ meinen Schrei ersticken. Sie drückt sie fest auf meinen Mund. Dann zieht sie den Stecker heraus.

»Wir machen eine Pause!«

»Das ist aber lieb.« Einen richtigen Satz bringe ich nicht heraus. So aufgewühlt bin ich. »Woher hast du denn dieses teuflische Ding?«

»Ein Vertreter hat es gestern zum Ausprobieren mitgebracht. Da musste ich gleich an dich denken. Du darfst aber nicht so laut sein, sonst kommen unsere Nachbarn. Also reiß dich zusammen.«

»Das geht nicht, wenn das anfängt, kann ich nur noch schreien.«

»Okay, dann mach ich das anders.«

Sophie holt aus dem Badezimmer ein dickes Handtuch und bindet es über mein Gesicht. »So jetzt kannst du schreien, so viel du willst.«

Sekunden später beginnt die Maschine zu arbeiten und ich schreie in das Handtuch.

Es will nicht aufhören, wann schaltet sie es endlich ab? Ist sie überhaupt noch im Raum. Vielleicht hat sie sich in ihren Trailer verzogen und überlässt mich dem Ungeheuer? Ich konzentriere mich auf die Schlaufen, es muss doch eine Möglichkeit geben, mich daraus zu befreien.

Tatsächlich, es ist geschafft. Nur die Gurte, sind mit einem Schloss gesichert, was mache ich damit?

Der Schalter, wo ist der Schalter? Nach weiteren zehn Minuten ist der Spuk vorbei. Ich entledige mich der vielen Dinge und liege schlaff auf meinem Bett. Sophie ist tatsächlich in ihren Trailer gegangen. Sie wollte wohl sehen, wie ich mich aus dieser Situation befreie.

Am nächsten Morgen, steht Sophie mit einem Tablett an meiner Türe. »Frühstück!«

»Lieb, dass du an mich denkst.«

»Als dein Schrei nachgelassen hat, wusste ich, dass du es geschafft hast.«

»Es war schrecklich und auch wunderbar, alles eben auf einmal.«

»Dann würdest du es also empfehlen. Nur wenn mich der Vertreter fragt?«

»Sag ihm, er soll es doch mal selber ausprobieren.«

Es wird Zeit, dass ich Sophie für eine ordentliche Arbeit einteile. Ich denke da an die CDs, womit man viel Geld machen könnte, aber meine Zeit reicht dafür nicht aus.

Ich spreche Sophie direkt auf diese Arbeit an und kann sie überreden, sich dafür zu interessieren. Während wir die Croissants und den leckeren Kaffee trinken, gebe ich ihr erste Instruktionen. »Heute wirst du nur die Arbeit machen, die ich dir nun erkläre.«

Sophie scheint begeistert. »Da kann ich ja richtig Kohle damit machen.«

»Ja das schon, aber wir müssen auch sehr vorsichtig sein, es ist nicht wirklich legal.«

»Was ist heute schon legal, auf jeden Fall alles was Spaß macht, ist illegal!«

Zwei Stunden später beginnt mein Dienst. Heute habe ich die späte Frühschicht, also von zehn bis achtzehn Uhr. Als ich meinen Dienstplan durchsehe, steht Verena plötzlich an meiner Seite. »Was ist eigentlich los? Ist es jetzt Sophie?«

»Nein, ich bringe ihr gerade die Computerarbeit etwas näher. Sie muss endlich richtig Geld verdienen. Als Muse von diversen Herren, dass kann doch nicht auf ewig das Richtige sein.«

»Ach und da bist du der Hilfreiche und erteilst ihr Nachhilfe in Sachen Computer?«

»Was machst du heute Abend?« frage ich Verena.

»Ich habe mir für dich den Abend reserviert.«

»Okay, dass passt ja prima, dann gehen wir zusammen essen.«

Als ich Sophie anrufe, berichtet sie begeistert, was sie schon alles gelernt hat. »Hör zu, heute Abend bleibe ich in der Klinik. Ich hänge eine Nachtschicht dran.«

Verena steht am Schalter, wo die Notfälle eingeliefert werden und erklärt, dass wir nur zum Essen sind, aber den Piepser dabei haben, nur für den Fall, dass etwas sein sollte. Ich habe mich für die Bereitschaft einteilen lassen, das bringt Freizeitpunkte.

Wir sitzen gerade in einem Elsässischen Restaurant und die Ente ist bereits serviert, da piept mein Piepser. »Scheiße!«, kommt es von Verena. Hastig ziehen wir uns noch ein paar leckere Stücke rein, dann müssen wir leider ab in die Klinik.

Als wir auf die Klinik zufahren, sehen wir schon etliche Blaulichter.

»Was ist denn da schon wieder passiert?«

Auch Jean musste geholt werden. »Eine Schießerei! Wir haben mindestens vier Schwerverletzte!« So ist die erste Mitteilung, die wir erhalten. Also ab in den OP. Jean und ich sind ein eingespieltes Team. Verena an unserer Seite, da kann nichts schiefgehen. Aber die Verletzungen sind erheblich. Das wird eine lange Nacht.

»Die Ente lassen wir uns von der Krankenkasse bezahlen!«, flucht Verena.

Auf der Patientenliste, lese ich den Namen Pepe!

Die beiden Pepes, schwerst verletzt. »Zuerst das Notwendigste, morgen früh machen wir weiter.«, ordne ich an.

Nach vier Stunden, die erste Pause. Mehr wäre auch nicht möglich gewesen. Ich versuche in Erfahrung zu bringen, was passiert ist.

»Eine Schießerei zwischen zwei rivalisierenden Verbrecherbanden!«, so lautet die erste Info.

»Die Pepes Verbrecher?«, sage ich zu Jean.

Ein Polizist steht auf dem Gang. Vielleicht kann er mir mehr erzählen. Nein, mehr weiß er auch nicht, er sei nur hier um aufzupassen, damit keiner abhaut.

Auch der nächste Morgen, bringt keine Entspannung. Komplikationen haben sich eingestellt. Wir kämpfen um das Bein des jüngeren Pepes. Der ältere hat einen Leberstreifschuss. Auch nicht gerade einfach.

Dann läutet Sophie durch. »Du musst sofort kommen, hier ist die Hölle los.«

»Was ist denn passiert?«

»Es wimmelt von Polizisten. Die Pepes Brüder wurden angeschossen.«

»Das weiß ich schon, ich hab sie heute Nacht behandelt. Aber erzähl, was ist denn passiert?«

»Ein Bandenkrieg zwischen spanischen Banden!«

»Ach du Scheiße, nicht nur der Ärger mit dem Felix, jetzt auch noch die Pepes.«

»Wie geht es eigentlich Felix?«

»Nicht gut, wir kämpfen immer noch um sein Leben. Es dauert nicht mehr lange, dann machen wir eine Sonderabteilung für das Trailer-Camp auf.«

Kaum hab ich aufgelegt, ist Harley dran.

»So eine Scheiße, wie konnten sie sich nur mit den Basken anlegen?«

»Erkläre mir das bitte heute Abend, im Moment kämpfe ich um ihr Überleben.«

»Ich glaube, ich muss dir einiges erzählen.«

»Das glaube ich auch. Stell das Bier schon mal kalt.«

Im OP-Saal, kämpfen wir abwechselnd mit den verletzten Basken und mit den Pepes. Zwischendurch wäre uns beinahe Felix von der Schippe gesprungen. So aufregend war es die letzten fünf Jahre nicht mehr.

Gegen Abend sind Jean und ich fix und fertig. Wir liegen völlig ermattet im Umkleideraum. »Mir reicht es für heute.«

»Okay, Jean mach für heute Schluss, ich übernehme die Bereitschaft.«

Wir klopfen uns noch auf die Schulter und Jean ist schon auf dem Weg zu seinem Wagen.

Eine halbe Stunde später bin ich auf dem Heimweg. Endlich ausspannen, hoffentlich kommt kein anderer Notfall. Ich komme gar nicht mehr zu meinem Trailer. Harley hat mich an der Türe abgefangen. »Los, komm schon, du hast dir ein Bier verdient.«

Wir setzen uns in eine stille Ecke und Harley beginnt auch gleich mit seinem Bericht, den er mir versprochen hat.

Ich erfahre, dass die Pepes schon seit längerer Zeit mit einer Bande aus dem Baskenland Revierkämpfe haben. Das Gebiet um Lyon war als das der Pepes ausgewiesen. Die Basken sollten sich südlicher einrichten. Das hat auch ganz gut geklappt, bis dann die Franzosen das Gebiet um Lyon auf nördlichere Gebiete erweitert haben. So wurde es für die Pepes enger. Aber sie verteidigten ihr Revier mit ziemlich ruppigen Methoden. Ein Franzose verlor letztes Jahr sein Leben. Er wollte nicht verstehen, dass er die Grenze überschritten hatte.

»Harley, woher weißt du davon?«

»Ich hab den Pepes zeitweise geholfen, die waren so unerfahren. So sind wir mit unserem Harley Club unterstützend dabei gewesen.«

»Ah verstehe, du hast den Buben geholfen.«

»Irgendetwas musste ich ja tun. Sie haben einfach zu wenig verdient. Die zwei Mädels sind sehr anspruchsvoll. Das kostet richtig Kohle.«

»Erzähl mir lieber, was sie so treiben.«

»Ach da geht es um Schmuckgeschäfte, Geldwäsche und Überfälle auf Lastwagen.«

»Na, da bin ich ja beruhigt, alles kleine Dinge.« Dann aber platzt mir der Kragen. »Du hast davon gewusst, hast sie sogar unterstützt, was habt ihr euch dabei gedacht! Das es vielleicht auch anständige Arbeit gibt, daran habt ihr nicht gedacht.«

»Mit anständiger Arbeit, was bekommst du da schon?«
»Wenn es einiger Maßen gut geht, hört ihr damit sofort auf, ist das klar. Es ist noch nicht mal sicher, ob wir die beiden durchbringen.«
»Du da ist noch etwas!«
»Was denn noch, als wenn es noch nicht genug wäre.«
»Die Eltern von Fatima, hängen da auch mit drinnen.«
»Fatimas Eltern! Was haben die denn damit zu tun?«
»Die verhökern die Ware. Da gibt es einen Ring, dem gehören sie an. Die Ware kommt nachts hierher und am Morgen ist sie schon verteilt, dass machen die Lastwagen.«
»Da hab ich mich ja auf einen schönen Haufen eingelassen.«
»Aber jetzt gehörst du dazu. Du musst schweigen, sonst musst du dich selber behandeln.«
»Du willst mir drohen?«
»Nein, ich will dich beschützen. Dir mit einem guten Rat helfen.«
»Ach richtig, jetzt hätte ich es schon beinahe falsch verstanden. Sag mal, wer gehört denn nicht zu dem Haufen der Räuber und Schmuggler?«
»Die Italiener machen in Bilder, Sophie, dass weißt du ja selbst, die ist eine Hure, dann haben wir noch die Zigeuner …«
»Hör auf, es reicht!«
Wütend kippe ich mein Bier runter und gehe in meinen Trailer.
»Da bist du ja endlich, ich warte schon seit einer halben Stunde auf dich!«
»Ich musste mir gerade erklären lassen, was hier eigentlich abläuft.«
»Ach du Ärmster, jetzt weißt du es.«
Sophie hat ein Abendessen vorbereitet. »Magst du Rotwein oder lieber Rosé?«
Was hat mir da Martin überlassen? Warum hat er sich dafür ausgerechnet mich herausgesucht? Hat er keinen Dümmeren gefunden? Meine Fragen beunruhigen mich so sehr, dass mir der Appetit bereits vergangen ist. Sophie hat eine feine Antenne und spürt meine Besorgnis. Sie glaubt, mich aufheitern zu müssen.
»Sophie lass es, ich muss eine Runde laufen, ich brauche Luft.«
Sophie stellt sich hinter mich und beginnt meinen Hals zu massieren. »Tut das gut?«
»Sophie, es macht mir Angst, wie ist Martin damit umgegangen?«

»Martin hat immer gesagt, lasst mich mit euren Spielen in Ruhe. Ich will es nicht wissen, was ihr so treibt. Natürlich wusste er alles. Es war nicht nur einmal, dass er irgendjemandem aus der Gruppe geholfen hat. Einmal hat er sogar Schmiere gestanden, weil ein Pepe ausgefallen war.«

Die Massage von Sophie tut sehr gut, langsam bekomme ich meine alte Form zurück.

»Ach mein Schatz, der Vertreter hat da noch eine andere Schachtel mit Spielzeug, die ich testen soll. Würdest du mir zur Verfügung stehen?«

»Nein, ich halte das nicht aus. Da bin ich den ganzen Tag im OP, um Leben zu retten, und dann soll ich Versuchskaninchen spielen.«

»Versuchskaninchen, das ist eine gute Bezeichnung. Soll ich dich in Zukunft Kaninchen nennen?«

»Untersteh dich!«

»Kaninchen, kommst du mit in meinen Trailer, da hab ich eine Überraschung aufgebaut?«

Dazu kommt es aber nicht mehr. Die Italiener stehen vor der Türe. »Michel, du musst kommen, es gibt Ärger mit dem Pächter vom Bistro.«

»Ich komme!«

Gemeinsam gehen wir zum Seiteneingang des Bistros. Der Pächter packt gerade seine Sachen und will verschwinden.

»Was soll das, erkläre es mir.«

»Ich habe die Schnauze voll!«

»Erzähl, was ist passiert?«

Er reicht mir wortlos ein Kuvert. Ich beginne zu lesen. Es scheint von einer Behörde zu sein. »Sie wollen eine Untersuchung machen, ob bei uns alles sauber ist. Das ist doch eine Frechheit. Dabei waren sie erst vor drei Monaten da.«

Aus dem Text entnehme ich, dass es wohl einen Konkurrenten gibt, dem die Kunden davon laufen. Der Pächter lässt sich nicht beruhigen, nach einer halben Stunde sucht er das Weite.

Von der Köchin habe ich anschließend erfahren, dass er ein Jobangebot in Colmar hat, dass ihm das Doppelte einbringt.

Für diesen Abend übernehmen die Italiener das Bistro in Eigenregie. Das was sie sich schon immer gewünscht haben, tritt nun ein. Das Kuvert nehme ich an mich, ich werde persönlich mit dem Herrn sprechen.

Sophie wartet derweil vergebens, mir ihre Überraschung präsentieren zu können.

Der nächste Morgen bringt neben schlechtem Wetter nur noch viel Arbeit auf Station. In einer kurzen Pause telefoniere ich mit dem Amt. Ich stelle mich als der »Geerbte Verwalter« vor. Die Herren haben davon gehört. Ich erkläre, dass ich ja eigentlich der Arzt in der Klinik sei und für solche Probleme keine Zeit habe.
»Sie sind Michel Colbert?«
»Ja warum, kennen wir uns?«
»Natürlich, sie haben meinem Sohn nach seinem Motorrad-Unfall sehr geholfen.«
»Ich kann mich nicht erinnern, Sie müssen entschuldigen, aber solche Unfälle haben wir inzwischen fast täglich.«
»Der Rolf, dass müssen Sie noch wissen. Er hatte seinen Führerschein gerade vier Stunden und ist mit meiner Maschine von der Bahn abgekommen.«
Dann erinnere ich mich. »Das war vor einem Jahr, ist das richtig?«
»Ja, das ist richtig, aber nun sagen Sie mir, wo drückt der Schuh?«
Ich berichte von dem Schreiben und drücke meine Besorgnis aus. Eine Untersuchung und dann ohne Pächter, das kommt ziemlich ungelegen.
»Aber wir wollten das Bistro gar nicht untersuchen. Wir wurden von einem anonymen Anrufer dazu aufgefordert. Wegen uns brauchen Sie sich keine Sorgen machen. Wir können das einfach zu den Akten legen. Wir wissen, dass dort alles in Ordnung ist, wir waren ja gerade erst dort.«

Als ich auflege, kommt mir der Gedanke, dass ja vielleicht der Pächter nur schnell aus seinem Vertrag heraus wollte und sich das ausgedacht hat. Sei es wie es wolle, nun muss ich wieder in meinen OP.

Am Nachmittag rufe ich Harley an und bitte, dass er sich mit den Italienern zusammen setzt und sie als neue Pächter übernimmt.

Auf meinem Handy ist eine SMS von Sophie. Sie will einen Versuch mit den Aktien machen. Ob sie ihr bitte meine Kontonummer gebe, damit sie den Einkauf starten kann. Ein leichtes Grinsen huscht über mein Gesicht. Aber dann ruft mich Jean, er braucht Unterstützung, bei einer schwierigen OP.

»Einen Moment, ich muss mich noch umziehen.«

Die Zusammenarbeit mit Jean, ist immer ein Genuss. Er arbeitet sehr präzise und ist ein echter Kumpel. Sein Wissen schätze ich besonders und ich kann von ihm immer etwas lernen. Die OP ist erst gegen halb fünf beendet.

»Für heute machen wir Schluss!«

»Lass uns noch auf einen Absacker treffen, ich muss mit dir reden.« Für Jean hab ich immer Zeit und wenn er mich schon fragt, ob ich Zeit habe, dann hab ich Zeit für ihn.

Wir sitzen gemütlich bei einem Whisky und knabbern an den bereitgestellten Nüssen. Jean erzählt, dass ihm das Geld nicht reicht, was er in der Klinik verdient. Seine Frau will mit den Kindern in Urlaub und dann braucht er noch einen neuen Wagen. Sofort kommt mir die Idee mit den CD's. »Kennst du dich mit Aktien aus?«

»Ja schon, ich hab da mal einen Kurs besucht.«

Ich erzähle von den CD's. Jean bekommt glänzende Augen. »So etwas hast du, weißt du eigentlich, was das bedeutet?« Jean will sie sofort sehen. »Das könnte mein neues Hobby werden.«

»Los, dann lass uns fahren!«

Sophie sitzt gerade über meinen Computer gebeugt und versucht sich einzuloggen.

»Sophie, lass mal Jean an das Gerät, er kennt sich damit aus.«

Unter Murren verlässt Sophie den Computer. »Wenn du meinst, dass du das besser kannst, dann bitte!«

Jean spielt mit dem Computer, als hätte er nie etwas anderes gemacht. Da flitzen seine Finger über die Tastatur, dass ich nur so staune. »So, jetzt brauche ich noch das Codewort.«

Sophie antwortet, »Das haben wir nicht!«

Ich entnehme aus meiner Brieftasche ein Blatt mit Ziffern und Buchstaben und reiche es Jean.

Sophie ist ärgerlich, »Du hast es ja doch!«

Als Jean die Daten eingegeben hat, nehme ich das Blatt wieder an mich. »Gib es bitte mir!«, meint Sophie.

»Das ist viel zu gefährlich, das behalte ich besser bei mir.«

Jean ist inzwischen in eine große Pharma-Firma eingeloggt.

»Da kenne ich mich aus, bei denen hab ich mal ein Praktikum absolviert. Wie viel willst du riskieren?«

»Versuch es mal mit fünftausend.«

Dann meint Jean, »Es müsste sich gelohnt haben. Morgen wissen wir mehr.« Sein Gesicht lässt ein leichtes Schmunzeln erkennen.

Sophie will wissen, wie er das gemacht hat. »Ich werde es dir beibringen, aber eines musst dir klar sein: das ist keine Spielerei. Da kannst du im Nu pleite sein.«

»Ich hätte ja nicht das Geld von mir genommen, sondern das von Michel.«

Dann aber muss Jean nach Hause, seine Frau wartet schon seit einer Stunde. Aber sie ist Warten gewöhnt, selten kommt man pünktlich aus der Klinik. Jean zieht ab und er gibt Sophie einen Kuss.

»Was war das denn? Er ist doch verheiratet.«

»Vielleicht braucht er eine Muse?«, meint Sophie verschmitzt.

»Wir müssen noch in das Bistro und mit den beiden Italienern reden. Vielleicht ist noch etwas zu regeln.«

Dort herrscht bereits reger Betrieb. Chelion flitzt durch die Reihen. »Setzt euch da hinten hin.« Dann ist sie auch schon wieder weg. Chelion ist die Seele in diesem Betrieb. Aber auf Dauer kann es nicht so bleiben. Sie soll ja nicht Kellnerin werden. Als Job ist das ja okay, aber als Beruf?

Es strömen immer neue Besucher in das kleine Bistro. Es hat sich herumgesprochen, dass es jetzt Italienische Küche gibt.

Dann bekomme ich einen Streit mit. Ein Mann im feinen Anzug geht in die Küche zu den Italienern. Er hält ein Kuvert in der Hand. Ich beobachte es von meinem Platz aus. Giovanni sagt ziemlich laut, »Das Zeug nehmen wir nicht, wenn du nicht verschwindest, hol ich die Polizei.« Daraufhin versetzt ihm der Herr im feinen Anzug einen Schlag. Ich springe auf und gehe in die Küche. »Was ist hier los?«

»Halte mir diesen Typen vom Hals!«, flucht Giovanni.

Ich bitte den Herren an meinen Tisch und will hören, was hier passiert. Wortlos reicht er mir das Kuvert. Ich sehe nach und es sind zehntausend Euro drinnen.

»Was soll das?«

»Ich möchte die Ware abholen und bezahlen?«

»Was für Ware?«

»Kokain!«

Nun begreife ich, warum uns der Pächter so schnell verlassen hat. Ich erkläre dem Herrn, dass sich sein Lieferant aus dem Staub gemacht hat. Und wir damit nichts zu tun haben wollen.

»Wenn Sie mehr Geld wollen, müssen Sie das sagen. Ich kann mit meinen Leuten reden.«

»Begreifen Sie es endlich, wir verkaufen kein Kokain. Ich weiß nicht, was hier früher gelaufen ist, aber wir machen das nicht.«

Dann zieht der Herr seinen Ausweis aus der Tasche, Drogenfahndung!

Ich lade ihn auf einen Rosé ein und erfahre nun, was hier bisher gelaufen ist.

»Damit ist jetzt Schluss, wenn hier was gelaufen ist, war es der alte Pächter.«

Sicherheitshalber bitte ich ihn um seine Karte. »Man weiß ja nie …«

Kaum ist er zur Türe raus, frage ich Sophie. »Sag mal, muss ich hier noch mit weiteren Überraschungen rechnen? Du kennst dich doch aus. Was ist hier noch so gelaufen?«

»Gelaufen? Nichts, wovon ich etwas wüsste.«

»Sophie, nimm mich bitte nicht auf den Arm! Die Pepes, die Portugiesen und dann auch noch Felix, du kannst mir doch nicht erzählen, dass du nur die Muse warst?«

»Doch, mehr wollte ich ja nicht. Man muss seine Grenzen erkennen.«

Sie blockiert, das hätte ich mir eigentlich denken können. »Gauner-Ehre«, so sieht sie es wohl. Aber ich werde es schon noch aufklären. Da bin ich mir sicher!

Wir gehen auf unsere Trailer zu und Sophie fragt, »Kommst du noch mit?«

»Nein, das war alles etwas zu viel. Lass mir heute Nacht einfach meine Ruhe.«

»Wenn du meinst, Kaninchen. Eines musst du wissen, es entgeht dir einiges.«

»Schlaf gut, wir sehen uns dann morgen.«

Ich bin schon ziemlich früh aufgestanden. Ich wollte Sophie nicht begegnen. Sie spielt ein doppeltes Spiel, da bin ich mir sicher. Die restlichen CDs nehme ich lieber mit, es könnte ja auch sein, dass Jean sie benötigt.

Die folgenden Tage treffe ich Jean nur kurz auf dem Gang. Er hat nicht nur beruflichen Stress, sondern auch daheim liegt einiges im Argen.

»Du musst in deinem Computer nachsehen, wie der Kurs steht, nicht das er fällt und wir merken es nicht.«

»Verdammt, ich hab es einfach vergessen.«

Gut, dass ich meinen Laptop mitgenommen habe, so kann ich eine Überprüfung auch bei mir Zuhause durchführen. Inzwischen hab ich schon etwas Übung. Schon nach wenigen Minuten bin ich drinnen. Dann die Geheimzahl und ich könnte jubeln vor Freude.

»Jetzt weg damit!«, sage ich laut zu mir, als würde ich mir einen Befehl erteilen. Dann, was bleibt unterm Strich? Knappe zwanzigtausend sind es, die Hälfte gehört Jean.

Ich rufe sofort bei ihm an, eigentlich müsste er daheim sein. Aber es ist nur Helene da. »Ich wollte eigentlich Jean sprechen.«

»Wenn du nicht weißt wo er ist, … ?« Ich lüge und erzähle ihr, dass ich bereits eine Stunde vor Dienstschluss weg bin.

»Ich muss mal mit dir reden, du wirst es ja wissen, wir haben seit einiger Zeit Ärger im Haus.« Helene klingt sehr ernst.

»Das tut mir leid. Ich werde mal sehen, wo Jean abgeblieben ist.« Scheiße, wie konnte mir das passieren. Er wird doch nicht etwa bei Sophie sein?

Sein Handy hat er abgeschaltet. In der Klinik ist er nicht. Das hab ich bereits gescheckt. Er geht also fremd, so vermute ich jedenfalls. Gleich morgen werde ich mit ihm reden. Er kann doch nicht einfach seine Ehe kaputt machen.

Um mich abzulenken, zocke ich noch im Internet und finde eine Website von einem Fertighausanbieter. Meine Idee ist es, die Trailer gegen Fertighäuser zu tauschen.

Irgendwann werden die Trailer abgewohnt sein und dann kommt eine riesige Rechnung auf uns zu. Ich sende eine kurze Nachricht, dass ich um ein Preisangebot bitte. Anschließend köpfe ich eine Flasche guten Rosé. Ein Patient hat ihn abgegeben. Mal etwas anderes wie die ewigen Pralinen.

Beim Studium der Tageszeitung erfahre ich, dass südlich von Lyon ein Künstlerdorf errichtet werden soll. Es ist noch Zeit sich zu bewerben. Bewerben? Warum eigentlich nicht. Ich könnte einige der Trailer-Bewohner umsiedeln. Dann hätten alle ein festes Dach über dem Kopf. Ich überlege und rechne, bis mir die Augen zufallen. Noch im Halbschlaf, höre ich mein Handy.

»Hi Michel, du hast angerufen?«

»Ja, ich wollte dir die erfreuliche Mitteilung machen, dass wir einen riesigen Gewinn eingefahren haben.«

»Wirklich, wie viel ist es denn?«

»Zehn für jeden!«

»Da wird sich Helene freuen. Du musst wissen …«

»Ich weiß es. Wo warst du denn heute Abend?«

»Du musst es für dich behalten. Ich besuche einen Tanzkurs. Es soll eine Überraschung sein!«

Dann fällt mir ein Stein vom Herzen. Aber er muss es bald sagen, sonst ist Helene weg, bevor er sich versieht.

Am nächsten Morgen nehme ich den Laptop mit in die Arbeit. Wir werden die Mittagspause nutzen, um etwas Geld zu verdienen. Aber vorher hab ich noch einen Notfall von der nahe gelegenen Autobahn. Ein Brummifahrer ist eingeschlafen und von der Fahrbahn abgekommen. Schwester Hildegard ist schon im OP und bereitet den Patienten vor. »Er steht unter ziemlichen Schock. Wir müssen vorsichtig sein.«

»Sind wir das nicht immer?«

Jean kommt kurz in den OP und will wissen, ob ich Hilfe brauche. »Nein, aber mittags brauche ich dich, wir müssen wieder etwas in den Computer eingeben.«

»Verstehe, ich warte dann auf dich in deinem Zimmer.«

Es wird zur Routine, in unserer Mittagspause zocken wir mit unserem Ersparten.

»Wie ich höre, hat sich Helene wieder beruhigt. Hat sie ihr Geschenk bekommen?«

»Ja, sie ist begeistert von ihrem kleinen Wägelchen. Außerdem hab ich ihr einen Urlaub versprochen. Was machst du eigentlich mit deinem Gewinn?«

»Ich bringe ihn in die Schweiz. So lerne ich den Genfersee kennen und lieben.«

Während wir uns locker bei einer Brotzeit unterhalten, erkenne ich durch die offene Türe, dass Sophie direkt auf uns zukommt. »Was will sie denn hier?«, frage ich. Aber dann steht sie schon im Raum.

»Was glaubt ihr eigentlich, habt ihr euch schon mal überlegt, dass ich euch brauche?«

»Nein, warum?«

»Ich bin eure Muse und ihr könnt mich doch nicht einfach ignorieren.«

»Ignorieren?«

»Wir sind seit einer Woche im Dauerstress.«

»Papperlapapp, das kannst du deiner Oma erzählen!«

Ein Blick über den Tisch verrät ihr, dass wir gerade im Internet sind.

»Wo ist eigentlich mein Anteil?«

»Dein Anteil? Von was?«

»Wir haben das zusammen gemacht, da ist auch ein Anteil für mich dabei.«

»Kein Problem, wie viel willst du setzen? Du musst wissen, ohne Geld geht hier gar nichts.« Wortlos dreht sie sich um und verschwindet.

»Meinst du, wir sollten mit ihr teilen?«

»Lass das meine Sorge sein. Ich werde ihr etwas geben.«

Jeans Pieper meldet sich. Er muss in den OP. »Tschau bis später!«

Für den heutigen Nachmittag hab ich mir die Patienten Felix und meine beiden Pepes vorgenommen. Sie liegen zwar nicht auf meiner Station, aber es sind doch Freunde.

Bei Felix wird es bleibende Schäden geben. Seine Nieren sind angegriffen. Eine Lungenquetschung ist auch noch zu beheben. Die beiden Pepes liegen noch im Koma, da kann ich nichts tun. Mein Kollege meinte, das es nicht gut um sie steht. Da wird noch einige Zeit ins Land gehen, bevor sie entlassen werden können.

Abends werde ich mit Sophie reden, dass ist meine Pflicht. So gebe ich ihr Bescheid, dass sie ein Essen richten soll. Ihrer Stimme entnehme ich aber, dass da noch etwas an Gewitter nachkommt.

Einen Blumenstrauß besorge ich noch in der Klinik, da haben wir ein feines Blumengeschäft. Im Geschenk-Shop finde ich noch ein großes schönes Schultertuch. Dann mache ich mich auf den Weg zu ihr.

»Du willst dich wohl einschleimen?«

»Wenn du mich so fragst, ich versuche es wenigstens.«

»Komm her, du musst einfach verstehen, dass ich nicht alleine sein will. Ich brauche dich. Ist das klar?«

»Du sagst es ja überdeutlich.«

Sie reicht mir einen Whisky und setzt sich auf meinen Schoss. »Wenn du nicht hier bist, mache ich nur Blödsinn. Das muss doch mein Versuchskaninchen einsehen.«

»Sieht es ja ein.«

Dann kommt auch schon das leckere Abendessen. Sophie hat alles gegeben, was sie jemals in einer Küche gelernt hat. Vorspeise, Hauptspeise und die Nachspeise sollte ich im Trailer bei ihr genießen. Wie sie meinte.

Sie nimmt das neue Schultertuch und verbindet mir damit die Augen. »Du musst dich nur führen lassen. Den Rest überlässt du mir!« Ich höre noch, wie sie die Türe öffnet, dann umhüllt mich ein Furiosum an Gerüchen.

Sie führt mich zu ihrem Bett und schon auf diesem Weg, fallen sämtliche Hüllen. Sophie zieht alle Register, um mich zu verführen.

Zwei Stunden lang hat sie das Mäuschen, das Kaninchen und die verruchte Frau gespielt. Ich durfte genießen und genoss. Eng ineinander verschlungen liegen wir nun in ihrem Bett. Ich fühle mich wie im siebten Himmel.

Ist es die Sonne oder ist es der beißende Geruch von Rauch, der mich hochschrecken lässt. Dann aber höre ich schon die Feuerwehr. Stimmengewirr, aufgeregtes Rufen und ich merke sofort, dass etwas nicht stimmt.

Als ich vor Sophies Trailer trete, sehe ich auch schon die Bescherung. Der Wohnwagen von Felix steht in Flammen. Die Feuerwehr ist bemüht, das Ausdehnen der Flammen auf die anderen Trailer zu verhindern. Nach einer weiteren Stunde kehrt etwas Ruhe ein. Ein großer Teil der Anlage ist verwüstet. Was die Flammen nicht geschafft haben, ist durch die Feuerwehr vernichtet worden. Drei Herren der Polizei sind vergeblich auf Spurensuche, hier wurde ganze Arbeit geleistet. Nur gut, dass es keine Verletzten gibt.

Sophie steht hinter mir. »Was ist denn los?«

»Es hat wohl einen Kurzschluss gegeben. Der Trailer von Felix ist hin!«

»Warum Felix?«

»Die Polizei wird es herausfinden.«

Auf der Fahrt zur Klinik kreisen meine Gedanken um die Geschäfte von Felix. Sagte er nicht kürzlich, dass es einen Typen gebe, der ihm Betrug vorwirft? Ich muss versuchen, mit ihm zu reden.

Ich stehe an seinem Bett. Er macht keinen guten Eindruck. Sein behandelnder Arzt sagte mir schon, dass ein Gespräch ziemlich zwecklos ist.

»Das Gehirn ist geschädigt, musst du wissen.«

Ich werfe einen Blick in seinen Anzug, der im Schrank hängt. Das Teil ist ziemlich zerfetzt, aber ich werde fündig. Es ist nur ein Zettel, zwischen den Zeilen kann ich eine Botschaft erkennen. Der Text ist kurios, aber aus den Anfangsbuchstaben ergibt sich ein Wort. Es ist der Firmenname einer Designer Firma. Ich nehme den Zettel an mich, um zu recherchieren.

Vier Buchstaben und ein Weltbekannter Name. Hat Felix für diese Herren Geld in die Schweiz gebracht. Hat vielleicht der Bote dieser Firma einen Teil für sich abgezweigt? Eines steht fest, sie machen Druck.

Ich verabrede mich mit dem Leiter der Unfallkommision. »Wir ermitteln in alle Richtungen.«, so seine Aussage. Ich gebe ihm den Tipp, doch mal in Richtung »Geldwäsche« zu ermitteln.

»Wie kommen Sie denn darauf?«

Ich teile ihm meinen Verdacht mit, aber nenne keine Namen. So ganz nebenbei erfahre ich, dass man eine CD gefunden hat, aber leider in schlechtem Zustand. »Unsere Spezialisten sind dran!«

Zwischen OP und meinem Ruheraum recherchiere ich wegen der Designer Firma. Verena steht plötzlich hinter mir.

»Wie lange stehst du da schon?«

»Ich hab dir nur über die Schulter geschaut.«

»Das gehört sich aber gar nicht!«

»Aber ich kann dir einen Tipp geben.«

»Was für einen Tipp?«

»Die Firma, die du gerade im Computer hast, hatte eine Steuerprüfung:«

»Woher weißt du das?«

»Ich hatte den Steuerinspektor im Bett. In der Phase seines Höhepunkts sprach er den Namen aus.«

»Welchen Namen?«

»Na den, den du gerade vor dir im Computer hast.«

»Erzähl, was hat er noch im Delirium gesagt?«

»Ich musste ihn einige Male hochbringen, um alles zu erfahren.«

»Das will ich gar nicht wissen. Sag schon, um was geht es bei der Prüfung?«

»Es geht um zweihundertachtzig Millionen!«

»Wow, das sind keine Kinkerlitzchen!«

»Am besten, du sprichst mit dem Prüfer. Ich schreibe dir seinen Namen auf. Aber du musst vorsichtig sein, seine Frau darf nichts von seinen Beziehungen wissen.

Verena schiebt mir einen Zettel hin, mit Namen und einer Nummer.«

Jetzt hab ich schon zwei Zettel von Bedeutung. Auf was hat sich Felix da eingelassen? Meine Gedanken werden unterbrochen.

»Wo bleibst du denn, wir warten im OP auf dich?« Jean steht hinter mir.

Erst zwei Stunden später, ich bin schon auf dem Heimweg, greife ich in meine Tasche und halte die Zettel in der Hand. Ich werde in mein kleines Appartement fahren und nicht zu Sophie. Und dann versuche ich, den Steuerprüfer zu erreichen. Aber zuerst brauche ich einen gepflegten Rotwein. Dann werde ich mich den Zetteln widmen.

Ich sehe auf die Uhr, Viertel nach acht. Genau richtig, um einen Steuerprüfer anzurufen. Ich wähle die Nummer seines Handys. Wie zu erwarten die Mailbox. Ich spreche einige freundliche Worte und lege auf. Eine halbe Stunde später bekomme ich eine Nachricht per SMS. »Rufen Sie mich morgen um zehn an!«

Na, das ist doch gar nicht so schlecht. Ich rufe noch kurz bei Verena durch.

Verena hat natürlich meine Nummer auf ihrem Display gesehen und fällt mir gleich ins Wort. »Hast du mit ihm gesprochen?«

»Ich hab ihn nicht erreicht, so haben wir uns per SMS unterhalten. Morgen um zehn soll ich mich bei ihm melden.«

Verena wollte zwar noch vorbeikommen, aber ich wollte diese Nacht einfach nur meine Ruhe haben. Ich spiele ein bisschen mit meinem Computer und sehe mir die Website der Designer Firma an. Schöne Dinge haben sie da im Angebot, aber leider nicht meine Preisvorstellung.

Ein Blick auf meinen Dienstplan sagt mir, dass ich um zehn im OP stehe. Ich muss es vorher versuchen. Kurz nach neun gelingt es mir, den Herrn Oberinspektor an die Leitung zu bekommen. Er ist freundlicher als ich dachte. Aber dann erfahre ich, dass Verena ein gutes Wort für mich eingelegt hat. Außerdem erhofft er sich einen Tipp, der ihn weiter bringt in seinen Recherchen.

Wir verabreden uns für ein gepflegtes Mittagessen. So treffen wir uns in der

Stadt in einem exklusiven kleinen Restaurant. Hier treffen sich nur Geschäftsleute. Die Preise auf der Speisekarte unterstreicht dies.

»Hi, ich bin Michel!«

»Hi, ich bin Gerard!«

Während wir die Speisekarte studieren, beobachten wir uns gegenseitig. Wir beginnen uns einzuschätzen und belauern uns. Dies geschieht durch kurze Blicke. Dann mach ich dem Spiel ein Ende. »Also, passen Sie mal auf. Wir haben einen Schwerverletzten, wir haben einen abgefackelten Wohnwagen, wir müssen dem Spuk ein Ende bereiten. Es geht so weit ich weiß um ziemlich viel Schwarzgeld.«

»Sagen Sie mir doch ganz einfach, wo das Geld hin gewandert ist, dann bekommen Sie von mir Einzelheiten.«

»Sie müssen mich ja für ziemlich dämlich halten. Wenn Sie meine Informationen haben, stehen Sie auf und gehen.«

»Okay, ich schreibe auf einen Zettel verschiedene Namen, lege ihn hier auf den Tisch, dann erzählen Sie, was Sie wissen.«

Der Inspektor beginnt zu schreiben und die Liste wird immer länger. Prominente Namen, unwichtige Namen, alles untereinander.

Dann schreibe ich ihm eine Bank mit einer Kontonummer auf. »Das muss reichen!«

»Ich muss noch das Datum wissen, damit ich recherchieren kann.«

Ich füge das Datum hinzu. Er reicht mir den Zettel mit den Namen.

»Die Namen haben Sie nicht zufällig aus dem Telefonbuch?«

Gerard fühlt sich ertappt. »Okay, ich wollte erst mal sehen, was sie mir für eine Information geben.«

»Halten Sie sich an diesen Namen und die Telefonnummer. Es ist eine Steuerkanzlei im Herzen von Lyon. Sie sind die Drahtzieher, wir beobachten sie schon seit Monaten.«

Die Kanzlei ist ziemlich groß, so dass ich erst mal erfahren muss, wer für die Pariser Firma zuständig ist.

Verena hat mehr Beziehungen als ich erwartet hätte. Ich lege den Zettel auf ihren Tisch. »Sagt dir das etwas?«

»Ja schon, aber das erzähle ich nur bei einem gepflegten Abendessen.«

Zwei Tage später stehe ich in Lyon vor einem Portal der besonderen Art. Alte Schmiedekunst und viel Gold versperren den Weg zur Kanzlei. Kameras beobachten jede Person, die sich dem Gebäude nähert. Ein Wachposten ist ebenfalls postiert.

Der Wachposten fragt nach meinem Namen. »Michel Colbert.«

»Treten Sie ein und warten Sie hier, bis Sie abgeholt werden!«

Ich gehe auf und ab und sehe auf die Uhr. Wie lange wollen sie mich denn noch warten lassen?

Aber dann erscheint eine junge Dame. »Folgen Sie mir bitte!«

Wir gehen in einen sehr edlen Raum. Alles mit Stofftapete ausgeschlagen und in edles Holz gefasst. Ein Herr im Zweireiher tritt ein.

»Was kann ich für Sie tun?«

Ich trage die Angelegenheit vor und lasse nicht unerwähnt, dass ich die Kontonummer der Schweizer Bank kenne. Auch die Summe und das Datum liegt in guten Händen. Außerdem, erwähne ich den Vorfall mit Felix. Die Autonummer konnte ermittelt werden.

Der Herr im Zweireiher hört sich das alles gelassen an.

»Und was hat das alles mit uns zu tun?«

»Felix hat für Sie gearbeitet!«

Er steht auf und geht aus dem Raum. Die Sekretärin, die ebenfalls anwesend ist, erklärt, »Einen Moment, ich glaube, er spricht mit dem Sachbearbeiter.«

Es vergeht eine viertel Stunde und dann geht die Türe wieder auf.

Der Herr im Zweireiher und ein junger Mann im dunkelblauen Anzug treten an den Tisch. »Wir müssen Ihnen etwas erklären.«

»Ich höre!«

Umständlich beginnt der junge Mann eine Geschichte zu erzählen. Es geht um Unterschlagung und Betrug von Schwarzgeld.

»Aber ist nicht Schwarzgeld schon Betrug genug?«

Die Herren werden unsicher und tuscheln miteinander. »Wie hoch ist der Schaden?«

»Es geht nicht nur um den Schaden, es geht auch um die Bedrohung.«

»Wir machen Ihnen einen Vorschlag.« Inzwischen hat der Herr im Zweireiher das Wort ergriffen. »Wir werden veranlassen, dass Felix entschädigt wird, außerdem werden wir keine weiteren Dinge einleiten, die ihn nochmals belästigen werden.«

Der junge Mann im dunkelblauen Anzug beißt sich auf die Lippe. Ich merke, dass ihm das gar nicht recht ist. Meine Vermutung, dass er die Unterschlagung vorgenommen hat, verhärtet sich durch sein Benehmen.

»Wie soll Felix an den Betrag kommen?«

»Ich stelle Ihnen gleich einen Scheck aus, warten Sie einen Moment.«

Er lässt sich durch seine Sekretärin das Scheckbuch bringen.

»Sagen wir zweihunderttausend, ist das okay?«

»Einverstanden!«

Während des Vorganges beobachte ich den jungen Mann. Ich kann richtig erkennen, wie ihm langsam der Kamm steigt. Eines wird mir in diesem Moment klar, er ist es, nicht der Kanzleivorstand.

Ich quittiere den Scheck und verabschiede mich. Ein Versuch, den Namen des jungen Mannes zu erfahren, scheitert leider, da er mich bis zur Türe begleitet.

Noch ganz in Gedanken versunken, fahre ich Richtung Camp. Der dortige Parkplatz ist leer. Was ist los?

Am Bistro hängt ein Schild »Heute geschlossen!«. Der Imbiss hat seine Klappe zu. Ich gehe direkt zu Harley. »Sag, was ist los?«

»Da war einer von der Aufsicht, der meinte, solange die Brandschäden nicht behoben sind, bleibt hier alles dicht.«

»So ähnlich hab ich es mir schon vorgestellt. Hast du mal kurz Zeit, ich will mit dir reden?«

Wir setzen uns gemütlich auf ein Glas Wein in meinem Trailer zusammen. Ich will unbedingt herausfinden, ob der junge Mann vielleicht öfter hier war.

Ich beschreibe ihn so gut ich kann. Dann aber fragt Harley, ob ich die Kanzlei Bergegrün meine. »Da hab ich einen Prospekt, ich hol ihn mal schnell.« Dann legt er mir den Werbeprospekt vor. Ich beginne zu blättern und finde auf Seite zwei ein Foto, wo sich alle Personen der Kanzlei vorstellen.

»Das ist er, hast du ihn hier schon mal gesehen?«

»Da musst du nicht mich fragen, frage einfach Sophie.«

»Wieso, Sophie?«

»Sie war seine Muse, ihretwegen, hat er sich scheiden lassen.«

»Und Felix, hatte er mit ihm zu tun?«

»Ja klar, die sind zusammen nach Italien, soviel ich weiß, es könnte aber auch die Schweiz gewesen sein.«

»Also, nun wissen wir, wem wir das alles zu verdanken haben. Sein Name ist Werner Schultheiß.«

»Ist es ein Deutscher?«

»Nein, sein Vater war wohl Elsässer, kann schon sein, dass er deutschen Ursprungs ist. Seine Mutter ist auf jeden Fall Französin, sie war einmal dabei. Eine ganz liebe Frau. Sie hat uns für den Imbisswagen ein Vorzelt spendiert.«

»Gut so, jetzt weiß ich Bescheid. Den Prospekt hätte ich gerne behalten.«

Ich berichte Harley noch von dem Scheck und dass er die Monteure bestellen soll. Einen neuen Trailer werden wir auch gleich bestellen.

Eine Woche waren die Handwerker damit beschäftigt, alles herzurichten und die Schäden zu beseitigen. Dann endlich konnten wir mit einer kleinen Feier die Wiedereröffnung feiern. Der neue Trailer sollte nach vier Wochen eintreffen. Mein Kontakt zu Sophie hat sich abgekühlt. Sie hat sich einen neuen Freier gesucht und sprach sogar vom Wegziehen.

Ich stehe gerade mit Jean in einer schwierigen OP, als ich in einer Pause erfahre, dass Felix soeben verstorben ist. Nun ist es Mord und nicht einfach nur eine Schlägerei mit Folgen. Die inneren Verletzungen waren größer wie vermutet. Gerade mal drei Wochen hat er noch gelebt. Als ich zu meinen Ruheraum komme, steht Schwester Hildegard in der Türe. »Hast du schon gehört…?«

»Ja hab ich. Nun wird in Kürze die Polizei da sein.«

Ich hab es noch nicht fertig ausgesprochen, da sehe ich auch schon den zuständigen Kommissar hereinspazieren.

»Hi, tut mir ja leid, aber nun wird es Ermittlungen geben.«

Ich bitte ihn herein und nehme mir Zeit für seine Fragen. »Das Einzige, was ich weiß, es ging um einen Streit. Angeblich hat Felix zehntausend unterschlagen. Zumindest sagt das der Schultheiß.«

»Wer ist Schultheiß?«

»Ich werde es Ihnen aufschreiben. Es ist ein Mitarbeiter der Kanzlei Bergegrün. Aber ich will niemanden beschuldigen, da ich ja keinerlei Beweise habe. Ich weiß nur, dass sie miteinander Ärger hatten.«

Der Kommissar will dann noch Verena sprechen.

»Wieso Verena, was hat sie damit zu tun?«

»Das weiß ich auch noch nicht, wir haben nur aus den Unterlagen des Trailers ein Notizbuch gesichert.«

»Unterlagen, Trailer, Notizbuch? Von was sprechen Sie denn?«

»Wir haben in diesem Rahmen einige Ermittlungen aufgenommen. Es war uns ja nicht unbekannt, dass Felix mit Geld seine Geschäfte machte. Wir hatten ihn ja schon länger unter Beobachtung.«

Sofort fiel mir ein, dass ich mit Sophie auch mal … Ich lenke etwas von diesem Thema ab und frage noch, ob es von den Brandermittlungen irgendein Ergebnis gibt.

»Da kann ich noch nichts sagen, weil wir noch ermitteln.«

Dann kommt Verena an die Reihe, um ihre Aussage zu machen. Es dauert aber nur wenige Minuten. Ich warte im Gang und frage sie, was sie mit Felix hatte.

»Das möchtest du gerne wissen? Was ist es dir wert?«

»Ein Abendessen bei mir im Trailer.«

»Abgemacht, du nimmst mich mit. Ich habe heute nämlich keinen Wagen.«

»Okay, ich warte auf dich.«

Ich fahre aus der Tiefgarage und hab Verena fast übersehen. Noch fünf Zentimeter und ich wäre ihr über die Füße gefahren. »Wolltest du mich überfahren?«

»Nein, entschuldige, aber du standest im toten Winkel. Ich hab dich erst im letzten Moment gesehen.«

»Ist schon recht, ich dachte schon, du hattest heute noch nicht genug Arbeit.«

Auf dem Weg holen wir uns in einem Delikatessengeschäft einige Leckereien. Schließlich hab ich heute auch erfahren, dass ich befördert werde. Dass bedeutet ein bisschen mehr Geld.

Verena holt gleich die Kerzen, um die Stimmung aufzumöbeln. Ich stelle den Wein auf den Tisch und mache noch etwas Musik an.

Dann kann ich aber mit meiner Frage nicht länger warten, schließlich will ich wissen, was Verena mit dem jungen Schnösel gemeinsam hatte.

Sie lacht, »Du wirst dich kugeln, wenn du es erfährst.«

»Jetzt rede schon!«

»Es war im Gymnasium, er war eine Klasse über mir. Bei einer gemeinsamen Klassenfahrt traf ich ihn im Turnsaal. Er zeigte mir seine Künste am Schwebebalken. So kamen wir uns näher. Das Ende vom Lied war, dass er mich am Schwebebalken vernaschte.«

»Ihr habt es am Schwebebalken getrieben?«

»Ja, und es war ein tolles Erlebnis. Wir haben uns sozusagen in der Luft geliebt.«

»Du meinst frei schwebend?«

»Es war unser einziger Kontakt, da er sich in die Turnlehrerin verliebt hatte.«

»In eine Lehrerin?«

»Ja, die war ziemlich jung und sehr beweglich. Ich glaube von ihr hatte er die Übung mit dem Schwebebalken.«

»Das war euer einziger Kontakt?«

»Ja, so war es. Man kann die Übung auch in ähnlicher Form an der Teppichstange machen. Habt ihr hier vielleicht eine Teppichstange, dann könnt ich es dir erklären.«

»Nein, haben wir hier sicher nicht.«

Es war der erste Abend, der wirklich lustig war. Soviel gelacht hab ich schon lange nicht mehr. Das Wort »Schwebebalkensex« wird in die Geschichte eingehen, da bin ich mir sicher. Irgendwann verschwanden wir dann im Bett und Verena schwärmte weiter vom Schwebebalkensex.

Am nächsten Morgen haben wir keine Eile, da wir beide für den Spätdienst eingeteilt sind. Wir lassen uns das Frühstück schmecken, genießen die herrlichen Sonnenstrahlen und verschwinden nochmal im Bett.

Jean schickt eine SMS, wir müssen nochmal den jüngeren Pepe in die OP nehmen. Ob ich etwas früher da sein könne? Schade, gerade heute wollten wir bis zur letzten Minute die Freiheit auskosten.

Am Klinikportal, verabschieden wir uns mit den Worten »Schwebebalkensex, nicht vergessen!«

Um den jüngeren Pepe steht es ziemlich schlecht. Jean ist überzeugt, dass wir nicht länger warten können und eine Niere entfernen müssen.

Als ich dann nach einer schwierigen OP auf mein Zimmer komme, liegt dort ein Zettel auf meinem Schreibtisch. »Die Sophie ist weg. Gruß Harley.«

Die Sophie ist weg, warum? Hat sie mit der Geschichte mehr zu tun, wie ich vermutete? Wieso wusste sie so gut mit dem Geldtransfer Bescheid? Vielleicht war ja gerade sie die Person, die alles unter Kontrolle hatte. Vielleicht suchte sie gerade deshalb meinen Kontakt? Ich hab darauf keine Antwort. Nur eines weiß ich, ein Trailer ist frei und wir suchen dafür einen neuen Mieter.

Wir werden es langsam angehen, außerdem will ich die Person vorher befragen. Ich brauche als meinen neuen Nachbarn nicht einen Chaoten.

Bereits am selben Abend kommt Harley mit einem Bewerber. »Das ist ein guter Freund, den nehmen wir.«

»Nein, ich will mir meinen Nachbarn selber heraussuchen.«

Als ich zu meinem Trailer komme, sehe ich, dass sich der Neue schon eingenistet hat. Er hat vor seinem Wohnwagen eine Harley stehen und schraubt daran herum. Startet sie unter ungeheuerlichem Getöse und das wiederholt er mehrere Male.

»Tut mir leid, aber das geht nicht. Wir haben hier keine Werkstatt. Außerdem haben Sie keine Zusage, dass Sie hier bleiben können.«

Als ich zu meinen Wagen gehe, denke ich, ein Harley reicht. Zum Schluss wird das hier ein Motorrad-Treffpunkt, dass wäre das Letzte was ich will.

Ein Streifenwagen hält vor dem Bistro und fragt nach einer »Sophie«.

»Tut uns leid, aber die ist abgereist.«

»Wissen Sie wohin?«

»Keine Ahnung, sie hat nur einen Zettel hinterlassen, dass sie mal kurz weg ist.«

Warum man sie sucht, haben wir nicht erfahren. Aber wir wollten es auch gar nicht wissen. Dann fällt mir ein, dass ich Chelion schon länger nicht mehr gesehen habe. Ich schaue mal bei den Zigeunern vorbei.

Chelion hat jetzt tatsächlich in einem befreundeten Krankenhaus eine Ausbildungsstelle erhalten. Sie bleibt meistens im Schwesternheim. Nur am Wochenende, da kommt sie ins Camp. Das ist eine erfreuliche Neuigkeit. Bei diesem Besuch erfahre ich aber auch, dass es der Mutter nicht so gut geht. Sie will nicht ins Krankenhaus, wenn man mal drinnen ist, kommt man nicht mehr heraus. So wenigstens kommentiert es der Ehemann. Ich werde mit Chelion reden. Sie muss ihre Mutter überzeugen, in die Klinik zu gehen.

Wir werden von einem Eilboten unterbrochen. Es ist von der Gesellschaft, die ein Künstlerdorf errichten will. Mittlerweile ist es schon eine kleine Ewigkeit her, seit ich sie angeschrieben hatte. Ich lese, dass die Planungen noch nicht abgeschlossen sind, aber man gerne unsere Erfahrungen haben möchte.

Eine Einladung des Vereins liegt bei. In zwei Wochen, das werde ich mir nicht entgehen lassen.

Inzwischen ist der neue Trailer von Felix angeliefert worden. Den zerstörten haben sie Gott sei Dank mitgenommen. Nun haben wir schon zwei Trailer zu vermieten.

Ein Anwalt kommt vorbei und weißt sich als Vertreter der Familie von Felix aus. »Wir haben herausbekommen, dass Felix hier Eigentum besitzt.«
»Das ist richtig, der Wagen wurde auch schon gewechselt, die Versicherung hat ihn bezahlt.« Er versteht nicht ganz, um was es eigentlich geht. Er dachte wohl eher an ein Appartement. »Es ist ein Wohnwagen!«, sagt Harley.

Harley zeigt ihm den neuen Trailer.
»Nimmt man den mit, oder was macht man damit?«
»Wir wohnen hier in einer Gemeinschaft, Felix hat ihn sich gekauft, mehr können wir dazu nicht sagen.«
Der Anwalt kommt dann auf die Umstände vom Tod zu sprechen.
»Wissen sie da Näheres?«
»Waren Sie schon auf der Polizei?«
»Schon, aber die ermitteln noch.«
»Hat denn Felix Verwandte?«
»Eine Schwester, die lebt in Brest. Ist Künstlerin, aber näher kennen, tun wir sie nicht.«
Er ist dann schon fast zur Türe raus, da rufe ich ihm noch nach. »Der Wert eines Trailers liegt bei etwa fünfundzwanzigtausend. Wenn wir einen Käufer finden, der zu uns passt, überweisen wir den Betrag.«

Verena ist am Telefon und will wissen, ob ich Lust auf ein Abendessen hätte. Sie ist so allein und braucht Gesellschaft. Ihr Mann hat sie wohl geärgert. Seitdem die Scheidung eingereicht ist, hat Verena etwas Torschlusspanik. Kürzlich meinte sie sogar, ob sie überhaupt noch einen abbekomme …
»Du kannst gerne vorbei kommen, aber ich selbst will nicht mehr aus dem Haus.«
Tatsächlich macht sie sich noch auf den Weg. Ich richte den Tisch und besorge im Bistro ein leckeres Abendessen.
Verena wirkt etwas bedrückt. »Du warst schon den ganzen Tag so seltsam, was ist los?«

»Als ich die Papiere von der Scheidung bekam, wurde mir erst bewusst, was für eine schöne Zeit es war – ich meine, mit meinem Mann zusammen.«

»Das scheint immer ähnlich zu sein, ich kenne das auch von anderen Personen, die sich scheiden ließen. Jetzt verstehst du vielleicht, warum ich noch zögere, den Bund der Ehe einzugehen.«

»Ja, ich kann dich verstehen. Aber die Zeit mit Frank will ich nicht missen.«

»Jetzt trink erst mal einen Schluck, dann geht es dir sicher gleich besser.«

Dann klopft Harley. »Entschuldige, dass ich störe, da ist heute ein Schreiben vom Gericht gekommen. Ich hab es völlig vergessen. Es ist noch an Martin adressiert.«

»Gib schon her. Setzt dich zu uns und schenk dir einen Wein ein.«

Harley und Verena haben sich schon öfter gesehen. Er erzählt ihr auch gleich von dem Aufstand mit dem Feuer.

Mich hat in der Zwischenzeit ein Pferd getreten. Schwarz auf weiß steht in dem Amtsbrief, dass der Onkel von Martin seine drei wertvollen Bücher zurück will. Er hätte erst jetzt davon gehört und nun will er sie innerhalb von drei Tagen auf seinem Tisch.

Jetzt wird es Zeit, mit Eddie zu telefonieren, er wollte beim Finanzamt rückfragen, wie das mit dem Steuerbescheid von Martin wirklich war. Ich mach das lieber gleich.

»Ihr müsst mich mal kurz entschuldigen.«

Eddie ist total aufgedreht. »Da hab ich in ein Wespennest gestochen, da gibt es noch mehr.«

»Das Einzige, was mich interessiert, hat der Steuerbescheid wirklich existiert?«

»Nein, mit Sicherheit nicht. Er hat wohl Formulare gehabt und hat sich auf diese Art gleich noch andere Wertgegenstände gesichert. Da gibt es noch ein Landhaus, es stammte von Martins Großeltern. Hat also mit dem Bürgermeister nichts zu tun.«

»Wann bekommst du die Unterlagen?«

»Also eine Woche musst du mir noch Zeit geben. Dann aber bekommst du alles.«

Ich lege auf und erzähle Harley davon, da er mit dem Vorfall vertraut ist.

Verena ist außer sich. »Das ist ja ein richtiger Gauner.«

»Uns genügt es schon, wenn wir die Papiere haben, dann haben wir endlich etwas in der Hand und können uns verteidigen.«

Harley kommt nochmals auf Felix zu sprechen. »Ich muss dir da etwas sagen. Wir wussten eigentlich alle von seinen Geschäften und Sophie hat einiges für ihn erledigt.«

»Was willst du mir damit sagen? Es muss die Polizei wissen, weil wir den Mord aufklären wollen.«

Er greift in seine Jackentasche und zieht einige Fotos heraus. »Siehst du, das war er!«

»Wer war was?«

»Es ist der junge Typ von der Kanzlei. Er hat Felix die Gelder gebracht, die Felix dann in die Schweiz oder nach Luxemburg bringen musste.«

»Das sind ja prima Aufnahmen, man kann sogar das Kuvert erkennen.«

»Es war nicht immer ein Kuvert, meistens war es eine Geschäftstasche, ähnlich einem Flugkoffer. Du kannst es hier ganz deutlich sehen.«

»Nun wird alles klarer, warum hast du es nicht schon früher gesagt. Dann hätten wir schneller reagieren können.«

Ganz nebenbei erfahre ich noch, dass es eine Überwachungskamera gibt. »Wo ist die installiert?«

»Gleich am Eingang und eine auf dem Parkplatz.«

»Ist mir nie aufgefallen. Ich hab allerdings auch nicht danach gesucht.«

Wir sitzen beisammen und merken gar nicht, wie die Zeit vergeht. Verena stellt plötzlich fest, dass es halb zwei ist.

»Lasst uns zu Bett gehen.«

Die folgenden Tage vergehen, ohne dass neue Hiobsbotschaften eintreffen. Ich trage die Dinge zusammen, die zusammen gehören. Einmal die Unterlagen bezüglich Felix, die wir an die Polizei weitergeben sollten. Der andere Fall mit dem Bürgermeister, da fehlen nach wie vor die Papiere von Eddie. »Morgen« hat er gesagt, inzwischen sind vier Tage vergangen. Ich muss ihn treffen.

Endlich, Eddie hat alles beisammen, wir treffen uns mittags in der Stadt, gleich um die Ecke seiner Arbeitsstelle. Ich sehe ihn schon über die Straße kommen. Er hat einen dicken Packen Papiere unterm Arm. »Hallo, schon ewig nicht mehr gesehen. Dein Bauch ist dicker geworden.«

»Lass mal sehen, was du so zusammengetragen hast.«

Eddie legt seine Sammlung an Dokumenten auf den Tisch. »Zuerst ein Bier, dass Papier ist sehr staubig, da muss man dazu was trinken.«

Es ist einfach toll, was er alles besorgen konnte. Es war für ihn leichter, da er Steueroberinspektor ist. Da geht er nur von Kollege zu Kollege und sammelt alles ein.

»Da ist auch ein Testament dabei.«

»Was für ein Testament? Hat er noch anderen Verwandte?«

»Nein, ich glaube, du hast keine Ahnung. Er hat alles dir vermacht.«

»Auch die Schulden?«

»Er hat keine Schulden. Er war immer penibel genau. Auch mit dem Steuerzahlen.«

Ich lese im Testament, dass ich ein Landhaus geerbt habe. Es liegt hundert Kilometer nördlich von Lyon. Ein Lageplan ist dabei.

»Was soll ich mit einem Landhaus? In welchem Zustand wird es sein?«

»Soviel wir wissen, ist es eher ein kleines Gehöft. Der Wert im Katasteramt liegt bei zehntausend Euro. Also was Großes ist es nicht. Ach noch etwas, es ist unbewohnt!«

Eddie sieht auf die Uhr. »Du musst entschuldigen, aber meine Mittagspause ist vorbei. Ich muss wieder ...«

Dann ist er auch schon wieder verschwunden. Er hat keine Ahnung, wie er mir mit den Papieren geholfen hat. Dann schießt es mir wieder durch den Kopf: Was hab ich eigentlich damit zu tun? Nur weil Martin bei mir abgeschrieben hat, so viel Aufstand?

Als ich zurück ins Krankenhaus komme, ruft bereits Jean nach mir. »Es wird Zeit, wir müssen wieder ran!«

»Ich komme schon!«

Am Ende des Tages bin ich fix und fertig. Die Papiere hab ich völlig vergessen. Ich will jetzt nur noch die Beine ausstrecken und schlafen. Heute werde ich mir die Fahrt zum Camp ersparen, wer weiß, was dort gerade wieder los ist. Im Krankenhaus Restaurant lasse ich mir noch einen Teller richten, den ich mit nach Hause nehme.

Während ich esse, blättere ich in den Unterlagen. Eines ist schon mal sicher: den Bürgermeister werde ich in seine Schranken verweisen. Auf einer Straßenkarte suche ich das Kaff, in dem ich angeblich einen Heuschober geerbt habe. Das ist ja weiter wie eine Stunde Fahrt!

In dieser Nacht träume ich von Gesprächen mit einem Beamten und einem Streit mit einem Bürgermeister. Ein richtiger Alptraum.

Trotz meines gruseligen Traums bin ich ausgeschlafen. Noch schnell einen Kaffee aufsetzen und unter die Dusche. Das wird ein guter Tag, ich spüre es schon. Mein Gefühl sagt mir, ich werde heute den Bürgermeister anrufen und einen Termin ausmachen.

Nachdem die Visite geschafft ist, habe ich eine halbe Stunde Pause. Einen zweiten Kaffee und das Gespräch mit dem Bürgermeister.

Verena sitzt mit ihrem Haferlkaffee an meinem Tisch. Vor ihr hab ich keine Geheimnisse und so kann sie ruhig mithören, was ich mit dem Bürgermeister vereinbare.

Eine freundliche Sekretärin stellt mich auch gleich durch. »Hallo, hier spricht Jean Baptist, was kann ich für Sie tun?«

»Es geht um das Schreiben, an Herrn Martin Belfort, Sie haben ihm einen Bescheid zustellen lassen.«

Er unterbricht mich, »Ich kann Ihnen da gar nicht weiterhelfen. Sie sollen ja auch nur zahlen, oder das Camp gehört mir.«

»Ich hätte gerne einen persönlichen Termin, es wird sich lohnen.«

»Wenn Sie meinen, dann kommen Sie doch während meiner Dienstzeit vorbei.« Wir einigen uns auf den nächsten Tag um elf. An seiner Stimme erkenne ich, dass er nun einen Widerstand spürt, vielleicht hat er sich das einfacher vorgestellt.

Pünktlich um elf stehe ich in seinem Vorzimmer. Die Sekretärin bittet mich um etwas Geduld. Ihr Lächeln verrät eine gewisse Nervosität. Nach zehn Minuten öffnet sich seine Türe. »Kommen Sie doch herein!«

Ich lege sein Schreiben auf den Tisch und frage, was er sich dabei gedacht hat. Umständlich erklärt er alles, anscheinend hält er mich für etwas dumm, zumindest muss ich das aus seiner hinterlistigen Argumentation entnehmen. Ich lass ihn reden und höre ihm schmunzelnd zu. Es macht ihn nervös und er fragt mich, »Warum haben Sie so ein Grinsen auf dem Gesicht?«

»Ich habe selten so viele Lügen auf einmal gehört. Sehen Sie mal, was ich für Unterlagen habe.« Dann unterbreite ich ihm Fotokopien vom Finanzamt.

»Sehen Sie, Sie haben die Wahl zwischen einem mächtigen Skandal oder verhindern dies, indem Sie Ihr Schreiben als Irrtum erklären.« Er nimmt die Papiere an sich und beginnt zu lesen.

»Wer sind Sie eigentlich, und woher kommen die Papiere?«

»Ich bin der Erbe von Martin und ich weiß, dass Sie sein Onkel sind. Sie haben ihn ziemlich aufs Kreuz gelegt und ich habe meine Beziehungen spielen lassen. Sie müssen wissen, ich bin Arzt am hiesigen Hospital.«

»Also, da glaube ich tatsächlich, dass meiner Sekretärin ein Fehler unterlaufen ist. Wir werden das umgehend korrigieren.«

»Davon bin ich auch ausgegangen. Der Beamte vom Finanzamt hat auch gleich gemeint, dass Ihnen sicher ein großer Fehler passiert ist.«

»Ja, da wurde wohl etwas verwechselt, oder so ...«

»Eben, oder so ...«

Wir stehen fast gleichzeitig auf und ich verabschiede mich sehr höflich. »Sie denken aber schon an die Aufhebung des Bescheides!«

»Sie können sich verlassen, das wird sofort erledigt.«

Wir drücken uns noch die Hände und schon bin ich wieder draußen. Die Sekretärin hat das Gespräch wohl mitgehört. Sie hat einen feuerroten Kopf und kann mich kaum ansehen.

Zurück in der Klinik will natürlich Verena wissen, wie es gelaufen ist.

»Er hat sich geirrt, wir bekommen einen Aufhebungsbescheid in den nächsten Tagen.«

Dann reicht Sie mir ein Kuvert. »Es wird dich freuen, du hast eine Dienstreise nach Florenz bekommen.«

»Woher weißt du?«

»Das Sekretariat hat mir das Schreiben gegeben und gemeint, »dass hat er sich wirklich verdient.«

»Florenz, das wird mir gut tun, da bin ich mir schon jetzt sicher.«

Verena fragte gar nicht mehr, sie sitzt bereits in meinem Peugeot und hält eine Schinkenplatte in der Hand. »Das ist unser Abendessen.«

»Florenz, hast du nicht Lust, mitzukommen?«

»Ich habe auch schon nachgedacht, aber das Datum, ich habe keine Zeit. Mein Großvater hat Geburtstag. Tut mir leid, gerne hätte ich dir die Zeit vertrieben.«

Harley steht am Laubengang und will natürlich wissen, wie das Gespräch ausgegangen ist. »Keine Panik, für uns ist es prima gelaufen.«

»Ach, da gibt's einen neuen Bewohner für Felix Trailer.«
»Wer ist es?«
»Seine Schwester. Sie ist aus Brest gekommen und will bleiben.«
»Das ist ihr Recht, der Trailer gehört ihr. Was für eine Person ist sie?«
»Die Person ist hier, kommen Sie ruhig. Ich bin Beatrix, die Schwester von Felix.« Sie ist eine lustige Person. Ihr Strahlen erhellt selbst bei Dämmerung den Raum.

Verena meint ganz spontan, »Kommen Sie doch gleich mal mit zum Abendessen. Es reicht auch für drei.«

Beatrix lässt sich das nicht zweimal sagen. Sie ist von der Reise noch fix und fertig und ihr Kühlschrank ist leer. Verena und Beatrix verstehen sich auf Anhieb. Nach einer Stunde steht dann auch Harley vor der Türe. »Ich wollte mich beliebt machen!«

Beatrix erzählt von ihrer Arbeit. Sie ist Malerin und hat auch schon einiges an Ausstellungen hinter sich. In der Bretagne ist sie schon eine Persönlichkeit. Aber wirklich Geld verdient sie sich durch Restaurierungen von Bildern.

Irgendwann fallen ihr fast die Augen zu. Harley, ganz Charmeur, »Komm mal, ich werde dich zu deinem Trailer bringen. Ich leg dich in dein Bett.«

Beatrix schmunzelt, »Lass mal, das schaffe ich noch alleine.«

Noch eine Woche, dann geht es schon nach Florenz. Ich bin doch tatsächlich aufgeregt. Es muss mindestens zehn Jahre her sein, als ich das letzte Mal dort war. Ich werde es kaum wieder erkennen.

Verena würde gerne mitkommen, aber ihr Vater hat für den Opa eine Riesenfeier organisiert. Schließlich wird er neunzig. Da kann sie nicht fernbleiben.

Dann halte ich endlich die Reiseunterlagen in der Hand und muss feststellen, dass die Flugverbindungen von Lyon nach Florenz mehr wie umständlich sind. Es ist eine Tagesreise.

Bereits um fünf Uhr muss ich zu unserem kleinen Flugplatz Lyon Airport. Zuerst geht es nach Zürich, dann der Weiterflug nach Florenz.

Etwas gerädert, steige ich auf dem ziemlich privat wirkenden Flughafen Florenz aus. Hier landen wohl nur die kleinsten Maschinen. Ein Grashopper steht neben uns. Eine Zweimotorige Maschine. Vielleicht ist es eine Privatmaschine eines reichen Arztes aus den Emiraten?

Ein Taxi bringt mich zu meinem Hotel direkt am Arno gelegen. Mein Blick aus dem Zimmerfenster ist auf »Ponte Vecchio« gerichtet. Nun kommen meine Erinnerungen zurück. Die Luft, der Blick, ich liebe Florenz.

Ich entschließe mich noch zu einem ausgedehnten Spaziergang. Die kleinen Gassen haben es mir angetan. Noch ein bisschen in die Schaufenster sehen, vielleicht ein Mitbringsel für Verena ausspähen. Das offizielle Programm beginnt erst morgen früh. So haben die Teilnehmer den heutigen Abend frei. Was mich auf die Idee bringt, die Bar aufzusuchen.

Die Tagung wird in einem alten Palazzo stattfinden, was natürlich seinen besonderen Reiz hat. Ein Bus wird uns abholen, vereinbart ist um neun am Hotel.

Inzwischen ist es halb zehn, von einem Bus ist nichts zu sehen. An der Rezeption rät man mir, ein Taxi zu nehmen. »Es ist sicher der Verkehr, in dem der Bus hängen geblieben ist.« Das Taxi fährt genau vier Minuten, so nah ist der Palazzo. Die Organisation scheint noch zu üben. Die meisten Teilnehmer stehen vor dem Palazzo herum. Irgendjemand fehlt noch. Sicher die Person mit dem Schlüssel.

Um zehn Uhr gehen vereinzelt Personen in ein sehr hübsches Café auf der anderen Straßenseite. Hier nehmen wir erst mal ein zweites Frühstück. Es wird darüber gesprochen, aus welchen Kliniken die Teilnehmer kommen. Ein Kollege aus Paris, meint mich zu kennen. Ein Cognac löst den anderen ab, Die Stimmung erreicht einen Höhepunkt. Nach einer weiteren Stunde erfahren wir, dass die Tagung in einem anderen Palazzo stattfinden wird. »Es sind nur zehn Minuten von hier. Das können alle zu Fuß machen.«, verkündet eine charmante Hostess.

Tatsächlich warten hier schon andere Personen. Sie wurden noch erreicht und wir waren einfach nur zu früh dran. Da haben wir halt Pech gehabt.

Tausend Entschuldigen folgen von verschiedenen Rednern und dann kann es endlich losgehen.

Bis Mittag vergeht eine Stunde, dann werden Zettel verteilt. Wir sollen alle in das Ristorante Argenti gehen, da sei für das leibliche Wohl gesorgt.

Viel haben wir ja noch nicht gehört, aber das Essen ist vorzüglich. Nach dem vierten Gang, haben alle Teilnehmer nur noch Lust auf einen ausgedehnten Mittagsschlaf.

Wie wir erfahren, wird daraus leider nichts. Ein Chilenischer Professor will einen Fachvortrag halten.

Die Stühle, auf denen wir sitzen haben leider keine Armlehnen, was dazu führt, dass einige der übermüdeten Doktoren sich an der Schulter des Nachbarn ausruhen. Die Situation ist ziemlich italienisch und trägt zur Stimmung bei. Für den Abend wird der Besuch der Galleria degli Uffizi e Corridoio Vasariano, angekündigt.

Diese heilige Stätte hab ich schon bei meinem letzten Aufenthalt besichtigt und werde sie mir diesmal schenken. Bis zum Abend erfahre ich dann, dass diese Idee auch noch andere haben. Es geht die Runde, dass es ein tolles Restaurant geben soll, wo sich einige Ärzte treffen werden.

Eine gute Idee, das werde ich mir nicht entgehen lassen. Es lässt sich ebenfalls vom Hotel aus gut zu Fuß erreichen.

Mit Blick auf den Arno, sitze ich in einem sehr edlen Restaurant. Nach und nach treffen immer mehr Teilnehmer ein. Von einigen Kollegen erfahre ich, dass sie aus der Führung der Galleria ausgestiegen seien. Das Restaurant füllt sich zusehends. Zum Glück hab ich meinen festen Platz. Es wird enger und enger. Aber die Stimmung steigt. Der Herr neben mir erzählt, dass er während des Vortrages eingeschlafen sei. So kam er wenigstens zu einem kurzen Mittagsschlaf.

Am nächsten Tag stehe ich auf der Liste der Redner. Ich soll von einer neuen Art der Hüftoperation berichten. Den Bericht hab ich mit Jean zusammen angefertigt. Ich eigne mich ja eigentlich nicht für eine Rede, aber ich bin mir sicher, ich überstehe es.

Der dritte Tag ist dann endlich einer nach meinem Geschmack. Wir besuchen ein Landgut. Eine Weinprobe ist angesagt. Bei fast zweihundert Teilnehmern erfordert dies eine gute Planung. Der Wein ist sehr gut, die Organisation aber ließ zu wünschen übrig. Ein Großteil der Teilnehmer nahm das Taxi, da zu wenig Fahrgelegenheiten vorhanden waren.

Dann höre ich eine Stimme hinter mir, die mir bekannt ist. Eine weibliche Stimme. Tatsächlich, es ist Sophie.

»Was machst du denn hier?«, sagen wir fast gleichzeitig.

Sophie berichtet, dass sie in der Praxis eines Arztes in Marseille arbeitet. Sie ist dort Sprechstundenhilfe – und Muse. »Ist der Arzt verheiratet?«

»Ja sicher, sie arbeitet ebenfalls in der Praxis. Auch für sie bin ich eine Art Muse.«

»Ach, ich verstehe, was für eine Praxis ist es denn?«

»Beide sind Psychologen.«

»Ach na dann …Du bist wohl so eine Art von Versuchskaninchen?«

»Woher weißt du … ?«

Wir nehmen uns in die Arme und Sophie will versuchen, sich heute Nacht aus dem Staub zu machen. Ich gebe ihr die Anschrift meines Hotels. »Wir haben uns ja so viel zu erzählen, da müssen wir uns unbedingt sehen.«

Keine zehn Minuten sitze ich mit einem Whisky in der Hand an der Bar. Da kommt strahlend wie immer Sophie in den Raum. Einige Personen im Raum sind Kollegen. Sie drehen sich zu mir um, um zu sehen, was für eine Dame ich für mich gefunden habe. Wir bleiben nicht lange, bestellen uns noch einige Leckereien auf das Zimmer und dann nehmen wir den Lift.

Sophie entschuldigt sich als erstes dafür, dass sie praktisch über Nacht verschwunden ist. »Es war wegen Felix. Du weißt ja, dass ich für ihn einige Touren gefahren bin.«

»Ja, es ist im Zuge der Ermittlungen herausgekommen. Aber wir wollten eigentlich von dir wissen, wer Felix zusammengeschlagen hat. Es geht die Runde, dass du den Auftraggeber kennst.«

»Es ist der junge Anwalt. Aber man kann es ihm nicht nachweisen. Er hat eine sehr saubere Weste. Aber ich habe gehört, dass es ein Fernando ist, der für ihn arbeitet. Dieser Fernando hat eine Truppe, die nicht zimperlich ist. Verlangt aber sehr viel Geld für einen Auftrag.«

Dann meint sie noch, »Habt ihr euch denn mal die Überwachungsvideos angesehen?«

»Wer verwaltet sie denn, ist es eine Firma oder macht das Harley?«

»Es müsste Harley sein, aber sicher bin ich mir nicht.«

»Wenn es Harley ist, dann hätte er sicher schon vor langer Zeit etwas gesagt. Aber ich werde mit ihm reden, sobald ich zurück bin.«

Sophie hat so einen schelmischen Blick, ich befürchte, sie führt noch etwas im Schilde.

»Wir hatten eine schöne Zeit, das musst du zugeben. Eine Zeit lang hab ich tatsächlich geglaubt, dass du mich vielleicht heiraten würdest. Aber auf eine Frage hab ich vergeblich gewartet.«

»Ich bin nun mal Junggeselle und werde es auch bleiben.«

»Das ist mir inzwischen auch klar geworden. Deshalb bist du mir ja auch sicher nicht böse, dass ich mir einen anderen Platz als Muse gesucht habe.«

»Natürlich bin ich dir nicht böse, jetzt komm doch mal auf meinen Schoß, so wie wir es damals gemacht haben.«

Sophie hat wohl auf diese Aufforderung gewartet, sie lässt es sich nicht zweimal sagen. Um beweglicher zu sein, zieht sie auch sofort ihre Bluse aus. Mein Pulli und mein Hemd folgen ebenfalls. Beim Herausziehen meines Gürtels meint sie dann, »Mach es nochmal so wie damals.«

Ich weiß natürlich, auf was sie anspielt. Freiwillig reicht sie mir den Gürtel und ich beginne auch gleich mit der Arbeit. »Los dreh dich um!« Bereitwillig legt sie ihre Hände auf dem Rücken übereinander. Kaum sind ihre Hände gefesselt, spüre ich, dass sie aufgeregt ist.

»Jetzt gehöre ich dir, nun bin ich nur noch deine Muse!«

Ihr wohlgeformter Busen ist auf mich gerichtet. »Mach schon, leck ihn!«

Wie damals verfallen wir in unser Spiel. Es ist so, als wäre die Zeit stehen geblieben. Sie liegt wehrlos vor mir und sie genießt es, bedient zu werden. Als ich dann ihr Höschen herunterziehe, stöhnt sie genussvoll. Ist es die Vorspeise oder schon die Nachspeise – ist ja auch egal. Sie schmeckt richtig lecker. Als sie dann immer lauter wird, bleibt mir nur die Möglichkeit ihren Mund zu verschließen. Sicher hätten wir die Nachbarschaft aus ihren Betten getrommelt.

Nach einer guten Stunde, beruhigt sich Sophie etwas. »Ich bleibe bei dir die ganze Nacht, nimm mich, wann immer du willst.«

Ich füttere sie und gebe ihr zu trinken. Sie genießt es, so wehrlos zu sein. »Das ist nur unser Spiel, mit keinem anderen will ich es spielen. Ich stehe dir immer zur Verfügung, wann immer du danach Lust hast.«

»Ich könnt schon wieder!«

Am nächsten Morgen gehen wir gemeinsam in den Speisesaal. Einige Doktoren, sehen mich vorwurfsvoll an. Sicher aus dem Grund, weil sie ihre Muse schon gegen Mitternacht Heim schicken mussten. Wir scheinen sehr glücklich zu wirken. Es gibt Damen, die uns zulächeln. Sophie hat für diesen Tag entschieden, kein Höschen zu tragen. »Ich will immer für dich bereit sein.«

Es scheint ihr ein Prickeln zu bereiten, wenn sie daran denkt. »Du darfst auf mein Höschen aufpassen. Am besten du steckst es in deine Tasche.« Diesen Satz sagte sie so laut, dass ich ein Raunen vernehme. Eine ältere Dame, steht auf und verlässt den Raum. »Ob sie ein Höschen an hat?«

»Sophie ich bitte dich, jetzt lass uns doch erst mal den Orangensaft trinken!«

»Sie haben hier einen sehr würzigen Schinken.«

Sophie hält eine Scheibe in die Luft und erwartet, dass ich nach ihr schnappe. Tatsächlich folge ich ihrer Anregung.

Dann kommt aber schon ein Ober und meint, der Bus steht zur Abfahrt bereit. Sophie verabschiedet sich sehr liebevoll, was mir weitere tadelnde Blicke einbringt.

Im Bus räspert sich mein Sitznachbar, »Ihre Hose ist noch offen!«

Also diese Sophie, dass hat sie sicher im letzten Moment gemacht, um mich zu ärgern. Nicht auszudenken, wenn ich bei meinem Vortrag mit offener Hose am Pult gestanden hätte!

Für den heutigen Tag sind mehrere Redner vorgesehen, unter anderem auch ich. Meine Unterlagen hab ich gut vorbereitet, so dass ich meinen einstündigen Vortrag herunter rassle, als hätte ich nie etwas anderes gemacht. Großer Beifall, vor allem aus der Ecke, die nicht am Frühstück teilgenommen haben. Wir sind ja aus verschiedenen Hotels.

Nach dem Mittagessen verabschiede ich mich, da ich auf eigene Faust Florenz erkunden will. Auf meiner Liste stehen verschiedene Geschäfte und Palazzos, es wird ein ausgedehnter Rundgang.

Sophie hab ich nicht mehr getroffen, sicher hat sie sich einige Minuspunkte bei ihrem neuen Arbeitgeber eingehandelt, nachdem sie vor ihm ohne ihr Höschen aufgetaucht ist.

Spät am Abend beginne ich mit Packen, am nächsten Tag ist bereits die Rückreise. Zwischen meinen Unterlagen finde ich ein Kuvert mit diversen Fotos. Der junge Anwalt im Gespräch mit einem Mann, der eine Fliegerjacke trägt. Auf der Rückseite ist »Fernando« vermerkt. Sophie muss noch mal in meinem Zimmer gewesen sein. Zwischen meinen Hemden finde ich auch ein Tuch von ihr. Ich habe es ihr mal geschenkt. Es hat einen intensiven Geruch, eben so, wie ich ihn am Abend zuvor genießen durfte. Dieses Biest, sie wird mir noch lange in Erinnerung bleiben.

Ich sitze im Flieger und greife in meine Hosentasche. Da ertaste ich das Höschen. Ich hab es ganz einfach vergessen. Ob es wohl immer noch so stark nach ihr riecht?

Florenz und Sophie, das hat wirklich gut getan. Der Vortrag war reine Nebensache. Ich werde Jean von meiner Erfahrung berichten und ihm versprechen, falls wieder Florenz auf der Liste steht, darf er fliegen.

Mein Trailer ist aufgeräumt und eine Flasche Rotwein steht auf dem Tisch. »Lass ihn dir schmecken, ich bin leider für heute Abend bei einer Freundin. Wir sehen uns dann morgen in der Klinik.« Ich öffne die Flasche und richte mir einen Teller mit einigen Tapas. Verena hat wirklich an alles gedacht.

Als ich abreiste, war der Kühlschrank leer, da bin ich mir sicher. Ich schalte den Fernseher ein, aber die Nachrichten sind schon vorbei. Ich notiere noch, dass ich unbedingt mit Harley sprechen muss, wegen der Kameras.

Außerdem könnte es ja sein, dass er den Typen mit der Fliegerjacke kennt.

Ich decke gerade mein Bett auf, da klopft Beatrix. »Schläfst du schon, oder darf ich noch stören?«

»Komm rein, noch bin ich nicht im Bett.«

Sie wirkt etwas bedrückt. »Was ist, kann ich dir helfen?«

»Ich weiß selbst nicht, ich hab heute einfach einen blöden Tag.«

»Ich glaub, du brauchst einfach nur eine Umarmung.«

»Dann mach das mal, vielleicht ist es tatsächlich nur das.«

Ich nehme Beatrix in den Arm und drücke sie so, dass ich glaube, dass es ihr gut tut.

»Du kannst ruhig etwas mehr Herzblut dazu tun. Sonst glaube ich noch, du bist der Arzt und ich die Patientin.«

Wir lachen und sie beginnt ihren Kopf zwischen meine Schulter und meinen Nacken zu drücken. »Ach so ist gut, nicht aufhören!«

»Ich glaube, du willst einfach nicht alleine ins Bett, wenn du kuscheln willst, dann bleib ganz einfach.«

So schnell kann ich gar nicht schauen, da liegt sie schon in meinem Bett. »Du hast ja noch nicht mal ein Höschen angehabt.«

»Warum auch, so brauchst du es nicht auszuziehen.«

Meine Gedanken kreisen um Sophie und Beatrix, ach stimmt ja, da ist ja noch Verena. Aber eines weiß ich sicher, mein Job geht vor.

Selten hatte ich eine so liebevolle Kuschlerin in meinem Bett. Ihr Hobby scheint Kuscheln zu sein und das beherrscht sie perfekt.

Als ich mich am nächsten Morgen für meinen Dienst fertig mache, fällt mir das Höschen aus der Hose. Beatrix bleibt das nicht verborgen. »Sind das die Reste von Florenz?«

Es ist mir doch tatsächlich peinlich. »Ja, das lag auf meinem Zimmer.«

»Also diese Zimmermädchen sind auch nicht mehr das, was sie mal waren.«

Beatrix deutet auf das Tuch. »Das hat sie sicher auch bei dir liegenlassen. Sie hat übrigens einen feinen Duft. Ich liebe diesen Geruch.«

»Ach was du auch?«

»Danke für die Nacht. Es hat gut getan einen Freund zu spüren.«

Ich sage jetzt besser nichts, schließlich treffe ich in einer halben Stunde Verena im Dienst. Sie hat eine feine Antenne für solche Situationen. Sie wird sicher gleich fragen, »War da was?«

Ich gehe auf mein Arbeitszimmer zu und aus der Türe tritt Verena. »Hallo, da bist du ja wieder. War es schön? Hat alles mit deinem Vortrag geklappt?«

»Zu allen Fragen ein klares JA. Ach, in meinem Arbeitszimmer steht ein Blumenstrauß, ist der von dir?«

»Ich dachte Blumen würden dir gut tun.«

Ich nehme Verena in die Arme. Da es ja nicht alle Kollegen sehen sollen, ziehe ich sie ein bisschen in mein Zimmer und gebe ihr einen langen Kuss. »Da ist ein Geruch, den kenne ich, von mir ist er nicht.«

»Vielleicht das Duschgel im Hotel?«

»Nein, das ist es nicht. Der Geruch kommt eher aus einer anderen Richtung.«

»Aus dem Restaurant?«

»Sag mal, war da was?«

Wie hab ich auf diese Frage gewartet. »Was meinst du?«

»Jetzt weiß ich es, es ist Beatrix, es ihr Parfum.«

»Das ist richtig, Beatrix hat mich sehr herzlich begrüßt.«

»Herzlich?«

Schwester Hildegard kommt genau im richtigen Moment. »Deine OP, wir können nicht länger warten.«

Gott sei Dank, dass er mir Hildegard geschickt hast.

Bis zur Mittagspause ist das vergessen, so dachte ich wenigstens. Aber weit gefehlt. Es gibt Wirsingauflauf. Nicht gerade der Renner, aber es macht satt. Verena sitzt an meiner Seite. Sie wirkt etwas schweigsam. »Hab ich dir Treue geschworen?«

»Nein das nicht, aber ich hab nicht gedacht, dass du schon bei Beatrix umfällst.«

»Umgefallen bin ich nicht. Sie konnte nur nicht schlafen und hat sich gefürchtet.«

»Das ist ja richtig lieb von dir. Dann hast du sie unter deine Bettdecke genommen. War es so?«

»Nicht ganz, aber wenn man es locker sieht, ja so war es!«

»Dieses Biest, ich habe gleich gemerkt, dass sie dich mag. Heute Abend bleiben wir in Lyon. Ich habe eingekauft und wir werden in dein Apartment gehen.«

»Wenn du es so gerne hast, machen wir das so.«

Die Mittagspause ist um und es steht noch viel Arbeit auf dem Plan.

Verena lässt mich nun nicht mehr aus den Augen. Sie wartet bereits vor dem OP und begleitet mich in mein Zimmer. »Hast du noch Wein, sonst gehe ich mal schnell rüber in den Supermarkt?«

»Keine Ahnung, ich war schon ewig nicht mehr in meiner Wohnung. Warst du nicht dort?«

»Nur zum Schlafen, gegessen hab ich bei meiner Mutter.«

»Dann geh mal etwas einkaufen, ich brauch noch etwas. Muss den Dienstplan für morgen studieren.«

Später dann steht Verena mit der Einkaufstüte vor meiner Türe. »Hast du es dann?«

»Ich komme ja schon.«

Die Stimmung ist an diesem Abend nicht ganz perfekt, Ich merke, dass Verena über unsere Zukunft nachdenkt. Aber ich tue so, als würde ich sehr gespannt dem Fernsehprogramm folgen. Dabei ist es ein eher zweitklassiger Krimi, völlig ohne Spannung und kaum Toten.

Verena versucht es mit Kuscheln. »Nächstes Wochenende sind wir übrigens bei meinen Eltern eingeladen.«

»Ach, das ist aber lieb. Mit dunklem Anzug und so?«

»Nein, du kannst deine Jeans anziehen. Wir sind zum Mittagessen dort. Meine Mutter hat gemeint, den Herrn Doktor möchte sie gerne kennenlernen.«

»Dann soll sie ihn eben kennenlernen. Ich beiße ja nicht. Oder hat sie eine Hüfte, die quietscht?«

Verena hat den Witz verstanden und geht nun zum Angriff über. Sie schwingt sich auf meinen Schoß und hält meine Arme fest. Ihr süßer Mund nähert sich bedenklich meinem Hals.

»Nein, keinen Knutschfleck, dass hasse ich!«

»Zu spät!« Sie saugt sich fest, als wäre sie ein Krake. Beißt auch noch zu. Sie fühlt sich überlegen und genießt es. Ich mag sie so, so wild und unbeherrscht. Als Reaktion greife ich ihr zwischen die Schenkel.

Dann ist wieder alles im Lot. Ich trage sie in mein Bett und wir balgen wie die Kinder. Sie hat unheimlich Kraft, dass muss am Training liegen. Einmal die Woche geht sie zu einem Training für unbefleckte Frauen. Ein Selbstverteidigungskurs. Damit sie bis zu ihrem Tode unbefleckt bleiben, so hat sie es wenigstens etwas spöttisch erklärt. Der Kurs wurde in der Klinik angeboten und viele Schwestern haben sich angemeldet.

»Ich werde dich jetzt an das Bett fesseln und du wirst die ganze Nacht da bleiben.« Zuerst halte ich es für einen Scherz, aber sie hat die Vorbereitungen schon getroffen.

Meine Gegenwehr ist nicht besonders, ich will mal sehen, wie sie sich das vorstellt. Es dauert ein bisschen und manchen Knoten muss sie nochmal nachziehen, aber schlussendlich hat sie es geschafft. Sie betrachtet sich ihr Werk und ist sichtlich stolz. Sie atmet noch etwas schwer und scheint aufgeregt zu sein.

»So haben wir es gelernt.«

»Wen hattet ihr als Opfer?«

»Wir haben uns den Klaus geschnappt. Er hat sich freiwillig gemeldet. Was er nicht wusste, dass wir verabredet hatten, dass wir ihn nicht wieder freimachen wollen.«

»Das ist aber extrem gemein.«

»So wird es dir jetzt auch gehen.«

Verena geht in die Küche und widmet sich der Hausarbeit. Anschließend höre ich den Fernseher. Ich betrachte mir ihr Werk. Fein hat sie das gemacht, der Kurs scheint nicht schlecht zu sein. Sollte sie mal als Krankenschwester scheitern, so ist ihr der Job als Domina sicher.

Ich liege da, warte bis sie sich meldet. Irgendwann wird es ihr zu bunt sein. Zumindest denk ich so. Aber sie scheint Ausdauer zu haben.

»Ich hol mir mal mein Bettzeug, ich werde die Nacht auf der Couch verbringen.«

»Das ist gemein, mach mich jetzt los, ich muss mal ins Badezimmer.«

»Das hat der Klaus auch gesagt und die Hauptschwester, die den Kurs leitet, meinte nur, in einer Klinik gibt es da andere Mittel.«

Da meine Beine sowieso gespreizt fixiert sind, hat sie kein Problem mit der Einlage.

»Noch ein Handtuch darüber, dann kannst du die Nacht genießen.«

Ich sehe nach den Knoten und stelle fest, dass sie ihr Handwerk gelernt hat. Sie löscht das Licht und schließt die Türe. »Schlaf gut!«

Am nächsten Morgen wird es bereits gegen fünf Uhr hell. Die Vorhänge sind offen und so versuche ich die Knoten zu erreichen. Nur mühsam, aber doch mit Erfolg, kann ich mich befreien. Ich schleiche mich in das Badezimmer und mach mich frisch. Verena hat es nicht bemerkt, sie schläft tief und fest.

Im Badezimmer entdecke ich den Knutschfleck. Eine große Stelle. Sicherheitshalber versorge ich die Stelle mit einer Creme. Ich schlafe anschließend noch mal richtig entspannt ein.

»Na mein Schatz, wie ich sehe, konntest du dich befreien. Das war nicht vorgesehen.«

Wir sitzen uns beim Frühstück gegenüber und Verena schmunzelt, als sie meinen Hals sieht. »Das schaut ja richtig übel aus. Was werden deine Kollegen denken!« Wir fahren zusammen in die Klinik und Jean ist der erste, der meinen Fleck sieht.

»Das war Verena, hab ich recht!«

»Ja sicher, du hast recht.« Jean hat dann einen Tipp mit einer Creme, die hilft ziemlich schnell. Schwester Hildegard besorgt sie.

Auf meinem Handy erreicht mich eine SMS. Es ist Harley, er hat die Bänder gesichtet und nicht nur Fernando gesehen, sondern noch eine weitere Person, die nicht unbekannt in der Szene ist. Dann muss ich auf jeden Fall heute Abend zum Camp. Das Video muss ich sehen.

Schwester Hildegard, macht sich einen Spaß und kommt mit einer dicken Binde für meinen Hals. »Das müssen wir schon richtig versorgen, sonst bleibt da was. Aber gegen Tollwut bist du ja hoffentlich geimpft?«

Gegen Abend fahre ich zuerst in meine kleine Wohnung und finde ein Schreiben meiner Bank, dass ich doch mal vorbei kommen soll. Sofort denke ich an meinen Kontostand, es ist schon möglich, dass ich etwas über mein Limit hinausgeschossen bin. Aber ansonsten bin ich mir keiner Schuld bewusst. Ich werde es gleich morgen erledigen.

Kaum im Camp angekommen, steht auch schon Harley an meinem Trailer. »Komm mal, ich muss dir etwas zeigen.« In seinem Wohnwagen hat er bereits alles vorbereitet. Wir sehen uns die diversen Überwachungsfilme an und ich kann nichts Aufregendes entdecken.

»Die zweite Person kenne ich irgendwoher, da bin ich mir sicher.«

»Wir werden die Filme kopieren und sie dann der Polizei geben. Vielleicht haben die ja andere Möglichkeiten.« Während wir noch weitere Filme sehen, klopft es.

»Kann ich euch stören?« Es ist Beatrix.

»Du störst nicht, komm nur herein.«

»Ihr habt eine Überwachungskamera, das ist ja toll. Dann muss ich ja vorsichtig sein.«

»Die Kameras sind nur auf den Vorplatz gerichtet, nicht in deinem Trailer.«

»Dann bin ich ja beruhigt.«

Beatrix sieht mich an und entdeckt den Fleck. »Das war wohl die Rache einer gewissen Dame?«

»Wie recht du doch hast.«

»Ich habe ein gutes Rezept, da verschwindet der Fleck sofort.«

Aber in diesem Moment steht Verena ebenfalls im Trailer. »Jetzt wird es langsam eng.« Verena vermutet, dass wir uns Pornofilme ansehen. »Ist das alles, wann passiert denn was?« Beatrix erkennt die Situation und stiehlt sich leise aus dem Wagen. »Wo ist sie denn jetzt hin?«

»Sie hat eine Arbeit, die ziemlich dringend ist. Sie wollte nur sehen, ob sie die Person kennt, die wir auf dem Video gesehen haben.«

»Es wird mir schon noch einfallen, woher ich den kenne.«, brubbelt Harley mir nochmals zu. Dann zieht mich Verena hinter sich her, raus und ab zu meinem Wagen. Sie hat etwas zum Abendessen dabei.
»Ich hab es noch schnell besorgt, außerdem war ich noch bei meiner Mutter. Sie freut sich schon dich zu sehen.«
Der Fleck am Hals färbt sich inzwischen dunkelblau. »Das wird ja immer fescher, da werden die Leute glauben, man wollte dich umbringen.«
»Pass auf, morgen früh muss ich zuerst zu meiner Bank. Die haben geschrieben, dass ich vorbeikommen soll.«
Als ich vor dem Portal der Bank stehe, merke ich sofort, hier hat sich etwas verändert. Ich gehe wie gewohnt an den Tresen und bitte um meine Kontoauszüge.
»Ach, entschuldigen Sie, Herr Vladimir Petrovas möchte Sie gerne sprechen.«
»Ich hab schon gehört, ich hab Zeit.«
»Petrovas, gestatten, ich bin der neue Geschäftsführer.«
»Angenehm, was kann ich für Sie tun?«
Man bittet mich in das Besprechungszimmer. Ein Kaffee wird angeboten.
»Sagen Sie einfach Vladimir zu mir. Also hören Sie mal Michel, hier hat sich einiges geändert. Wir sind die neuen Besitzer des Geldinstituts.«
»Wie schön und wer ist WIR?«
»Ein russisches Konsortium.«
Umständlich umschreibt er die Philosophie, die nun herrschen soll. Mein Kredit soll erhöht werden. Man bietet mir Aktien an, natürlich von einem russischen Unternehmen, von dem ich nie etwas gehört habe. Man würde mir auch Geld leihen, damit ich die Möglichkeit hätte, in diese Aktien zu investieren.
»Wie, was, ich soll mir Geld leihen, damit ich mir Aktien kaufen kann?«
»Ja, bei uns in Russland ist das so. Außerdem haben sie doch ein Landgut und eine kleine Wohnung. Wir beleihen das einfach!«
»Ich will aber nichts beleihen. Ich bin auch so ganz zufrieden.«
»Aber Sie müssen mit der Zeit gehen und investieren.«
»Ich will aber nur in mich investieren und nicht in Sie!«
»Wir wollen nur Ihr Bestes, da können Sie sicher sein.«
»Mein Bestes, das ist mein Eigentum und mein Erspartes.«

»Erspartes haben Sie auch noch, davon steht hier gar nichts. Wie viel ist es denn?«

»Nun geben Sie mir mal die Unterlagen und wenn ich es geprüft habe, dann werden wir weitersehen.«

»Aber jetzt sind Sie doch schon mal da. Ich habe da etwas vorbereitet. Sie brauchen nur unterschreiben.«

»Ich hab heute früh meine Unterschrift daheim liegen lassen. Da geht nun leider gar nichts.«

Mit diesen Worten verabschiede ich mich. Der Herr im Nadelstreifenanzug sieht mir noch nach. Er hat sich das wohl einfacher vorgestellt. Die halbe Klinik ist bei der ehemaligen kleinen Privatbank gewesen. Nun haben Russen das sagen. Als ich in die Klinik komme, scheint es das Thema des Tages zu sein. Am schwarzen Brett hängt eine Mitteilung. »Russen Bank – Vorsicht!«

Ich lese es aufmerksam und entscheide mich zur Kundgebung zu gehen. Der Chefarzt will das Personal warnen, voreilig zu unterschreiben. Ich für mich habe bereits entschieden, die Bank zu wechseln.

Zwei Häuserblocks weiter gibt es eine Sparkasse, da hab ich dann meinen Überziehungskredit ausgehandelt. Sie sind recht pingelig. Wollen einen Verdienstnachweis. Aber immer noch besser, wie bei den Russen. Die wollen gleich das gesamte Hab und Gut für sich einverleiben.

Am Abend findet dann die Kundgebung statt. Wie zu erwarten haben sich einige Mitarbeiter der Russen Bank eingeschlichen. Es wird heftig debattiert. Der Chefarzt lehnt sich ziemlich weit aus dem Fenster, was er da so von sich gibt. Einer der Russen meint, das wird ein Nachspiel haben.

Der Chefarzt ist am nächsten Tag nicht zum Dienst erschienen. Angeblich ist er auf dem Heimweg vom Weg abgekommen. Er hatte eine mächtige Alkoholfahne. Obwohl er als Antialkoholiker bekannt ist.

Neue Märkte erschließen, sind das die Methoden? Am gleichen Abend, ich richte mir gerade ein Abendessen, läutet es an meiner Wohnung.

»Ich wollte nochmal mit Ihnen wegen einer Investition reden.« Es ist der Russen-Banker. Hartnäckig ist er schon, dass muss man ihm lassen.

»Ich erwarte Besuch, tut mir leid, aber eine Investition kommt für mich nicht in Frage.«

»Überlegen Sie mal, was das für Folgen hätte. Sie haben doch das Camp über die Bank finanziert. Haben Sie daran gedacht?«

»Diese Kreditverträge sind langfristig und von meinem Vorgänger abgeschlossen. Da können Sie keinen Druck ausüben.«

»Wir erwarten, dass Sie ihre privaten Sicherheiten auf unsere Bank überschreiben!«

Dann zieht er ab. So ein Gauner. Da wird er lange warten müssen, ich bin doch nicht doof.

Am nächsten Morgen sehe ich mir die Unterlagen von Martin an. Hat er wirklich an alles gedacht? Ich mache einen Termin mit meinem Anwalt.

»Du bist nicht der Erste, der mit so einem Anliegen zu mir kommt. Seit die Bank in neuen Händen ist, ist der Teufel los. Und eines muss ich dir leider sagen, die sind nicht zimperlich.«

»Ich weiß, unser Chefarzt, hatte am nächsten Tag nach der Kundgebung eine blaue Nase.«

»Deine Wohnung, würde ich auf einen Verwandten überschreiben.«

»Du schreibst ihm jetzt erst mal, dass du die Leute vom Camp vertrittst. Dann haben sie schon mal eine Reaktion.«

»Das wird die Herren nur wenig beeindrucken. Am besten ist es schon, wenn du umschichten könntest.«

Wir verabschieden uns herzlich und wünschen uns gegenseitig alles Gute.

Sofort rufe ich Jean an. Was haben wir auf unserem Konto? Vielleicht reicht ja der Betrag, um die Schulden vom Camp einfach zu tilgen. Jean ist zuversichtlich, »Das schaut nicht schlecht aus. Wie viel brauchst du denn?«

»Es sind fünfundvierzigtausend, meinst du mein Guthaben ist hoch genug?«

»Wenn du mir noch eine Woche gibst, dann reicht es.«

»Gut, dann machen wir das. Ich sage dem Anwalt, das ich die Schuld ablöse.«

Harley ist sich nun sicher, wer die Person auf dem Überwachungsvideo ist. »Du musst sofort kommen, ich hab Namen und Anschrift.«

Das ist doch schon mal eine prima Nachricht. Ich verabrede mich im Bistro mit ihm.

Als ich auf das Camp zufahre, erkenne ich einen Krankenwagen von unserer Klinik. »Was macht ihr denn hier?«

»Du kannst gleich die Erstversorgung machen, aber es sieht nicht gut aus.«

Mein erster Gedanke ist vielleicht eine Fisch-Vergiftung oder zumindest etwas in diese Richtung. Aber weit gefehlt, es ist Harley. Sie haben ihm ein Messer in den Bauch gerammt. Aber woher wussten Sie, dass Harley die Person identifiziert hat? Gibt es eine Abhöranlage in seinem Trailer? Ich rufe die Gendarmerie, das ist mir zu heikel, das hat nichts mehr mit einem Scherz zu tun. Bis die Polizei eintrifft, ist Harley verstorben. Ich berichte dem Beamten, dass Harley den Namen des Mörders von Felix herausgefunden hat. »Und, wie heißt er?«

»Ich weiß es nicht, wir wollten uns hier im Bistro treffen.«

Der Beamte versiegelt den Trailer von Harley. »Es ist schon zu dunkel, aber gleich morgen früh kommen wir mit der Spurensicherung. Da finden wir sicher etwas.«

Dann fällt mir ein, dass Sophie mal eine Andeutung machte. Vielleicht weiß sie mehr und ist deshalb abgehauen?

Harley war immer ein prima Kumpel, vielleicht etwas ruppig, aber ehrlich und korrekt. Ich hoffe, dass wir die Person herausfinden. Denn nun hat sie zwei Morde auf dem Gewissen.

Alle Bewohner des Camps versammeln sich im Bistro. Wein wird ausgeschenkt, »Alles geht auf meine Rechnung! Eine Pizza für jeden!«

Beatrix kommt verspätet, will natürlich gleich wissen, was passiert ist.

Seit ich die Führung übernommen habe, ist der Wurm drinnen. Das ist schon mal sicher. Zuerst Felix, dann die beiden Pepes, dann geht Sophie. An mir kann es doch nicht liegen. Ich bin mir sicher, es ist nur eine Krise, die wir überstehen müssen.

Beim Servieren stelle ich fest, dass Chelion nicht mehr hier arbeitet. Ein junger Mann ist nun der Kellner. In der Küche gibt es ebenfalls einen Aushilfskoch.

Wo hat sich Harley die letzten zwei Stunden aufgehalten? Von wo aus, hat er telefoniert? Sein Handy war es nicht. Es muss jemand mitgehört haben. Wir müssen abwarten, was die Spurensicherung ergibt.

Pünktlich um halb neun kommen die Experten im weißen Anzug. Mit Pinsel und Fotoapparaten sind sie ausgestattet. Keiner darf in die Nähe des Trailers. Der leitende Beamte hofft, irgendeinen Hinweis zu finden, der uns die zweite Person erklärt.

Verena kommt an den OP-Tisch und meint, »Sie haben etwas gefunden, du sollst anrufen.« Erst gegen Mittag komme ich dazu den Beamten anzurufen.

»Gibt es wirklich einen Hinweis?«

»Ja, wir sind fündig geworden. Aber eine Frage vorab. Seit wann haben Sie den jungen Mann in der Küche?«

»Keine Ahnung, da müssen Sie die beiden Italiener fragen, die haben das Bistro gepachtet.«

»Das war auch unsere erste Idee. Aber die haben seit heute früh geschlossen. An der Türe steht »Wegen Urlaub geschlossen!«.

Jean übernimmt meinen Dienst, so hab ich Zeit in das Kommissariat zu fahren. Dort wartet man bereits sehnlichst auf mich.

Auf einer Leinwand zeigt man mir verschiedene Personen, die aus dem Überwachungs-Film stammen. »Wer ist das denn?«, frage ich spontan.

»Das ist Ihr Spüler und Küchenhelfer!«

»Aber das ist ja der Gleiche, wie auf dem Bild mit Felix und dem Anwalt.«

»Das haben wir auch herausgefunden.«

»Wie wollen Sie vorgehen?«

»Den Anwalt haben wir schon abgeholt. Der sitzt nebenan.«

An diesem Nachmittag gibt es leider kein Ergebnis, der Typ leugnet hartnäckig. Aber er ist erstaunt, dass es eine Überwachungskamera gibt.

»Wir brauchen die Küchenschabe. Wenn wir den haben, klärt sich alles auf, da bin ich mir sicher.«

Der Anwalt meint, dass er da nur zufällig vorbei ging. Das er die beiden Personen nicht kennt. Gegen Abend kommt Bewegung in die Sache. Der Küchenhelfer ist gefasst worden. Eigentlich reiner Zufall. Er hatte den Wagen der Wirtsleute, dieser hatte ein kaputtes Rücklicht. Eine Streife holte ihn aus dem Verkehr. Was folgte, war reine Routine.

»Wo sind die Wirtsleute?«

»Ich dachte, die haben Urlaub?«

»Von Urlaub war nicht die Rede, da stimmt etwas nicht.«

Die weitere Untersuchung klärt, dass der Küchenhelfer ein Cousin der Wirtsleute ist. Das gibt der Angelegenheit neuen Schwung. Alle drei stammen aus der Nähe von Neapel. Bei einer Anfrage in Neapel sind sie auch kein unbeschriebenes Blatt. Sie haben ein mächtiges Register. Ich sitze dabei und versteh die Welt nicht mehr.

»Das waren doch ganz brave Leute. Ich hab ihnen noch geholfen, dass sie das Bistro pachten konnten.«

»Aber Sie wissen nicht, dass der Vorgänger ebenfalls ein Verwandter war. Auch er war Italiener und sitzt inzwischen in Rom ein.«

»Ich muss jetzt erst mal heim und brauch etwas Ablenkung. Vielleicht ein Glas Wein und einen Krimi im Fernsehen.«

Was ich Anfangs noch scherzhaft als die »Gestrauchelten« bezeichnete, ist inzwischen leider klare Wahrheit. War Martin vielleicht kein so unbeschriebenes Blatt wie ich annahm? Da muss ich durch, das ist schon immer meine Devise.

Als ich in mein Apartment komme, bereitet Verena in der Küche das Abendessen. Die einzige Brave, muss ich feststellen. Sie will natürlich einen ausführlichen Bericht.

»Alles Gauner!«, so mein Kommentar.

»Dann passt du ja prima dazwischen.«

»Wie so, was meinst du?«

»Jean hat heute gemeint, wenn ich dich sehe, soll ich ausrichten, das Geld reicht!«

»Das ist ja wenigstens eine erfreuliche Nachricht.«

»Was du da mit Jean machst, ist aber auch nicht ehrlich. Da wunderst du dich, wenn du in so eine Geschichte gerätst. Vor einigen Wochen hättest du doch gar nicht an so etwas gedacht. Da hat das Geld gerade gereicht und wenn nichts da war, haben wir alle zusammengelegt. Jetzt spielt ihr ein bisschen Börsenmanipulation und das Geldproblem ist gelöst.«

So klar hat es mir noch niemand gesagt. Aber ich muss zugeben, sie hat recht.

Aber ich bin trotzdem erleichtert, nun kann ich das Camp von der Bank ablösen. Keine Russen, keine Probleme!

Nach der Standpauke von Verena, bin ich etwas einsilbig, was sie veranlasst, mit mir kuscheln zu wollen. Das kostet nichts und macht mächtig Spaß.

Mein Versuch, ihr eine Erklärung zu geben, wird von ihr so nicht akzeptiert. Auch wenn das Camp in Schwierigkeiten steckt, kann man nicht einfach das Gesetzt wenden.

Wir meiden für den restlichen Abend dieses Thema und Verena beginnt intensiv mit dem Fummeln und Kuscheln. Wir nehmen uns die Gläser mit ans Bett und löschen das Licht. Kerzen sind angesagt, die verbreiten eine versöhnliche Stimmung.

»Sag mal, wir wollten doch mal nach dem Heuschober schauen. Du hast Freitag frei, dass habe ich auf dem Plan gesehen. Den Samstag hab ich für dich an Jean abgegeben.«
»Du manipulierst mich ja auch. Ist das zulässig?«
»Ich darf dich manipulieren solange ich will. Denn du bist mein!«
»Okay, dann fahren wir am Freitag früh. Aber Samstag will ich zurück sein. Außerdem hast du ja den Sonntag für deine Eltern eingetragen.«
»Ein dringender Notfall, da können wir nicht mehr nein sagen.«
»Ich hab dich lieb, los komm endlich ins Bett!«

Freitag früh, Geschirr klappert und ich rieche den frischen Kaffee bis ins Schlafzimmer. »Wann bist du denn aufgestanden?«
»Vor einer Stunde, ich konnte einfach nicht länger liegen bleiben.«
Auf dem Küchentisch steht ein Picknickkorb. Eine Flasche Sekt ist das Einzige, was bereits drinnen ist. »Die Brote machen wir zusammen.«
»Ja klar, Obst dürfen wir auch nicht vergessen.«
Nach dem Frühstück, gehe ich noch schnell zum Supermarkt, um die restlichen Dinge zu besorgen. Dann aber ist der Korb gefüllt.
»Wir könnten uns die lange Fahrt auch sparen und nur um die Ecke in den kleinen Wald …«
»Nein, ich will jetzt endlich den Heuschober sehen!«
Eine halbe Stunde später sitzen wir im Wagen und Verena hat sich angeboten, die erste Strecke zu fahren. Sie fährt gerne mit dem großen Peugeot, da er sich so vornehm fährt. Schnell sind wir auf der Autobahn und Verena hat sich für den Abzweig Dijon eingeordnet. »So, jetzt sind es noch siebzig Kilometer, dass machen wir mit links.«
Wir nähern uns der Ausfahrt Colmar, da müssen wir raus. Das hab ich im Navi eingegeben. Von hier geht es über kleine Landstraßen. Die Landschaft ist flach, mit kleinen Hügeln versehen. Es gefällt uns. Wir stellen uns einen Heuschober vor, der im Hintergrund ein kleines Wäldchen hat. So mit ein paar Kühen und vielleicht noch einer Ziege.
Das Navi führt uns immer weiter von den großen Straßen fort. Wir kurven auf einer einsamen Landstraße. Das letzte Haus haben wir vor ein paar Minuten hinter uns gelassen. Das Navi ist anscheinend anderer Meinung wie wir. Es sagt uns deutlich und klar, »hier rechts müssen wir abbiegen.« Vor uns

liegt ein kleines Wäldchen. Im Wäldchen geht ein Feldweg ab. Wenn wir hier hineinfahren, gibt es kein Zurück. Wenden unmöglich.« »Da müssen wir rein, da gibt es keinen Zweifel. Es ist die Peilung, die im Testament steht.«

Wir biegen widerwillig ab. Der Wagen versinkt mit den Vorderrädern im dicken Schlamm. Durch kräftiges Gasgeben, überwinden wir die erste Hürde. Der Wagen gerät aus der Spur. Mal steht er links, mal rechts. Dann sind die ersten Hürden überwunden. Der Weg wird trockener, der Wald dichter. »Meinst du nicht, wir sollten es lassen?« Verena, ist sich nun nicht mehr sicher, ob sie den Heuschober wirklich sehen will. Ich schlage vor, kurz zu halten und den Weg zu Fuß zu erkunden. »Hier stehen wir wenigsten auf dem Trockenen.«

»Wenn uns hier der böse Wolf begegnen würde, ich würde es glauben.«

»Einparken musst du ihn nicht, da bin ich mir sicher.«

Wir stellen den Wagen ab und ziehen uns Jacken an. Ich greife nach dem Handy, aber Verena meint, »das kannst du vergessen, kein Empfang!«

Wir gehen zehn Minuten, vielleicht waren es auch zwanzig Minuten, keiner von uns beiden hat auf die Uhr gesehen. Der Weg wird fester, ein kleiner Platz im Wald tut sich auf.

»Zumindest wenden könnten wir hier. Ich hol mal den Wagen.«

Ich gehe gemütlich den Weg zurück und sehe auch schon meinen Wagen, der rein farblich gut in diese Natur passt. Es war mir, als hätte ich eine Person gesehen, die am Wagen stand, kann aber dann doch niemanden sehen. Sicher eine Täuschung, denke ich. Ich fahre in die Richtung, zu dem kleinen Platz. Aber wo ist Verena?

Ich stelle den Wagen ab und sehe mich um. Sie wird ein paar Schritte weitergegangen sein. Es gibt nur einen Weg, außer einem Trampelpfad, der aber eher an einen Wildpfad erinnert. Er wird von Rehen stammen, die hier her zum äßen kommen. Ich sehe Gestelle, die man zur Wildfütterung verwendet. Nach dem ich einige Schritte weitergegangen bin, erkenne ich in der Ferne ein Tor. Obwohl, ein Tor ist es nicht. Es ist ein gesicherter Zugang, so wie sie bei militärischen Einrichtungen verwendet werden. An Warnschildern mangelt es hier nicht. »Vorsicht Selbstschussanlage«, oder »Elektrisch geladener Zaun!«. Ich bleibe in gebührlichem Abstand stehen und betrachte mir das Schloss. Ein Vorhängeschloss der üblichen Art. Vielleicht ein bisschen größer, aber ansonsten nichts Auffälliges.

Aber wo ist Verena abgeblieben? Der Zaun, an dem ich hoch blicke, ist mindestens drei Meter hoch. Den hat sie sicher nicht überwunden. Ich sehe links und rechts am Zaun entlang, keine Verena zu entdecken.

Dann fällt mir das Kuvert ein, welches ich erhalten habe. Da waren Schlüssel drinnen, da bin ich mir sicher. Ich gehe wieder zum Wagen, um mir die Unterlagen anzusehen. Auf dem Weg finde ich ein Nickituch, das Verena am Handgelenk hatte. Soll es ein Hinweis sein? Treibt sie eines ihrer beliebten Spiele? Oder doch der böse Wolf ... ?

Als ich am Kofferraum des Wagens die Papiere sichte, ertönt plötzlich eine Stimme hinter mir. »Los, pack deinen Krempel und verschwinde. Sonst kannst du deine Freundin vergessen.«

Ich suche nach Worten, so erschrocken bin ich. »Entschuldigen Sie, Martin hat mir die Unterlagen zukommen lassen ...«

»Was hast du mit Martin zu tun?«

»Ich bin der Arzt, der ihn behandelt hat. In den Unterlagen, die ich bekam, stand, dass ich mir den Heuschober ansehen soll ...«

»Los, dreh dich um!« Ich sehe ihm nun in die Augen. Ein junger Bursche, vielleicht fünfundzwanzig, könnte aber auch schon älter sein. Er geht um mich herum und sieht in den Wagen, sieht in den Kofferraum. »Der hat ja eine scheiß Farbe.«

»Was habt ihr mit Verena gemacht?«

»Die bekommst du zurück, wenn du verschwindest. Ich bringe sie an die Hauptstraße, und dann will ich euch niemals mehr sehen.«

»Hören Sie junger Mann, wenn das wirklich das Anwesen von Martin ist, dann würde sich doch ein Gespräch lohnen. Denn wenn Sie mir keinen Zugang gewähren, komme ich mit der Polizei. Sie wird mir den Zugang sichern, denn es ist mein Eigentum.«

»Sie glauben doch nicht, dass Sie hier nochmals raus kommen. Wenn ich es nicht will, werden Sie gleich hier vor Ort entsorgt.«

»Das würde Ihre Zukunft aber nicht ruhiger gestalten. Wir haben an einer Tankstelle auf dem Weg hierher eine Botschaft hinterlassen, wo wir sind.«

Er wird nun nervös, überlegt, wie er weiter verfahren soll. »Geben Sie mir ihren Pass, ich will sehen, ob sie wirklich Martins Freund sind.«

»Hier bitte, mein Personalausweis. Sie können auch gerne die Unterlagen sehen. Sie werden verstehen, dass sie sich mit mir arrangieren müssen. Mein Name ist Michel Colbert, meine Freundin heißt Verena.«

»Warten Sie hier, ich komme mit meinem Wagen, Sie fahren hinter mir her. Aber eines sage ich Ihnen, keine Fotos oder so!«

Er verschwindet auf dem schmalen Ziehweg, der seitlich wegging. Nach einigen Minuten kommt ein ziemlich runtergekommener Geländewagen heran. Rumpelt über den Weg und setzt sich vor meinen Wagen. Eine Hand winkt, bedeutet wohl, folge mir!

Eine Person sitzt neben ihm, ich kann einen Kopf hin und her schaukeln sehen.

Das große Tor öffnet elektrisch. Kaum sind wir durch, schließt es sich wieder.

Der Weg wird nun besser, teilweise ist er sogar asphaltiert. Wir steuern auf ein Gehöft zu. Also ein Heuschober ist das nicht.

Er stellt seinen Wagen seitlich von einem Hundezwinger ab. Deutet, dass ich neben ihm einparken soll. Dann sehe ich auf seinem Beifahrersitz Verena sitzen. Sie hat die Augen verbunden, ein Holz im Mund. Scheint ein Knebel zu sein. Ich gehe sofort auf seinen Wagen zu. »Lassen Sie sofort Verena frei.«

»Die bleibt wo sie ist.«

Ich sehe in seinen Wagen und stelle fest, dass er Verena am Sitz festgebunden hat.

Er geht dich an meiner Seite. Ich betrachte mir das Umfeld und stelle fest, dass es eine richtige Farm ist. Im Hintergrund stehen einige Pferde. In einem Gehege spielen junge Wölfe. Wir gehen auf das Haupthaus zu. Zumindest vermute ich, dass es das Haupthaus ist. Einige andere Gebäude kann ich erkennen. Aber ich habe den Eindruck, dass alles eher herunter gekommen ist. Oder es soll nur so einen Eindruck machen. Als er die Haustüre aufsperrt, kommt eine junge Frau auf uns zu.

»Der behauptet, dass er der Besitzer ist!«

»Ich mach uns Kaffee und dann können wir reden.«, kommt es versöhnlich von der jungen Frau. Sie scheint nicht so aggressiv zu sein wie ihr Begleiter. Ich beginne in einem sehr ruhigen Ton erneut ein Gespräch. »Sind Sie verwandt mit Martin?«

»Das geht Sie nichts an.«

»Ich muss das Anwesen nicht haben, ich wohne in Lyon. Allein die Entfernung, ist für mich zu weit. Aber jetzt lassen Sie endlich Verena frei.«

»Du hast eine Frau in deiner Gewalt?«, fragt die junge Frau, sie hat nun ihren Ton gegenüber vorhin etwas verschärft. »Wo hast du sie?«

»Im Wagen. Es ist mein Pfand. Wenn er mir komisch kommt, kommen sie in die Grube.«

»Aber Herbert, dass kannst du nicht machen. Das sind ehrliche Leute. Der Martin hat dir das vermacht, dass kannst du doch belegen?«

»Das ist alles eine große Scheiße. Er hat es mir immer versprochen, aber schriftlich hat er es mir nicht gegeben.«

»Ich will es Ihnen doch nicht nehmen. Dann pachten sie es halt. Dann ist die Sache erledigt.«

Dann steht Herbert auf und geht zur Türe. »Du bleibst hier sitzen, wenn du dich bewegst, erschieß ich dich, ist das klar?«

Herbert verlässt den Raum, und ich sehe durch das Fenster, dass er zum Wagen geht.

Kaum ist er draußen, spricht die junge Frau in einem sehr verbindlichen Ton. »Sie müssen ihn verstehen. Er ist jetzt fünf Jahre hier. Martin hat ihn aufgenommen. Er war schon in sehr jungen Jahren im Gefängnis. Hier sollte sein neues Zuhause sein.

Die Türe wird aufgestoßen. Verena ist fest verschnürt. Nun hat sie auch noch einen Sack über dem Kopf. Eigentlich gleicht sie eher einem Paketbündel als einem Menschen. »So jetzt machen wir klar Schiff.«

»Wir werden die beiden in den Bunker stecken, da können sie bleiben, bis Gras über sie wächst.«

Die junge Frau scheint besorgt zu sein. Sie versucht es mit sanfter Stimme. »Herbert, damit erreichst du doch nichts. Es ist vernünftiger über alles zu reden.« Verena steht im Raum, verliert beinah das Gleichgewicht. Herbert will es wohl wissen.

»Los dreh dich um. Er legt mir Handschellen an und verbindet auch mir die Augen.« Er schiebt mich in einen Nebenraum. Ich kann hören, wie Verena ebenfalls herein gestoßen wird. Sie fällt mehr, als sie geht. Dann wird es ruhiger. Eine Türe wird verschlossen. Ich kann Stimmengewirr vernehmen. Ich schließe daraus, dass sich Herbert mit seiner Frau einen heftigen Streit liefert. Es wird so laut, dass wir beide jedes Wort hören können. Seine Frau heißt anscheinend Bettina.

Ein quietschendes Geräusch verrät uns, dass die Türe geöffnet wird. Meine Handschellen werden entfernt. Ich nehme die Augenbinde ab. Ich sehe Verena am Boden liegen und immer noch verschnürt. »Jetzt machen Sie doch endlich meine Freundin frei.«

»Nein, da müssen wir erst eine Einigung finden.«

»Dann los, gehen wir!« Ich unterbreite ihm den Vorschlag, dass wir einen Pachtvertrag anfertigen. Die Pacht sollte auch nicht besonders hoch sein. Er berichtet, dass er auf diesem Grund und Boden keine Besucher duldet. »Sie müssen schon verstehen, ich hab Sie schon an der Hauptstraße abbiegen sehen. Hier ist alles mit Kameras überwacht.«

Er scheint sich zu beruhigen. Langsam wird seine Sprache normaler. Sein überdrehter Ton weicht dem eines ruhigen Mannes. Seine Frau, so zumindest vermute ich, dass es seine Frau ist, setzt einen Text auf, dass beiden das Anwesen sichert. Was ich hier nicht sage, dass diese Unterschrift unter Bedrohung geschieht und somit völlig wertlos ist. Ich will jetzt nur noch mit Verena hier weg.

Dann kommt er mit Verena und meint, »Ihr habt großes Glück, eigentlich hätte ich euch erschießen sollen.«

»Du befreist sie erst, wenn ihr auf der Hauptstraße seid. Es ist alles überwacht!«

Er schiebt Verena zu meinem Wagen, setzt sie hinein, gurtet sie an.

»Los verschwinde, lasst euch ja nicht mehr sehen!«

Kaum auf der Hauptstraße, befreie ich Verena. Sie wirkt völlig verstört. Ich gebe ihr erst mal vom Wasser, ihr Mund ist von dem Holz, was er ihr zwischen die Zähne gebunden hat, richtig verquollen. Wir fahren zunächst Richtung Colmar und überlegen, was zu tun ist. Wir entscheiden uns, ein Hotel aufzusuchen. Wir wollen alles in Ruhe überdenken. Es einfach im Raum stehen lassen, wollen wir sicher nicht.

Verena findet ihre Sprache wieder. Ihre Handgelenke sind blutig, die Kleidung zerschunden. Sie beginnt zu schildern was passiert ist. Im Hotel vermutet man, dass wir einen Unfall hatten. »Sollen wir die Polizei holen?«

»Geben Sie uns einfach den Schlüssel und lassen uns über alles nachdenken.« Dann fällt mir ein, dass Herbert meine Papiere behalten hat. Ich entscheide mich dafür, tatsächlich die Polizei einzuschalten.

Eine halbe Stunde später meldet sich der Beamte. Da es Wochenende ist, ist es ein Hilfsbeamter. Er weiß nicht, wie er vorgehen soll. Er ist nervös und außerdem ist es ein richtiges Landei. Ich kann mich des Eindrucks nicht erwehren, dass er Herbert kennt. Kaum ist er draußen, telefoniere ich mit einem

Beamten aus Lyon. Ihm habe ich mal sehr geholfen, als er angeschossen wurde. Ich trage ihm den Vorfall vor, er kann aber nicht helfen, da es ein anderer Distrikt ist. »Ich rufe dich zurück, ich werde mal sehen, ich kenne da einen Kollegen, mit dem war ich auf der Polizei-Schule.«

Verena liegt in der Wanne und entspannt sich. Der Zimmerservice hat uns bestens mit Leckereien versorgt. Dann klopft es an der Türe. Sergeant Venturelli, gestatten. Ein zackiger Gruß folgt. Er wurde von einem Kollegen ...»Ja dann berichten Sie mal.«

Wir berichten so genau wie möglich. Verena zeigt die noch gut sichtbaren Spuren. »Was ist das für ein Mensch?«

»Wir beobachten ihn schon eine ganze Weile. Sie müssen wissen, er saß mal einige Jahre wegen Entführung.«

»Und die Frau, wer ist das?«

»Was für eine Frau?«

»Es gibt dort eine junge Frau, die wohl mit ihm dort zusammen lebt.«

»Davon wissen wir nichts. Nach unseren Unterlagen lebt er dort alleine. Hat eine Wolfszucht und hält sich Wildpferde. Wir sagen immer, lass den Verrückten dort hausen, solange er niemandem etwas antut.«

Der Sergeant meint noch ganz lässig, »Lassen Sie uns mal machen, wir werden das klären. Hat er die Frau mit Namen angesprochen?«

»So viel ich gehört habe, sagte er etwas von Bettina. Aber wir konnten es kaum verstehen.«

»Bettina Welcke?«

»Keine Ahnung, ein Nachname ist nicht gefallen.«

»Bettina Welcke, eine Frau mit einem solchen Namen wird seit einigen Monaten vermisst.«

Nun hat es unser Sergeant eilig. Das muss ich überprüfen. Schon in der Türe, will er noch wissen, wie sie ausgesehen hat.

»Blond kurze Haare, ziemlich mager. Die Kleidung etwas heruntergekommen.«

Er nickt und verschwindet.

In meinem Arztkoffer hab ich genug, um Verena zu versorgen. Leise beginnt sie zu erzählen, wie sie von dem Ungeheuer überfallen wurde. »Er versetzte mir einen Schlag und ich viel zu Boden. Mit einem Strick fesselte er meine Hände. Er nahm einen Schal und verband mir die Augen. Vorher drückte er mir noch ein Holz zwischen die Zähne. Dieses befestigte er mit einem weiteren Strick. Ich war völlig benommen, konnte weder denken noch einen klaren Gedanken fassen.«

Ich nehme Verena in den Arm. »Hätten wir vorher gewusst, was uns erwartet, hätten wir darauf verzichtet, uns das Erbe anzusehen.«

»Ja, ja … hätten, hätten …«

Was hat sich Martin dabei gedacht, uns so in die Falle laufen zu lassen. Er hätte uns doch wenigsten warnen können. Unsere Lebensgeister kommen langsam zurück. Verena wird schon wieder übermütig, was mich beruhigt. Ich hatte schon Angst, es bleibt ihr ein Schaden.

Ich gehe zum Wagen und hole die Unterlagen, die ich behalten konnte. In dem Kuvert lagen auch einige Fotos, aber ich schenkte ihnen keine Beachtung, da mir das alles ja nichts sagte.

Ich sehe sie mir an und dann fällt mir ein Foto ein, das in Martins Trailer hing. Es wird doch nicht sein Sohn sein? Nein, das kann nicht sein, dann hätte er die Finca doch ihm vermacht und nicht mir. Aber ein Verwandter könnte es schon sein. Martin hatte auch seine Aussetzer, wenn ich so zurück denke. In der Schule war er das Lämmchen und dann wieder der Wolf. Richtig einschätzen konnte man ihn nie. Lief etwas gegen ihn, wurde er ziemlich unangenehm.

An diesem Abend erfahren wir nicht Neues mehr. Wir geniessen die bequemen Betten und gehen sogar noch in das Spa des Hotels. Verena schwimmt, als wolle sie sich für die nächste Weltmeisterschaft bewerben. Sie schwimmt sich alles von der Seele, so könnte man es auch sagen.

Am nächsten Vormittag werden wir nochmals auf das Revier gebeten. Der junge Beamte kam jedoch nicht weiter. So erzählen wir, dass wir einen Kollegen hinzugezogen haben, ob er das nicht wüsste. »Sie trauen mir wohl nichts zu?«

»Das haben Sie gesagt, wir hatten auch den Eindruck, dass sie Herbert kennen und ihn vielleicht sogar schützen wollen.«

Er wird laut und schimpft, dass er schließlich ein Ermittlungsbeamter sei.

Ich gehe an den Automaten und hole mir einen Kaffee. Dann fliegt die Türe auf und ein Beamter führt Herbert in Handschellen an uns vorbei. Herbert beachtet uns nicht. Eine Frau folgt ihm.

Der Beamte von gestern Abend bittet mich in seine Amtsstube. »Sie haben der Frau das Leben gerettet. Es ist die gesuchte Frau. Wir wissen nur nicht, ob sie freiwillig mitgegangen ist, oder ob er sie bedroht hat.«

Ein Kollege meint, »Wir müssen ein Protokoll fertigen, das ist Vorschrift. Außerdem haben Sie ihm ja das Grundstück verpachtet. Das müssen wir für ungültig erklären. Ach, da sind ihre Papiere.« Er reicht mir meine Brieftasche.

»Danke, was können wir sonst noch tun?«
»Wir machen jetzt nur noch das Protokoll.«
»Was geschieht mit Herbert?«
»Das werden die Richter entscheiden.«
»Aber was passiert mit den Tieren auf dem Grundstück?«
»Da haben wir einen pensionierten Förster, der kennt sich damit aus.«

Gegen Nachmittag reisen wir ab. Das war ein Wochenende, so brauchen wir das nicht öfter. Wir hinterlassen noch unsere Telefonnummer und bitten darum, dass wir uns das Anwesen nochmal ansehen können.

»Und morgen deine Eltern!«
»Tut mir ja leid, konnte ja keiner wissen, was wir da erlebt haben.«
»Dann hast du ja etwas zum Erzählen.«

Das Wetter ist vom Feinsten, als wir auf unserem kleinen Balkon sitzen und uns das Frühstück richten. Verena braucht sogar eine Sonnenbrille.

Wir machen uns schick für den elterlichen Besuch. »Ach, meine Schwester wird auch da sein.«

»Du hast eine Schwester? Ist sie auch so hübsch wie du?«

»Sie hat einen Freund, will sich in Kürze sogar verloben. Nur damit du Bescheid weißt!«

Dann sitzen wir im Wagen. Eine viertel Stunde, dann werden mich Verenas Eltern im Arm halten. Ich male es mir schon mal aus.

»Da sind wir schon, parke bitte nicht so nah an seiner Garage, er hat das nicht gerne.«

»Du meinst deinen Vater?«
»Ja, er hat da so einen Tick. Manchmal misst er die fünf Meter nach.«
»Fünf Meter, was soll das denn?«
»Vergiss es!«

Dann kommt ein Ungetüm von Frau auf mich zu. »Da sind sie ja!« Der Ton war etwas überzogen. Man könnte es auch schreien nennen.
Es folgt ein Zweimeter Mann. »Haben Sie einen Parkplatz gefunden.«
»Ja danke, ich habe da drüben geparkt.«
»Der Grüne, ist das der Ihre?«
»Ja das ist der meine. Freunde sagen Hühnerkackegrün.«
»Ja, ja, vielleicht sogar passend.«
Ich überreiche einen Cognac, den der Herr des Hauses gleich in die Bar stellt. »Cognac trinken wir erst später.«
Die Mutter entdeckt sofort die noch gut sichtbaren Verletzungen. »War er das?«
»Nein Mutter, so brutal ist er dann auch wieder nicht.«
Dann klingelt es, »Es kommt noch deine Schwester.«
»Das sagtest du schon am Telefon:«
Die Schwester ist eine, die nicht auf den Mund gefallen ist. So erfahre ich in wenigen Minuten, dass sie bei der Stadt arbeitet. Zuständig ist sie für die Frauenhäuser. Einen Freund hat sie auch, den sie in Kürze heiratet. Und dass sie gerne einen Hund hätte ...
Ich sehe sie an, als würde ich gerade Nachrichten hören.
»Noch was, oder kommt jetzt der Sport?«
Sie lacht, kommt auf mich zu und schmatzt mir einen dicken Kuss auf den Mund.
»Ihr seid doch fest zusammen, oder ... ?«
Auch sie entdeckt sofort die Handgelenke ihrer Schwester. »War er das?«
»Nein, wir sind überfallen worden.«
»Erzähl!«
Ich hatte Glück, ich sah alles wie in einem Film. Die beiden Schwestern stellten teilweise die Szenen nach und der Vater samt seiner Frau spielten die Komparsen.
Dann musste ich noch die Utensilien aus dem Wagen holen. Die Schwester wollte es riechen, in sich einsaugen ...
Ich brachte den Sack, die Schnüre und den Schal.
»Damit hat er das gemacht?«
»Am liebsten würde ich das jetzt nachempfinden«, meint die Schwester.
»Nichts leichter als das.«

Nach wenigen Minuten liegt sie auf dem Boden und empfindet nach.

Sagen kann sie nichts, da ich ihr das Holz zwischen die Zähne geschoben hab. Die Mutter ruft zum Essen. »Können wir jetzt endlich beginnen!«

»Das wird schwierig, sie hat ja das Holz …«

Der Vater stampft auf, »Es reicht jetzt. Außerdem habe ich jetzt Hunger.«

Die Schwester krümmt sich am Boden. »Meinst du sie hat jetzt genug eingesaugt?« Verena sieht mich verschmitzt an.

»Würde es jetzt kein Essen geben, würde ich sie es noch genießen lassen.«

Letztendlich aber spricht die Mutter ein Machtwort.

Die Schwester geht noch ins Badezimmer und kommt etwas ramponiert zurück. »Deine Frisur ist natürlich im Eimer. Sei froh, dass wir den Sack weggelassen haben.«

»Einen Sack hat es auch noch gegeben?«

»Ja Schwesterchen, einen Sack hat es auch gegeben.«

»Und sag mal, wie hast du es empfunden?«

»Jetzt reicht es aber, reich mal die Knödel herüber.« Das waren die Worte des Vaters, kurz bevor er sich verschluckte. Ich als Arzt musste helfen und mein Essen wurde darüber kalt.

»Hatten wir da nicht einen vorzüglichen Cognac?«

Gegen fünf verabschieden wir uns. Beim Hinausgehen dreht sich die Schwester nochmal um. »Ist der Sack in deinem Wagen?«

»Hättest du ihn gerne zum Spielen?«

»Sag bloß, das ist dein Auto. Ein hässlicheres Grün hat es wohl nicht gegeben? Jetzt ist mir auch klar, warum ihr überfallen wurdet …«

»Man nennt es Hühnerkackegrün!«

»Ach ja, darum.«

Verena schüttelt noch den Kopf, weil sie an ihre Schwester denken muss. »Ich wusste gar nicht, dass sie das so antörnt. Sie war ja richtig heiß darauf, es zu spüren.«

»Du kannst sie ja mal einladen. Ich werde die Sachen in der Garage aufheben. Bist du dir eigentlich sicher, du willst dir das Gehöft auch nochmal ansehen?«

»Was heißt denn hier »nochmal«, ich hab nichts gesehen, wie denn? Ich hoffe, sie lochen ihn auf Ewigkeit ein.«

»Als Arzt sehe ich das anders. Er braucht eine gute Behandlung, aber sein Tick ist schon ziemlich ausgeprägt, sicher liegt es an seinen Genen. Er war nicht darauf eingerichtet, dass irgendeine Person sein Dasein stört. Ich war auch verwundert, dass die Frau die Gelegenheit nicht nutzte, sich bemerkbar zu machen.«

»Vielleicht mochte sie ihn ja. Aber wir werden es nicht erfahren. Es interessiert mich auch nicht wirklich. Was hast du mit dem Anwesen vor, jetzt wo du doch weißt, dass es nicht nur ein Heustadel ist?«

»Ich weiß es nicht. Es haben und selber darin wohnen, das will ich sicher nicht. Also verpachten wird die bessere Lösung sein.«

Was hat sich in meinem Leben verändert, seit ich das Erbe erhalten habe. Nicht auszudenken, wie ruhig es doch eigentlich verlaufen wäre.

Inzwischen sind wir zurück in meiner kleinen Wohnung. Den Besuch bei den Eltern müssen wir erst mal verdauen. Verena schaltet die Nachrichten ein, »mal sehen, was es Neues gibt.«

Was folgt ist ein Großbild von dem jungen Mann. Völlig verstört sitzt er in einer Ecke des Präsidiums. Wir erfahren über den Sprecher, dass er das letzte Mal vor vier Jahren auffällig wurde. Sein Alter wird mit sechsundzwanzig angegeben. Ob das wirklich stimmt, weiß niemand. Es war ein Kurzbericht, zum Schluss zeigten sie noch die junge Frau, die er festgehalten hat. Aber man hält sich bedeckt. Sie ermitteln noch und wollen wohl nicht gleich alles an die Öffentlichkeit herausgeben.

Dann meldet sich der Kriminaler. »Hi, wir brauchen die Sachen. Kommen Sie nochmal in unsere Richtung, oder sollen wir einen Kollegen bei Ihnen vorbeischicken?«

»Nein, wir kommen noch Mal in Ihre Richtung.«

»Du willst also doch noch mal hin?«

»Ich bin über mich selbst erstaunt, warum hab ich »ja« gesagt? Wenn du nicht willst, mach ich es alleine. Ich kann ja verstehen, wenn du das nicht brauchst.«

»Du kannst ja Mittwoch nochmal hinfahren, da hab ich Dienst und du hast frei.«

Am Montag hat sich einiges an Arbeit angesammelt. »Dass sie sich immer am Wochenende aus dem Fenster stürzen müssen.«, meint Jean etwas gleichgültig.

Tatsächlich haben wir einen Fall, wo eine Hausfrau beim Fensterputz aus dem Fenster des ersten Stockes gefallen ist.

Zu zweit versorgen wir die Dame, aber sie muss noch zur Beobachtung bei uns bleiben. Der nächste Patient ist eher eine kleine Nummer, Jean wollte es eigentlich mit Hildegard alleine machen, aber dann war ich schon da. So machten wir die OP zusammen.

Jean ist heute extrem ruhig. Seine Witze fehlen mir. Hat er am Wochenende Ehestress gehabt?

»Michel, ich muss mit dir reden.«

»Kannst du noch eine Stunde mit deinen Neuigkeiten warten? Dann haben wir unsere Kaffeepause.«

»Ja sicher.«

Wir sitzen in unserm Klinikbistro und bestellen uns die übliche Kleinigkeit für zwischendurch. »Du warst ja am Wochenende bei Frederic, ich meine bei Colmar.«

»Woher weißt du wie er heißt?«

»Ich werde es dir erklären. Es ist etwa zwanzig Jahre her, da war ich für ein halbes Jahr in Colmar. Ich leistete dort meinen Militärdienst. Eines Abends lernte ich ein nettes Mädchen kennen, *Valérie* so hieß sie. Erst später merkte ich, dass sie eine Hure ist. Ich dachte damals, es ist die große Liebe. Wir bekamen ein Kind. Valérie gab es zu ihrer Mutter und ich zahlte einen Zuschuss. Schnell merkten wir, dass der Kleine nicht ganz normal ist. Bei Aufregung, hatte er Erscheinungen von Schizophrenie. Später bestätigte sich der Verdacht. Nach meiner Militärzeit wechselte ich nach Paris, dort fing ich mit meinem Studium an. Hier lernte ich Martin kennen …«

»Was, du kanntest Martin?«

»Ja, ich wollte es nicht sagen. Weil sonst die Sache mit dem Sohn schon viel früher herausgekommen wäre.«

»Also, Martin machte den Vorschlag, den Jungen nach Colmar in die Forstwirtschaft zu bringen. Dort war er nicht den Gefahren ausgesetzt. Er sollte dort nur mit der Natur zu tun haben. Ein Forstwirt nahm sich des Jungen an. Das ging alles gut, bis er eines Tages einen Ausflug nach Colmar machte. Dort passierte die erste schwere Tat. Er bekam dafür fünf Jahre Jugendhaft.«

»Was hast du unternommen?«

»Ich bat einen Kollegen, eine Therapie zu beginnen. Die Kosten übernahm ich natürlich.«

»Hat es geholfen?«

»Leider nein. Martin machte den Vorschlag das Gelände einzuzäunen. Deshalb auch der hohe Zaun.«

»Du kennst das Anwesen?«

»Ja, so ist es.«

»Warum hast du mich nicht gewarnt. Es hat nicht viel gefehlt und er hätte Verena umgebracht.«

»Ich weiß, ich habe inzwischen mit der Polizei telefoniert. Er kommt in eine geschlossene Anstalt.«

»Wir müssen wieder an die Arbeit, eine Hüfte wartet, aber du musst mir noch mehr erzählen. Ich muss alles wissen.«

Während meiner Arbeit bin ich ziemlich unkonzentriert. Verena greift einige Male ein. »Pass endlich auf was du machst!«

Auf meinem Handy ist eine Mitteilung, »der Polizeibeamte will uns besuchen, und dass schon heute Abend.«

»Ich kann es nicht mehr hören.« Verena verdreht schon die Augen.

Kaum sind wir in der Wohnung, läutet es. »Ich bin übrigens Henri.«

»Kommen Sie herein, was gibt es denn so Eiliges, das sie sich gleich selbst her bemühen?«

Er beginnt auch gleich mit dem Befragen und will von mir wissen, was eigentlich mit dem Hilfspolizisten war, der die Anzeige aufgenommen hat.

»Was soll mit dem gewesen sein? Er hatte einfach kein Interesse.«

»Sehen Sie, wir haben herausgefunden, dass er mit dem Frederic zusammen in der Schule war. Es waren zwar nur vier Jahre Grundschule, aber sie waren eng befreundet.«

Er möchte die Gegenstände nochmals sehen. »Die gehören in die Asservatenkammer!«

»Ich werde sie holen, sie liegen in der Garage.«

»Machen Sie das bitte. Ich habe da noch eine Frage an ihre Frau Verena.«

»Noch ist sie nicht meine Frau, aber sie arbeitet darauf hin.«

Ich bringe den Sack, die Stricke und den Schal. »Das ist alles, mehr war es nicht.«

Verena meint, »Das reicht, wenn ich es sehe, wird mir jetzt noch komisch zumute.«

»Da ist das Holz, was er Ihnen zwischen die Zähne geschoben hat. Das war der Hinweis, der uns gefehlt hat. Sehen Sie es sich doch mal bitte richtig an.«

Ich nehme es in die Hand und drehe und wende es. »Es sieht aus, als würde es eine Steinschleuder sein.«

»Ist es auch. Der Gummi ist abgegangen, bei hastigem Herunterreißen.«

Er zeigt etwas umständlich, wie es funktioniert hat. »Dieses Teil hat er Ihnen in den Mund geschoben und den Gummi hat er Ihnen über den Kopf gezogen.«

»Ja so war es!«, kommt es von Verena.

»Dieses Teil hat uns stutzig gemacht. Wir haben einige ungeklärte Fälle aus der Gegend von Colmar. Immer wurde dieses Holz verwendet.«

Ich vervollständige den Gedanken des Kommissars. »Dann haben Sie einen Massenmörder gefasst?«

»So ist es. Wir müssen nur noch eins und eins zusammenzählen, dann haben wir ihn.«

»Aber er kommt doch so oder so in eine Anstalt.«

»Das ist richtig, aber wir haben zwölf Fälle auf einmal aufgeklärt.«

»Aber was hat das mit dem jungen Kollegen von Ihnen zu tun?«

»Bei allen Fällen, die er in diese Richtung untersucht hat, sind die Beweismittel verschwunden. Gestern haben wir ihn erwischt, wie er Fotos entsorgt hat. Daraufhin haben wir eine Hausdurchsuchung bei ihm gemacht und wir wurden fündig.

Alle Fotos von den Frauen, es waren zwölf, haben wir bei ihm gefunden. Sie wurden noch lebend fotografiert. Er hat dann zugesehen, wie sie Frederic quälte. Dabei machte er dann Fotos. Außerdem haben wir eine Schachtel mit Steinschleudern gefunden. Sie sind alle aus dem gleichen Holz, wie diese hier auch.«

»Es läuft mir ein Schauer über den Rücken. Das ist ja schrecklich. Einen Polizisten als Helfer.«, sagt Verena ganz verängstigt.

»Ich möchte das Anwesen nun doch sehen, wer macht dort den Dienst?«

»Es ist der pensionierte Oberförster von Colmar. Ich glaube er heißt Waldemar?«

»Würde er den Dienst auch für länger machen?«

»Das müssen Sie mit ihm direkt aushandeln. Er hat ein gutes Händchen für das Anwesen. Er liebt die Tiere, besonders die Wildpferde.«

Verena hält die Steinschleuder in der Hand, führt sie zum Mund und meint, »So musste ich es aushalten.«

»Du hattest Glück, das du nicht erstickt bist!«

Sie riecht am Schal und sieht sich die Stricke an. »Schrecklich, es hat nicht viel gefehlt und er hätte mich umgebracht.«

Der Beamte muss weiter, »Er muss da noch einen gewissen »Jean …« befragen. Er soll der Vater des Jungen sein. Ist er ein Kollege von Ihnen?«

Verena sieht mich fragend an. »Jean?«

Ich hole einen Karton und lege die Utensilien hinein. Der Beamte nimmt sie mit. »Nun bin ich aber froh, dass das Zeug aus dem Haus ist. Deine Schwester spielt auch noch damit, ich begreife es nicht.«

Am nächsten Morgen treffe ich Jean. »Tut mir leid, aber er wollte dich noch aufsuchen.«

»Ist schon okay, da muss ich nun durch.«

Leichter Nieselregen begleitet mich auf der Fahrt nach Colmar. Verena wollte mich nicht begleiten. Sie braucht erst mal Abstand zu den Dingen, wie sie meinte.

An Dijon bin ich schon vorbei, weit ist es nicht mehr. Dann die schmale Waldschneise, inzwischen ist sie durch die vielen Polizeifahrzeuge ziemlich aufgeweicht. Einige Male dachte ich schon, ich würde stecken bleiben. Aber dann bin ich wieder auf der Lichtung, auf der ich schon mal stand. Ich wähle die Nummer des Försters.

»Komme gleich!«, meint er kurz.

Dann öffnet sich das Tor, ich fahre hinein. Der Oberförster ist ein Mensch, er könnte aus einem Geschichtsbuch stammen. Er trägt seine Uniform. Kniebundhose, dicken Janker, einen Hut mit einem grünen Buschen darauf. Freundlich reicht er mir die Hand. »Willkommen auf Ihrem Landsitz!«

Er begleitet mich bis vor das Haus. »Sie haben es, so viel ich weiß, in keiner guten Erinnerung.«

»Da haben sie recht.«

Das Gelände ist riesig. Auf die Schnelle einen Überblick zu gewinnen, ist völlig ausgeschlossen. So erfahre ich, dass es früher mal ein Militärgebiet war.

Es wurde aufgelöst und Martin hat es erworben, eingezäunt und wieder einen Wald darauf gepflanzt. »Es ist alles Urwald, gerade richtig, dass sich die Tiere wohl fühlen.«

Wir steigen in einen Kübelwagen, der noch aus der Militärzeit stammt. »Das Gefährt haben sie hier zurückgelassen. Es hat auch keine Nummer, so kann man es nur hier auf dem Gelände fahren.«

Der Oberförster dreht mit mir eine Runde und berichtet, was alles angepflanzt wurde. Wie viele Rehe, Füchse und Wölfe hier angesiedelt wurden. »Wildpferde gibt es auch!« Ein Naturschutzgebiet der besonderen Art. Da bin ich mir sicher. Dann, nach einer guten Stunde kehren wir zurück zum Haus.

Ich bekomme eine Führung durch alle Räume. Ziemlich primitiv hier zu hausen, stelle ich fest. Weitere Gebäude gibt es in Hülle und Fülle. Sie wurden wieder aufgebaut, nachdem das Militär abgezogen ist. Sogar einen alten Panzer haben sie hier abgestellt. Einige alte Lastwagen sind ebenfalls geparkt. Das alles in Reih und Glied in den verschiedenen Hallen, wie es sich für ein Militär gehört.

»Sie essen doch eine Kleinigkeit mit oder gehen Sie lieber in das Hotel?«

»Was gibt es denn?«

»Im Moment gibt es Pilze, und Sie dürfen sicher sein, ich kenne mich damit aus.«

»Dann bleibe ich doch, vielleicht können Sie mir ja eine Idee geben, was ich mit dem Ganzen hier anfangen könnte.«

»So ein Naturschutzpark kostet erst mal nur Geld, da brauchen Sie einiges davon. Aber man könnte auch Führungen machen, ein kleines Restaurant anlegen. Aber wirklich Geld bringen nur Zuschüsse.«

»Zuschüsse, ah, werden da schon welche bezahlt?«

»Soviel ich weiß nicht. Ein Fond wurde angelegt, aber der geht wohl bald zu Ende.«

»Dann schenken wir es doch ganz einfach dem Bund.«

»Die nehmen aber nicht jedes Geschenk. Es muss sich für sie schon lohnen. Da aber bin ich mir sicher, lohnen tut sich hier nichts.«

»Dann kann ich ja das Erbe nur ausschlagen. Dann bekommt es der Bund doch noch.«

Wir fachsimpeln noch eine gute Stunde, nebenbei genießen wir die Steinpilze mit einer deftigen Sauce. »Ich muss noch auf das Kommissariat, da muss noch einiges unterschrieben werden.«

»Dann machen Sie das. Sehen wir uns nochmal, oder war es das schon?«

»Ich weiß es nicht. Es hängt ein bisschen von den Zuschüssen ab. Wenn da nichts läuft, trete ich das Erbe nicht an.«

Wir verabschieden uns sehr herzlich. Er ist ein ehrlicher Mensch. Ein echter Naturbursche. Das Einzige, was er mir nicht gezeigt hat, ist das Glashaus. Aber ich gehe mal davon aus, dass dort die jungen Bäume gezogen werden.

Ich bin schon fast am Tor. Dann juckt mich die Nase. Ich will doch einen Blick hineinwerfen. »Sagen Sie mal, kann ich in das Gewächshaus sehen?«

»Warum denn nicht, es gehört ja Ihnen.«

Ich stelle den Motor wieder ab und gehe mit meinem neuen Freund zum Gewächshaus. Die Luft ist fast unerträglich. Die Luftfeuchtigkeit liegt wohl bei hundert Prozent.

»Was wird denn bei dieser dampfigen Luft gezüchtet?«

»Keine Ahnung, ich bin heute das erste mal hier.«

»Hanf, es ist eine Hanfplantage.«

»Wenn Sie das gut vermarkten, können Sie sich das Gelände locker leisten.« Der Förster lacht und geht durch die dichten Reihen. »Gute Qualität, hier wurde noch vor kurzem geerntet.«

»Dann war unser junger Mann vielleicht einfach nur high. Ein Pfeifchen zu viel geraucht? Und wie gehen wir mit unserem Wissen um?«

»Ich weiß von nichts.«, kommt es von meinem Begleiter.

»Haben Sie etwas gesehen, außer Tomaten?«

»Nein, aber ernten sollte man sie.«

Ich bin bereits auf der Autobahn, als mir ein leichtes Grinsen über die Lippen huscht. Laut sage ich, »Eine Hanfplantage, mitten im Urwald.«

Kurz vor Dijon habe ich mächtig Hunger auf eine Sahnetorte. Woher dieses Verlangen kommt, ist mir unklar. Einen schönen großen Cappuccino und eine Sahnetorte. Ich sehe es schon vor mir stehen. Jetzt muss ich nur noch das dazugehörige Lokal finden.

»Restaurant«, ein Pfeil weiß den richtigen Weg. Die Parkplätze sind fast alle belegt. Es scheint ein bekannter Platz zu sein. Als ich eintrete, kommt mir dichter Qualm entgegen. Gab es da nicht mal ein Nichtrauchergesetz? Aber ich finde einen Hinweis, mit einem Pfeil. »Für Nichtraucher«. In diesem Raum ist es ziemlich ruhig und es sind auch noch einige Tische frei.

»Eine Sahnetorte bitte, und einen Cappuccino!«

»Gleich, in ein paar Minuten bin ich zurück.«

Die paar Minuten ziehen sich. Ich muss feststellen, dass die Kellnerin für beide Räume zuständig ist. Sie hetzt hin und her. Dann aber trägt sie mein Tablett direkt auf mich zu. »Tut mir leid, die Kollegin ist ausgefallen. Darf ich gleich kassieren?« Sie ist völlig geschafft, die Arme.

Ich genieße meine Sahnetorte und blättere in einer Tageszeitung. Auf einer Innenseite finde ich einen Hinweis über das Verbrechen. Der Redakteur berichtet, dass man herausgefunden habe, dass dieser Fall auch die Mordfälle vor einigen Jahren aufgeklärt habe. Ein Polizist, zusammen mit einem Geisteskranken, habe sich an Frauen vergangen und sie anschließend umgebracht. Die Art, wie sie es gemacht haben, war nicht besonders fein. Sieben Frauen sind es gewesen, steht hier. Eine konnte gerettet werden. Dann kommt das Foto von der jungen blonden Frau, die wir kennen gelernt haben. Naja, »Geisteskrank?« war er das? Wir werden es nie erfahren …

Die Kellnerin will wissen, ob ich zufrieden bin mit der Sahnetorte. Dann sieht sie den Zeitungsbericht und meint, »Na Gott sei Dank haben sie den endlich.«

Ich trete die Rückfahrt an und bin nach einer weiteren Stunde in Lyon. Verena wird sich wundern. Eigentlich hätte ich eine Probe vom Hanf mitnehmen sollen. Verena erwartet mich schon, die Haustüre steht offen. »Ich hab dich schon gesehen,, nun erzähl schon, wie war es?«

Ich berichte so genau wie möglich. Den Panzer, die alten Lastwagen, den Oberförster. Das Glashaus mit dem Hanf. »Und du hast natürlich nichts mitgebracht. Wir hätten es im Labor auf die Qualität testen können.«

»Ich sehe schon, wir müssen nochmal hin.«

Ich erzähle ihr aber auch, dass wir einen Pächter brauchen. Der Oberförster macht das zwar prima, aber er ist schon recht alt. Ein paar Monate, dann ist es zu viel für ihn.

Verena denkt nach und hat eine Idee. »Hattest du nicht Leute im Camp, die einen Bauernhof bewirtschaftet haben?«

»Das ist eine gute Idee. Ja sicher, aber ob sie so einsam leben wollen?«

»Nimm sie doch einfach mit, wenn du die Hanf-Proben holen fährst.«

»Lass uns ein paar Tage Zeit, ich werde erst mal mit ihnen reden, vielleicht haben sie ja auch ganz andere Pläne. Morgen werde ich erst mal bei der Bank den Kredit ablösen. Auf das Gesicht des Russen bin ich schon gespannt.«

Mein Dienst ist für zehn Uhr eingeteilt, genug Zeit, das mit der Bank vorher zu erledigen. Um neun Uhr treffe ich Jean, er hält das Geld abgezählt in einem Umschlag für mich bereit. Wir stehen direkt vor der Russen Bank. Jean wollte eigentlich mit hineingehen, hat sich dann aber anders entschieden. »Ich muss erst frühstücken, vorher kann ich noch kein Russengesicht sehen.«

»Das kann ich verstehen, aber ich muss da jetzt durch. Und dann schließe ich das Konto.«

Die Bank öffnet, ich bin der erste Kund an diesem Morgen. »Kann ich bitte den Filialleiter sprechen.«

»Einen Moment bitte.«

»Na haben Sie es sich anders überlegt. Habe ich Sie überzeugt von meinem Angebot?«

»Nein, ich will das Konto auflösen. Ich habe die Summe dabei und will eine Quittung.«

Er will mich in ein Nebenzimmer bitten, aber ich lehne ab. Ich will Zeugen haben, wenn ich die Summe einzahle. Das Personal kennt mich aus besseren Tagen. Das sie unter der neuen Herrschaft leiden, sieht man an ihren Gesichtern. Das letzte Lachen muss Monate zurückliegen. Wenn ich an die Tage denke, als man hier fröhlich seine Kontoauszüge abholte …

Der Filialleiter will das Gespräch aber unbedingt in einem abgeschirmten Raum fortführen. »Verstehen Sie mich richtig. Ich will mein Geld hier vor den Mitarbeitern einzahlen und nicht in einem dubiosen Nebenraum.«

Ich wende mich an den Herrn, der hinter einer verglasten Wand steht. »Es sind genau vierundvierzigtausend. Zählen Sie es bitte und quittieren Sie es. Anschließend werde ich mein Konto auflösen.«

Er reicht mir durch einen schmalen Schlitz die Quittung. So und jetzt Herr Filialleiter, lösen wir meine Bankverbindung zu ihnen auf. Die Farbe seines Kopfes hat inzwischen eine dunkelrote Färbung angenommen. Er scheint zu überlegen, wie er vorgehen soll. Vielleicht eine Auflösung hinauszögern? Vielleicht einfach alles ignorieren?

Ein Mitarbeiter reicht ihm das Formular, »Kontoauflösung«. Er beginnt, es umständlich auszufüllen. Dann unterschreibt er, ich zeichne gegen. Ich bitte den Herrn von der Kasse ebenfalls zu unterzeichnen. Auch er leistet eine Unterschrift. »Einen schönen Tag wünsche ich!«

Dann gehe ich in das Café nebenan. Einen Cognac und eine starken Kaffee, dann ist mein Seelenleben wieder geordnet. Das Camp ist ab sofort schuldenfrei, das werden wir feiern, das gelobe ich.

Als ich in die Klinik komme, sehe ich den Wagen des Polizeioberinspektors.

»Wir warten schon auf Sie. Es geht um das Trailer Camp. Den Unfall von damals.«

»Kommen Sie, ich hab nur wenig Zeit, aber ich möchte natürlich schon wissen, was mit Felix und Harley passiert ist. Haben Sie Ergebnisse?«

»Der Fall ist geklärt. Harley lief ihnen eigentlich rein zufällig in den Weg, sie hatten Angst, dass er zu viel weiß. Der junge Mann aus der Küche hat gestanden. Er hat es für Geld getan. Angeheuert wurde er vom Anwalt.«

»Aber die beiden Italiener, das waren doch ganz brave Leute.«

»Die haben Panik bekommen, vor allem, als sie merkten, dass ihr Neffe ein Mafiosi ist.«

»Um was ging es eigentlich?«

»Es ging um Rauschgift, es gab Kunden im Bistro, die tranken einen Wein und bekamen so ihr Tütchen Kokain.«

»Das war alles?«

»Da wollte der Anwalt wohl auf eigene Kasse arbeiten.«

»So sieht es momentan aus.«

»Es wird Zeit, dass wir das Camp neu organisieren. So wie bisher kann es nicht weitergehen.«

Wenn ich jetzt noch an meine kleine Farm denke, der Hanfanbau, das wäre der richtige Moment, einen Beamten zu schockieren. Ich lächle nur in mich hinein und verabschiede mich. »Ich muss in den OP, entschuldigen Sie mich bitte.«

Am Abend fahre ich mit Verena zum Camp. Wir machen einen Aushang, dass wir alle Bewohner in den Pavillon bitten, eine Aussprache ist dringend notwendig. Termin ist Freitagabend um acht. Ich werde bei dieser Gelegenheit mit den Portugiesen sprechen.

Verena meint, »Jetzt hast du ja einige Trailer frei. Da bleibt die Frage, ob du nicht einfach alles etwas verkleinern solltest? Da ist übrigens die Post der letzten fünf Tage. Es wird Zeit, dass du sie öffnest.«

Ich greife nach den Kuverts und sehe eine Einladung zu einem Künstlertreffen. Beim Blättern in den beigelegten Unterlagen finde ich Zeichnungen für ein Künstlerdorf.

»Warum schaffen wir nicht ein Künstler-Camp?« Ich zeige Verena die Unterlagen. Eine Künstlerin haben wir ja schon. Die beiden spanischen Schwestern könnten Tanz-Unterricht erteilen. Wir werden die Idee morgen mal in den Raum werfen. Dann werden wir schon sehen, wie der Anklang ist.«

»Die Tunesier könnten das Teppichknüpfen als Kurs anbieten.«, freut sich Verena. So langsam findet sich unser Selbstvertrauen wieder ein.

Wir fertigen eine Liste als Diskussionsgrundlage, der Rest wird sich zeigen. Aber jetzt brauch ich nur noch meine Ruhe. Wir zünden eine Kerze an und genehmigen uns ein Glas Wein.

Am Freitag muss ich für Jean einige Stunden übernehmen, er sitzt am Computer und horcht ins Internet. Sein Wissen wächst schnell, er hat sich nun nur noch auf die DAX-Unternehmen konzentriert. Er berichtet zwar kurz, aber ich lass ihn einfach machen. Hin und wieder erzählt er, was da so läuft. »Alles eine riesige Schweinerei, das kannst du mir glauben.« Kürzlich hat er sich in eine Sitzung bei der Deutschen Bank eingeloggt. Der Ackermann ist einfach der Beste, der steckt sie alle in die Tasche.«

»Und, hast du schon geordert?«

»Du meinst Aktien der Deutschen Bank? Das ist nichts für uns. Da kauf ich lieber bei den Schweizer Pharmakonzernen ein. Da geht die Post ab.«

»Okay, so genau will ich es nicht wissen. Weißt du schon, wann wieder Kohle kommt, oder haben wir langfristig investiert?«

»Zwei Wochen, dann kannst du wieder auf Shoppingtour gehen.«

»Nein, ich benötige etwas Geld für das Camp. Ich muss unsere italienische Truppe zurückholen.«

Freitagabend, Verena hat noch etwas zum Beißen eingekauft und dann gehen wir auch schon rüber in den Pavillon. Für den nötigen Wein haben die Zigeuner gesorgt. Chelion ist auch da und regt an, erst mal eine kurze Andacht für Felix und für Harley abzuhalten.

Ich spreche einige Worte und bitte um eine Schweigeminute. Die Zigeuner haben etwas von der Farm gehört und hätten da gerne Genaueres. Ich schildere, was wir dort erlebt haben und dass wir eigentlich ein Ehepaar mit grünem Daumen suchen. Mein Blick kreuzt sich mit dem des Portugiesen. Ich spüre sofort, dass es sein Ding ist. So frage ich ihn ganz direkt, »Du warst doch Landwirt, hast es von der Pike auf gelernt. Es könnte dir gehören, traust du dich? Fatima müsste dann in Colmar zur Schule gehen.«

Er sieht seine Frau an, schaut wieder zu mir, »Kann man das mal angucken?«

»Ja wenn du willst, fahren wir morgen hin.«

»Lass und später darüber reden.«

Der nächste Punkt auf unserer Liste ist das Bistro. Es kann unmöglich für länger geschlossen bleiben. Wenn wir die Adresse von den Italienern haben, würde ich sie zurückholen. Dieser Vorschlag löst großen Jubel aus. Die Italiener waren unheimlich beliebt. Alle hier sind der Meinung, lieber heute als morgen.

»Also, ich bitte euch, besorgt mir die Adresse in Neapel.«

Der nächste Punkt auf der Liste. »Beatrix benötigt einen zweiten Trailer. Hat jemand etwas dagegen, wenn wir ihr den Trailer von Harley geben? Sie kann ohne Atelier nicht arbeiten.« Dieser Vorschlag wird einstimmig angenommen. Beatrix steht auf und bedankt sich für das Entgegenkommen.

Die Tunesier bitten um das Wort. »Wir würden gerne einen kleinen Teppichhandel aufziehen, gibt es da Einsprüche?«

»Nein, natürlich nicht, aber reicht denn der Platz im Trailer aus, um Teppiche zu lagern?«

»Wir haben in der Firma, in der wir arbeiten, ein kleines Lager. Es geht eigentlich nur darum, dass wir Kunden empfangen dürfen.«

»Hat jemand etwas dagegen? Nein, dann ist dem Vorschlag zugestimmt.«

Beatrix möchte gerne noch etwas von der kleinen Farm wissen. »Stimmt es, dass es da einen Hanfanbau gibt?«

»Nein, es steht dort ein Gewächshaus, das ist voller Unkraut. Zurzeit werden dort Tomaten gezogen und im Umland verkauft. Aber es ist richtig, wir haben im Unkraut auch so etwas wie Hanf gefunden. Wenn es keine weiteren Fragen gibt, sollten wir endlich anstoßen!«

Zurück in unserem Trailer, meint Verena, »Ich würde gerne nochmal mitfahren, wenn du mit den Portugiesen zur Farm fährst. Nimmst du mich mit?«

»Ich dachte auch schon daran, aber ich wollte die Entscheidung lieber dir überlassen, schließlich hast du ja gelitten.«

Am nächsten Morgen stehen die beiden schon an meinem Wagen und warten. Ich sehe auf die Uhr. »Wir haben doch zehn Uhr gesagt? Es ist aber gerade halb zehn.«

»Lieber früher wie zu spät!«

Samstag ist natürlich auf der Autobahn einiges los. Wir steuern auf Dijon zu, Verena fragt, ob sie mich ablösen soll, aber ich mach es dieses Mal auf der linken Pobacke. Der Weg ist für mich inzwischen schon zur Gewohnheit geworden. Dann der Abzweig nach Colmar. Noch eine halbe Stunde, dann der Feldweg.

Der Oberförster steht schon am Gatter und winkt, als wir auf ihn zufahren. Verena möchte gerne vom Tor bis zum Haus den Fußweg nehmen. »Ich brauche den Neuanfang. So als wäre ich das erste Mal hier.«

Die Portugiesen begleiten sie. Ich sehe sie im Rückspiegel debattieren. Der Oberförster erklärt wohl einiges.

Ich suche mir einen Parkplatz unter einem schattigen Baum. Ein junger Wolf kommt auf mich in geduckter Haltung zu. Sofort gehe ich in die Knie. Er scheint Angst zu haben. Erst als ich ihn zu streicheln beginne, reckt er seinen Kopf. Nach weiteren fünf Minuten hat er auch schon meine Hose zwischen seinen Zähnen. Ein bisschen raufen, dass würde ihm jetzt gefallen. Ich suche mir einen Ast, um den wir kämpfen können. Dieses Spiel hat er jetzt gebraucht. Von diesem Moment weicht er mir keinen Zentimeter mehr von der Seite. Der Oberförster erklärt uns, dass er ihn im Dickicht gefunden hat. Seine Mutter hat ihn scheinbar nicht angenommen.

Die Portugiesen gehen wortlos umher und betrachten sich alles sehr genau. Sie sehen sich wohl schon mit Hacke und Schaufel arbeiten. »Arbeit gibt es hier genug«, meint der Förster zu den beiden.

Ich spüre ihre Begeisterung, nur zeigen wollen sie die im Moment noch nicht. Sie wollen abwarten, wie die Bedingungen sein werden. Verena ist im Gewächshaus, sie hat ihren Korb bereits gefüllt, mit Tomaten und etwas Hanf. Dem Labor hatte sie eine Probe versprochen.

Die Hallen müssen wir uns noch ansehen. Einen Panzer aus der Nähe oder sogar von innen zu betrachten, ist schon ein Erlebnis. Der Portugiese ist da praktischer veranlagt. Er prüft den Lastwagen, ob man ihn nochmal verwenden kann – oder ist da Hopfen und Malz verloren? Der Wagen ist ziemlich heruntergekommen, aber nichts ist unmöglich.

Zusammen mit dem Förster starten wir die Rundtour. Aus eigener Erfahrung weiß ich, dass sie eine gute Stunde dauern wird. Das Wolfsgehege, die Wildpferde, die Damwildzucht. »Da wartet viel Arbeit auf Sie«, wiederholt sich der Förster gegenüber den Portugiesen.

Nun wird die Angelegenheit etwas konkreter. Der Portugiese möchte gern seinen Schwager mit dabei haben. »Spricht da etwas gegen?«

»Nein, natürlich nicht, euer Personal müsst ihr euch schon alleine zusammenstellen. Ohne weitere Unterstützung könnt ihr das sowieso vergessen.«

»Ich stehe Ihnen natürlich mit Rat und Tat zur Seite. Es dauert schon eine Weile, bis man alles gecheckt hat.«, fügt der nette Förster noch hinzu.

Wir verlassen gerade das Gelände, da fragt die kleine Fatima, »Wo geht es denn zu meiner Schule?« Das ist eine gute Frage. Das klären wir am besten gleich. An einer nahe gelegenen Tankstelle fragen wir nach der Schule.

»Da hinten, da geht meine Tochter zur Schule. Der Turm, der gehört zur Schule. Das Läuten hört man sehr laut, sogar bis zur Tankstelle.«, erzählt uns der Tankwart. Fatima lässt nicht locker, die Schule muss noch besichtigt werden. Wir steuern also auf den Turm zu. Einfach zu finden. Das sind von der Farm höchstens zehn Minuten. Vorausgesetzt man ist durch den Schlamm gekommen.

»Den Weg musst du aber herrichten, dass ist ja eine Zumutung«, meckert sogleich Verena.

»Das machen wir als erstes. Ein Lastwagen mit Sand und Steinen, dann ist die Sache erledigt.«

»Zwei Tage Bedenkzeit, bekomme ich die?«, fragt mich der Portugiese.

»Natürlich, du musst ja noch mit deinem Schwager sprechen.«

Mein Gefühl sagt mir, dass er es macht. Seine Begeisterung war nicht zu übersehen. Außerdem ist er ja vom Fach. Landwirtschaft ist sein Leben.

»Dann hättest du ja wenigstens eine Sorge los«, meint Verena.

»Nächstes Wochenende fahren wir nach Neapel. Wir müssen die Italiener überzeugen, dass wir ohne sie verhungern. Das werden sie sicher nicht wollen.«

Verena und ich bitten um vier Tage Urlaub. »Sie fahren zusammen?«, fragt die Sekretärin vom Personalbüro.
»Ja, wir wollen mal testen, wie lange wir es zusammen aushalten.«
»Da sind aber vier Tage etwas kurz.«

Inzwischen haben wir eine Baufirma in Colmar beauftragt, den Weg anzulegen. Leider verschlingen diese Kosten meinen Gewinn aus dem Zockergeschäft. Aber eine Investition ist nicht zu umgehen. Der Waldweg war schon eine Zumutung. Außerdem bin ich mir mit Verena inzwischen einig, dass wir uns eine Gästewohnung dort einrichten werden. Für die Ferien und so …

Der Alltag hat uns wieder schnell im Griff. Verena hat ihre Kräutersammlung in unser Labor im Haus gegeben. Wir sind schon auf das Ergebnis gespannt. Die Woche war Stress angesagt. Von den beiden Portugiesen haben wir immer noch keine Antwort. Sie haben es sich doch hoffentlich nicht anders überlegt. Den Grund dafür, erfahren wir am Abend.
Als wir ins Camp kommen, werden uns die Verwandten vorgestellt. Sie sprechen kein Französisch, so übersetzt uns der Camp-Bewohner. Heute haben sie zusammen das Grundstück besichtigt und sind sich einig, dass sie es bewirtschaften wollen. Ein Stein fällt mir vom Herzen.
»Eine gute Entscheidung, da bin ich mir sicher. Wann soll es losgehen?«
»Schon bald, da wir ja vom Förster noch einiges lernen müssen.«
Als sie zu ihrem Trailer gehen, kann ich ihre Begeisterung hören. Sie debattieren und lamentieren. Die beiden Frauen verstehen sich scheinbar besonders gut. Sie gehen Arm in Arm des Weges.
Meine Freude teile ich gleich Verena mit. »Na Gott sei Dank, haben wir das überstanden.«, so ihre Reaktion.
Den Pachtvertrag wird unser Anwalt machen, der auch das Krankenhaus betreut. So können wir entspannt nach Neapel reisen.

Seit einigen Tagen liegt ein Kuvert auf meinem Schreibtisch. Es ist vom Labor. Endlich finde ich Zeit mir die Ergebnisse anzusehen. Was hält das Labor von unseren »Hanftomaten«?
Eine Reihe von Zahlen bestätigt die gesundheitlichen Werte. Ich bin beein-

druckt, wenn man sie täglich zu sich nimmt, verspricht das Labor höchstes Lebensgefühl. So wenigstens steht es hier geschrieben.

Verena hat für den heutigen Abend einen Salat vorgesehen und entsprechend eingekauft. Gambas sollten auf keinen Fall fehlen. Zum Test, wie sie es betont, sollen ein paar Scheiben der Hanftomaten ebenfalls hinein. Zusammen schnitzeln wir in der Küche. Ich reinige die Gambas und Verena mischt mindestens fünf Salatsorten, schon nach wenigen Handumdrehungen ist von den Hanftomaten nichts mehr zu sehen. Sie haben sich mit dem restlichen Salat gut vertragen. Sozusagen vermischt!

Einen leichten Rosé haben wir ausgewählt, damit uns der Geschmackssinn nicht getrübt wird. Wir wollen doch versuchen, unsere Hanftomate herauszuschmecken.

»Ich hoffe, du hast nicht alles hinein gegeben.«

»Nein, es ist eine gute Handvoll gewesen.«

»Prost, auf die Hanftomate!«

Im Gutachten des Labors stand noch, die Zucht sei vorzüglich gelungen. Die beiden Pflanzen hätten sich gut miteinander vereint.

Wir starten mit dem Essen. Immer wieder werfen wir uns prüfende Blicke zu, warten, nichts tut sich, nichts Besonderes lässt sich bemerken. Verena hat zwar seit ein paar Sekunden einen leichten Silberblick, aber sonst …

Inzwischen hab ich die fünfte Gabel genossen. Der Geschmack ist vorzüglich, ich kann mir gut vorstellen, dass gewisse Gourmet Lokale gute Kunden werden könnten. Verena fängt an zu lachen. Dies steigert sich, als sie noch einen Schluck Rosé trinkt. Schwupp, sie rutscht vom Stuhl. Das Lachen wird zum Wiehern. Das Wiehern zum Schrei.

»Ich brauch jetzt sofort Sex!« Ein Schwupp mehr, und sie reißt mir das Hemd vom Leib. Auch der Reißverschluss meiner Hose kann ihrem Griff nicht standhalten. Ich bleibe wirklich nicht verschont. Ich fühle mich wie im Urwald – diese Vorstellung allein genügt mir schon, dass ich mich an der Kordel unseres Vorhangs in das Bett schwingen will. Den zu erwartenden Krach vernehme ich nicht mehr. Ich schreie nur noch, »Ich Tarzan, du Jane!«

Als wir am nächsten Morgen aufwachen, ist das kleine Apartment, gelinde gesagt, leicht verwüstet. Wir liegen uns noch immer in den Armen.

»Tarzan, könntest du mir die Lianen von den Füßen nehmen?«

Verena nimmt sich für heute frei. Unter diesen Umständen scheint es ihr schier unmöglich zu arbeiten. Jeder zweite Atemzug verursacht ein Kichern. Die Nachwirkungen, sollten wir unbedingt bei einer Empfehlung berücksichtigen.

Als ich zum Wagen gehe, hab ich das Gefühl ich würde schweben. Ich hoffe, dass mich nicht gleich eine Hüft OP erwartet. Es könnte sein, dass ich es mit etwas zu viel Humor nehme.

In der Klinik kommt mir Jean entgegen. »Wir haben gleich eine Sitzung beim Verwaltungsrat der Klinik.«

»Oh, das passt mir prima in den Kram, denen wollte ich schon immer sagen, was mir nicht gefällt.«

»Sag mal, du hast doch nicht etwa ... , Hanftomate?«

»Doch hab ich, Verena ist immer noch im Dschungel und schwingt sich von Ast zu Ast.«

»Erzähl mal, wie ist die Wirkung?«

»Die Wirkung ist einfach überwältigend. Das Labor hat es so ausgedrückt: »Es verleiht einem das höchste Lebensgefühl.« ...hm, klingt gut, oder!«

»Das sind natürlich super Voraussetzungen für eine Sitzung.«

Wir gehören zu den ersten, die im Sitzungssaal eintreffen. Ich muss mich zusammennehmen, um nicht über alles und jeden lachen zu müssen. Jean fragt mich noch, »Vielleicht ist es besser, ich entschuldige dich?« Diese Worte hat der Vorsitzende gehört.

»Wer will sich hier entschuldigen?«

Da wir uns auch privat sehr gut kennen, erzähle ich ihm die Geschichte.

»Du hast dich also als Versuchskaninchen zur Verfügung gestellt?«

»Versuchskaninchen, das ist gut.«, so meine Antwort.

»Wir brauchen dich nicht, Jean, kann dich vertreten. Mein Vorschlag, du verziehst dich nochmals nach Hause, nimmst eine Mütze Schlaf.«

»Mütze ist gut, Schlaf ist besser. Also meine Herren, aber trotzdem empfehle ich meine neue Tomatensorte!«

Verena ist erstaunt, mich zu sehen. »Was machst du denn hier, haben sie dich endlich entlassen?«

»Nein, sie haben nur gemeint, ich soll eine Mütze nehmen.«

»Die Mützen hab ich in der obersten Schublade, gleich neben der Garderobe.«

Das Glücksgefühl legt sich nach etwas mehr als einer Stunde Schlaf. Wir betrachten unseren Versuch als beendet und lachen über die verschiedenen Reaktionen.

»Also eines ist klar, die Dosierung war jedenfalls zu hoch.«
»Ich hab ja auch eine ganze Tomate rein geschnitten.«
»Nur eine ganze? …und was essen wir zu Mittag?«
»Alles, nur keinen Salat!«

In drei Tagen fahren wir nach Neapel. Ich hoffe nur, dass die Anschrift stimmt. Wir werden eine Mustertomate mitnehmen. So können die Italiener gleich mal sehen, was die französische Forschung mit ihren Forschungsgeldern so treibt. Apropos Forschungsgelder, am frühen Nachmittag meldete sich Vincent vom Labor. »Ich hab da noch weitere Versuche unternommen. Der Wirkstoffgehalt des Hanfs ist auf ein Vielfaches angestiegen, das muss an der Ehe zwischen Tomate und Hanf liegen.«

»Das ist doch eine gute Nachricht. Mach doch mal einen Versuch, diese feine Mischung nun mit einer Chili-Schote zu paaren. Auch den Versuch mit einer Gurke sollten wir testen.«

»Na da gibst du mir ja eine Aufgabe! Da werden die zwei Musterstücke nicht ausreichen. Wann fährst du denn nochmal in das Gewächshaus?«

»Ich fahre jetzt erst mal nach Italien, meine Küchen-Mannschaft zurückholen. Das Bistro kann nicht länger geschlossen bleiben. Fahr doch einfach selber hin, ich gebe dir einen Brief mit für den Förster.«

»Prima, das ist mir ja noch viel lieber, da ich dann auch Bodenproben nehmen kann.« Vincent ist ein prima Kerl. Er weiß, was zu tun ist und nimmt die Sache selbst in die Hand. Natürlich weiß ich, dass ihn die Forschung interessiert, da kann er für seine Küche einiges abzweigen. Er ist begeisterter Hobbykoch und nimmt an Wettbewerben teil. Schon einige Male, hat er die Konkurrenz mit seinen Spielen ausgetrickst. Sein größter Spaß, den er sich geleistet hat, war eine Priese Kokain im Pudding. Selbstverständlich blieb seine Mischung geheim. Nur die Wirkung, die sprach sich herum. So bekam er die zweite Mütze vom Vorstand der Vereinigung der Kochlöffel.

Verena packt meinen Koffer gleich mit. »Bevor du anfängst und dir überlegst, ob du nun ein oder zwei Pullover mitnehmen sollst, mach ich das lieber gleich selbst.«

Am nächsten Morgen nehmen wir uns die Strecke bis Genua vor. Nur wenn wir können, hängen wir noch etwas ran. Vielleicht bis Livorno, dann ist aber Schluss mit der ersten Etappe. Die Reise soll ja nicht zur Tortur werden. Auch die Rückreise werden wir einmal unterbrechen.

Während der Fahrt kommen wir immer wieder auf die beiden Italiener zu sprechen. Vor lauter Scham über ihren eigenen Neffen, haben sie nur den Weg der Flucht nach Italien gesehen.

»Es ist schon erstaunlich, wie sich zum Schluss alles aufgeklärt hat. Die Polizei hat gute Arbeit geleistet. Nur Schade um die beiden Opfer.«, meint Verena.

»Aber das sagt uns auch, dass wir in Zukunft viel vorsichtiger sein müssen. Wir können nicht jeden in das Camp aufnehmen.«

Morgen werden sie mit dem Umbau des kleinen Grundstücks beginnen. Der Trailer von Harley und der von Beatrix werden zusammen geschoben. Das sind zwar einige Arbeiten, besonders die Verkabelung und das Abwasser, aber in zwei Tagen wird alles erledigt sein. Dann haben wir eine Minigalerie.

»Hast du dir eigentlich schon überlegt, was wir mit dem Hänger von den Portugiesen machen? Der wird ja in Kürze auch frei. Schätze mal, wenn wir zurück sind, sitzen sie auf gepackten Koffern.«

»Hab ich völlig verdrängt. Aber da gibt es noch die Idee mit dem Umbau. Ich hab es dir noch gar nicht erzählt. Südlich von Lyon gibt es eine Künstlersiedlung. Den Prospekt hab ich schon. Die Idee ist verblüffend einfach und es gibt Zuschüsse von der Regierung.«

»Lass uns einen Schritt nach dem nächsten machen. Wir verlieren den Überblick, außerdem erinnere ich mich, hast du noch einen Beruf als Arzt.«

Beim Fahren wechseln wir uns ab. Wie gut, dass Verena den Peugeot so gerne fährt. Um fünf Uhr sind wir dann wenige Kilometer vor Livorno. »Sei mir nicht böse, aber ich hab genug. Wir suchen uns hier ein Hotel.«

Wir gleiten die Uferpromenade entlang und sehen, was sich anbietet. »Schau mal, das macht einen guten Eindruck und zu teuer ist es sicher auch nicht.« Verena läuft über die Straße und will mal fragen.

»Passt prima, du kannst hinterm Haus parken. Der Parkplatz ist nachts verschlossen.« Einmal wenden und dann hinters Haus. Die Rückseite des Hotels ist nicht ganz so vertrauenerweckend wie die Front. Aber für eine Nacht wird das schon in Ordnung gehen. Als wir die Halle betreten, sind wir erstaunt, dass hier so viele Leute abgestiegen sind. Mittig in einem großen Raum ist eine Bar. Hier einen Platz zu finden, ist völlig aussichtslos. »Gibt es heute Freibier?«, frage ich an der Rezeption.

»Nein, aber wir haben drei Busse mit Pensionisten und ein Getränk ist frei.«

»Verstehe, bleiben die über Nacht?«

»Ja selbstverständlich, wir sind ein sehr beliebtes Hotel für diese Gäste.«

Ich erhalte unseren Schlüssel und Verena steht schon am Lift. »Sag mal, wie viele Alte gibt es denn hier? Bei jeder Liftfuhre, kommen zehn neue herunter?«

»Lass uns zu Fuß gehen, sonst stehen wir in einer Stunde immer noch hier. Außerdem weiß ich eines, zu Abend essen wir im Hotel nebenan.«

»Nebenan? Gibt es da noch ein Hotel?«

»Ja, aber das ist viel teurer und außerdem sind wir jetzt schon mal hier. Umziehen werden wir sicher nicht.«

Kaum auf dem Zimmer, öffnen wir die Fenster. Lüften ist angesagt. Verena prüft die Matratzen. »Scheiße, weich wie Butter in der Sonne!«

»Also, da müssen wir durch, auf der Rückfahrt steigen wir hier bestimmt nicht nochmal ab.« Wir treten auf den kleinen Balkon und genießen den Ausblick. Das Meer rauscht und die letzten Badegäste packen ihre Handtücher und steuern den Weg in ihre Hotels an. Es ist noch warm, wir schieben uns die Liegestühle zurecht und genießen noch die Abendsonne.

»Gibt es hier eine Minibar?«

»In diesem Hotel? Ich glaube du scherzt!«

Ist es ein leichtes Dösen oder ist Verena schon tief und fest eingeschlafen? Die Balkone sind durch eine Bretterwand voneinander getrennt. Die Trennwand hat ihre beste Zeit schon vor zehn Jahren gesehen. Zwischen den Brettern gibt es einen klaren Durchblick zum Nachbarn. Neben uns wird es plötzlich laut. Stöhnen und leichtes Wimmern dringt zu uns durch. Verena pufft mich. »Willst du nicht mal sehen, ich glaube, da geht es jemandem nicht gut?«

Ich will gerade aufstehen, da kommt ein leisen Pfeifen und die Worte »Das hat gut getan, hätte nicht gedacht, dass es noch so gut geht.«

Ich sehe zu Verena und meine, »Komm las uns reingehen, der Tipp war nicht schlecht.«

Wir lassen die Balkontüre auf und wir können vom Bett aus die untergehende Sonne beobachten. Zumindest solange mir Verena nicht die Augen verbunden hat. »Du sollst dich jetzt auf mich konzentrieren und nicht nach der Sonne schauen, ist das klar?«

Als wir das nächste mal auf die Uhr sehen, ist es halb zehn. »Lass uns einen Bummel am Strand entlang machen, wenn wir ein Bistro finden, gehen wir dort zum Abendessen.«

Unser kleines Bistro haben wir gleich um die Ecke gefunden. Die Kellnerin ist sehr freundlich und der Wein vorzüglich. Eine gute Stunde halten wir es hier aus, aber dann überfällt uns die Müdigkeit. Die letzten Tage waren einfach zu anstrengend. Außerdem wollen wir ja morgen noch bis Neapel.

Wenige Kilometer vor Neapel werden wir auf eine Umgehungsstraße hingewiesen. Wir gehen die Sache langsam an damit wir uns hier nicht verfahren. Eines muss man sagen, die Hinweisschilder sind absolut okay. Als wir den Wegweisern ins Zentrum der Stadt folgen, entschließen wir uns bei der nächsten Polizeiwache zu halten. Wir hoffen, dass man uns hier helfen kann. Die Beamten sind sehr freundlich und wollen natürlich wissen, woher wir kommen. »Ach Lyon, da habe ich Verwandtschaft, mein Schwager wohnt dort mit meiner Schwester.«

Den Zettel den wir vorlegen, drehen sie nach links und rechts, aber er hilft ihnen nicht weiter. Sie gehen in den Zentralcomputer, obwohl sie das eigentlich nicht dürfen, aber Italien wäre nicht Italien, wenn es da nicht einen Weg gäbe.

»Da haben wir sie, es ist gar nicht weit von hier.« Er zeigt uns die Straßenkarte und erklärt uns, wie wir am besten fahren sollten.

Der Ortsteil hat schon bessere Tage gesehen. Die Fassaden sind baufällig und die Fahrzeuge in diesem Viertel lassen klar auf ärmliche Verhältnisse schließen. Bei der angegebenen Hausnummer gibt es keine Klingeln, die Türe steht offen. Die Briefkästen sind mit Namen vollgeschmiert. Tatsächlich finden wir Giovanni und Bernadette. Wir steigen in den dritten Stock. »Pass auf, dass du nicht zwischen die Stufen trittst.« Aber da war es schon zu spät. Verena rutschte ab und verstauchte sich den Knöchel. Ich trage Verena noch den einen Stock und hoffe, dass uns jemand öffnet.

»Was macht ihr denn hier?« Bernadette ist überglücklich, als sie uns sieht. Giovanni sieht durch die halboffene Türe und hat uns wohl nicht erkannt. Dann aber steht er vor uns. »Was habt ihr vor?«

»Wir wollen euch abholen, wir brauchen euch dringend. Das Bistro ist seit eurer Abreise geschlossen.«

»Ihr müsst das Verstehen, es geht um die Ehre. Unsere Ehre wurde durch unseren Neffen ruiniert. Uns blieb nur die Abreise.«

»Das ist doch alles Unsinn. Ihr seid unsere Freunde und wir wollen nicht auf euch verzichten. Deshalb haben wir uns entschlossen, euch abzuholen. Das übrige Camp erwartet euch.« Die beiden stehen, den Tränen nahe, im Gang ihrer kargen Behausung.

»Wollt ihr uns wirklich?«

»Ohne euch fahren wir nicht zurück. Morgen früh brechen wir auf.«

Verena humpelt mit Bernadette in die Küche und reicht ihr ein gefülltes Einwegglas mit unserer neuen Mischung. »Aber nur eine Messerspitze voll, auf keinen Fall mehr!«

Der folgende Abend bewies, wie eng wir miteinander verbunden sind. Verena lag in den Armen von Giovanni und Bernadette sang italienische Lieder. »Noch eine Flasche, dann ist aber Schluss.«, sagte ich laut und dachte dabei an die morgige Rückfahrt.

Mein alter Peugeot bewies wieder mal seine Zuverlässigkeit. Das Gepäck von den beiden schluckte er locker. Bernadette meinte sogar, »mit dem Wagen fahren wir bis ans Ende der Welt.« Giovanni hatte eine Adresse ganz in der Nähe von Genua für die anstehende Übernachtung. Es ist ein Freund, und ein sehr gemütliches Hotel, so vermittelte er es uns.

Giovanni war schon länger nicht mehr dort und so suchten wir die Straße ewig, bis uns mal wieder eine Polizeistreife weiterhalf. »Da steht jetzt ein Wohnblock. Das Viertel haben sie einfach platt gemacht.« Aber eine Tante von ihm betreibe eine kleine Pension, wenn wir wollen, würde er uns hinbringen. Es ist auch gar nicht weit.

Diese kleine, nette, gemütliche Pension war die Wohnung seiner Tante, dass erfuhren wir aber erst, als wir die fünf Stockwerke hinaufgestiegen sind.

»Kommen Sie nur herein. Essen Sie auch zu Abend? Ich mache gerade eine Lasagne, das ist genug für uns alle.«

Die versprochene herrliche Aussicht geht in einen Hinterhof. Wir hören das klappern der Mülltonen und das Geschrei von einem Kleinkind. Die beiden Zimmer, die wir benötigen, müssen noch gerichtet werden. In dem einen lag bis vor zehn Minuten der Ehemann und schlief seinen Rausch aus. Das andere Zimmer gehört eigentlich dem Sohn, der ist aber auf einer Übung der Feuerwehr. Doch Platz ist genug. Verena und ich benötigten zwar eine Flasche starken Roten zusätzlich, damit wir uns zum Hinlegen entschließen konnten. Verena nahm sogar ihre Bluse und überzog damit das Kopfkissen.

Als wir am nächsten Morgen zu meinem Wagen kommen, steht die Türe bereits offen. Das Schloss ist aufgebrochen und das Radio hat Füße bekommen. Wir stellen aber erfreut fest, dass sonst nichts fehlt. Das Lenkrad haben sie uns gelassen. Das Zündschloss hat den Versuchen, es zu knacken, widerstanden. Die Ledersitze haben einen hässlichen Riss. »Ist wohl einer mit dem Schraubenzieher hängengeblieben«, so kommentiert es Giovanni.

Ich drehe den Schlüssel und es tut sich nicht viel. Die Tankuhr steht auf null. Verena meint, »Wir haben doch kurz vor Genua vollgetankt oder hab ich geträumt?«

»Du hast nicht geträumt. Aber wir haben ja noch die fünf Liter Reserve, die haben sie übersehen.«

»Dafür fehlt das Reserverad und das Werkzeug.«

»Naja, verbuchen wir es als italienische Erfahrung.«

»Hauptsache sie haben den Motor drinnen gelassen«, meint Bernadette.

Der Wagen verzeiht uns und surrt brav seine Strecke herunter. An Arles sind wir schon vorbei. Noch zwei Stunden, dann haben wir es geschafft.

Im Camp angekommen, werden wir stürmisch begrüßt. Ein großes »Hallo« und viele Umarmungen folgen. »Endlich haben wir euch wieder.«

Beatrix hat einen kleinen Empfang organisiert und im Bistro eine Tafel mit Leckereien vorbereitet. Gekocht haben die Portugiesen. Es wird gleichzeitig ihr Abschied sein. So höre ich noch die Musik bis in den frühen Morgen zu meinem Trailer herüber. Verena schläft schon seit einer guten Stunde, sie war völlig erschöpft, was wohl an der Nacht zuvor in der »Pension« lag.

Eines ist sicher, wir brauchen jemanden als Ersatz für Harley. War es ein Traum oder war es noch ein Halbschlaf. Mir fällt plötzlich der junge Mann ein, den Harley mal mit angeschleift hat. Vielleicht finde ich seine Adresse. Er soll seine Chance bekommen.

Ich gehe gerade auf meinen ramponierten Wagen zu, da höre ich ein Rufen.

»Warten Sie einen Moment, ich wollte Ihnen noch die Abschlussberichte vom Fall übergeben. Die Sache ist erledigt, der Bursche hat gestanden. Nur der Anwalt hat sich geschickt aus allem herausgewunden. Er ist ein Lump, wie er im Buche steht. Aber irgendwann macht er einen Fehler, dann haben wir ihn.«

Dann sieht er den Wagen und will natürlich wissen, was passiert ist. Eine kurze Schilderung muss reichen, ich muss dringend in die Klinik. Ich starte schon den Wagen und lasse ihn zurück rollen, da meint er, »Melden Sie es auf jeden Fall, dann zahlt die Versicherung.«

»Danke, das ist ein guter Tipp.«

Jean sieht mich an, »Na, haben dir die paar Tage Urlaub etwas Erholung gebracht?« Ich sehe ihn an – und sage lieber nichts. Würde er verstehen, warum ich in eine »Pension« im fünften Stock gegangen bin, sicher nicht. »Lass uns an die Arbeit gehen, was steht an?«

Jean erzählt, dass er bei der Vorstandssitzung zum Chefarzt ernannt wurde. »Ist das nicht prima?«

»Wie schön, du hast es verdient.« Es ist natürlich nicht lustig, wenn man immer zu Diensten ist, alle Notdienste übernimmt und nun schon das dritte Mal übergangen wird. Aber dafür habe ich mein Trailer-Camp, dass verschafft mir Genugtuung. In Zukunft werde ich mehr nach Dienstplan arbeiten.

Nach unserer OP, wieder Mal eine Hüfte, spricht mich Jean an. »Du wärst dran gewesen, ich finde es nicht in Ordnung, dass man dich das dritte Mal übergeht.«

»Lass mal, wer weiß für was es gut ist. Es hat alles seinen Grund. Sieh mal, du bist verheiratet und hast Kinder, da tun dir doch die paar Kröten gut.«

»Wenn du es so siehst, dann bin ich ja froh. Helene und ich würden dich gerne mit Verena zum Essen einladen.«

»Ja warum denn nicht. Am besten Helene telefoniert mit Verena und die beiden machen etwas aus.«

Ein kleiner Lieferwagen hat die Portugiesen zu ihrer neuen Behausung gebracht. Der Umzug war schnell erledigt. Die meisten Dinge gehörten bereits zum Trailer. Etwas Geschirr, Klamotten und die Zahnbürste, das war es dann auch schon.

Verena hat heute Damenabend, ich nenne es immer »Weiberabend«. So finde ich Zeit, mich in meinen Trailer zurückzuziehen und meinen Gedanken nachzuhängen. Irgendwie wurmt es mich schon, dass ich wieder bei der Beförderung übergangen wurde. Aber es muss ja einen Grund gegeben haben. Vielleicht sind sie der Meinung, dass ich mit meinem Camp schon überfordert bin. Ich werde es an diesem Abend nicht herausfinden, da bin ich mir sicher. Dann aber klopft es an der Trailer Türe.

»Herein!«

»Hi, was machst du denn hier?« Sophie steht in elegantem Outfit vor mir.

»Bist du auf der Durchreise, oder hattest du nur Sehnsucht?«

»Ich bin geflüchtet. Das was ich auf dem Körper trage, ist alles, was mir geblieben ist. …ach ja, einen schönen Wagen hab ich noch mitgehen lassen. Und die Kreditkarten, aber die werden sie wohl sperren.«

»Erzähl, aber vorher bekommst du jetzt erst mal einen leckeren Roten.«

Das erste Glas trinkt sie gleich in einem Schluck. »Dir muss es ja wirklich saumäßig gehen.«

»Nein, das nicht. Es geht mir nur beschissen!«

»Na, dann bin ich ja beruhigt. Ach ja, dein Trailer steht ordentlich aufgeräumt nebenan.«

»Ach Gott sei Dank, ich dachte schon, ich muss bei dir schlafen.«

»Dein Humor hat dich wohl nicht verlassen.«

»Das ist das einzige, was mir niemand nehmen kann. Aber jetzt werde ich dir erzählen, was passiert ist.«

Inzwischen sind wir bei der dritten Flasche angekommen. Sophie erzählt von einem Eifersuchtsdrama der Eheleute. Von einer Schlägerei. »Daher dein blaues Auge!«

»Die Ehefrau hat sich einen neuen Wagen gekauft. Damit er es nicht merkt, hat sie ihn auf mich zugelassen.«

»Das ist doch das erste Gute, was du erzählt hast. Was ist es denn?«

»Ein Mercedes Cabrio. Was wirklich Feines, hat eine menge Kohle gekostet.«

»Er ist wirklich auf dich zugelassen?«

»Ja, ich hab auch die Papiere.«

»Sieh es als Abfindung. Aber ich glaube, ich hab einen tollen Job für dich.«
»Erzähl, ich muss nämlich tatsächlich Geld verdienen.«
Ich erzähle von der Hanftomate, von dem Gewürzpulver, was wir mit dem Labor gemeinsam erfunden haben und dass wir mit dem Vincent zusammen einen Gewürzvertrieb aufbauen wollen.
»Das ist genau das, was ich jetzt am liebsten machen möchte. Einen Wagen hab ich und Zeit ohne Ende.«
»Mit dem Geld, da werde ich dir helfen. Das mit den CD´s, klappt nämlich nicht schlecht. Jean hat sich darauf spezialisiert.«
Sophie ist in dieser Nacht nicht mehr hinüber in ihren Trailer, sie brauchte jetzt Wärme, wie sie meinte. Unter meiner Bettdecke hatte sie dann Wärme im Überfluss gefunden.
Als Verena erfuhr, dass Sophie zurück ist, war ihre einzige Reaktion, »Aha!«.

»Neun Uhr ich muss zum Dienst.« Verena war letzte Nacht bei mir und hat sich angeregt mit Sophie unterhalten. Sie schlichen wie zwei Phytons herum, keine ließ die andere aus den Augen. Jede Handbewegung wurde registriert. Als Verena ihre Hand auf meiner Schulter ablegte, folgte umgehend ein mahnender Blick von Sophie.
Nun ist das nicht unbedingt erstrebenswert, wenn man von zwei Phytons umgarnt wird. Das könnte einem das Leben kosten, da bin ich mir sicher. Somit tritt Sophie den Rückzug an. Verena strahlt über ihr fein geschminktes Gesicht und fordert mich auf, endlich ins Bett zu kommen. Unsere Vorhänge stehen einen Spalt offen und so kann ich sehen, wie sich Sophie langsam und genussvoll auszieht. Sie weiß, dass ich sie sehen kann und reizt die Sache aus. Zum Schluss verbindet sie sich die Augen und beginnt sich zu streicheln.
»Was ist denn hier los, ich glaub mich tritt ein Pferd.« Mit einem Ruck schließt Verena die Vorhänge und schnaubt ein wenig heftiger als sonst.
Als ich am nächsten Morgen aufwache, ist Verena schon zum Dienst. Sie hat diese Woche Frühdienst, ich habe Spätdienst. Dass ist mit Sicherheit das dümmste Problem, wenn beide in einer Klinik arbeiten.
Sophie jedoch hat ihre Chance erkannt: »Wenn du Frühstück willst, es steht auf dem Tisch.« – »Ist sie nicht lieb?«, fährt es mir sofort durch den Kopf.
Sophie hat noch ihren Bademantel an. Den hat sie damals hängen lassen,

als hätte sie schon gewusst, dass sie nicht für immer geht. Als sich ihre Türe öffnet, versuche ich erst mal nach Luft zu schnappen. Ist sie nun halb nackt oder halb angezogen? Diese Frage länger zu verfolgen, halte ich für überflüssig. Ich genieße es, Sophie bewundern zu können. Frühstück mit Aussicht, so kann man es auch nennen. Natürlich weiß Sophie um ihr Aussehen. Aber sie betont es nicht unbedingt. Ihre Haare sind noch etwas zerknautscht, was ihr einen verruchten Touch gibt. Ihr Tuch, das sie sich gestern vor die Augen gebunden hat, hängt ihr jetzt lässig über der halb offenen Brust.

»Kommst du auch zum Frühstücken oder siehst du mir nur zu.«

»Ich komme auch, gib mir fünf Minuten.«

Als sie sich umdreht, öffnet sich der Schlitz ihres Morgenmantels und lässt den Blick auf ihren niedlichen Po erkennen.

Die fünf Minuten ziehen sich und ich höre mein Handy läuten. Da muss ich rangehen, es könnte die Klinik sein. Es ist die Klinik, dass sehe ich schon an der Vorwahl. Und es ist Verena, als hätte sie es geahnt.

»Was machst du gerade?«

»Ich frühstücke gerade und mache Pläne für den Tag.«

»Du hast aber nicht zufällig eine Assistentin, die die bei der Planung zur Hand geht?«

»Was meinst du?«

»Tu nicht so dumm, du weißt genau, was ich meine. Wo ist denn Sophie gerade?«

»Keine Ahnung, hier ist sie auf jeden Fall nicht.«

»Okay, ich wollte dir nur einen guten Morgen wünschen, wir sehen uns ja gleich.«

»Fein mein Schatz, bis gleich.«

»Mit Schatz hast du da mich gemeint, oder hast du mit deinem Handy gesprochen?«

»Sophie, du kannst nicht Monate weg sein und Muse in Marseille spielen, zurückkommen und nun glauben, ich stehe dir sofort zur Verfügung.«

»Stehst du nicht?«

»Sophie, so geht das nicht! Sei mir nicht böse, als Muse musst du dir einen anderen Musegatten suchen. Du weißt, dass ich mit Verena zusammen bin.«

»Okay, okay ist ja schon gut. Hab dich nicht so. Ich weiß doch, dass du mich magst. Ich wollte es dir nur leichter machen. Den Übergang gestalten helfen.«

»Wenn du das so siehst, dann musst du zuerst mal mit Verena sprechen.«

»Meinst du denn, sie mag mich?«

»Sophie, so hab ich es nicht gemeint. Such dir einen anderen, den du verwöhnen kannst.«

»Das war das letzte Frühstück, das ich für dich gemacht habe. Nur damit das klar ist.«

Es musste einfach gesagt werden. Ich hasse Kuddelmuddel, bin für klare Verhältnisse.

Noch zehn Minuten, dann muss ich aufbrechen. Noch schnell meine Aktentasche und dann los. Leider will mein Wagen nicht anspringen, vielleicht ein Kurzschluss. Ich muss das mit den Kabeln richten. Aber vielleicht sollte ich mir ein neues Radio besorgen. Eines der Kabel hatte wohl Kontakt mit dem Blech, da ist es ganz klar, dass es einen Kurzschluss gibt.

Erst jetzt fällt mir auf, dass Sophie grinsend an ihrem Wagen steht.

»Ich könnte dich bringen, aber du willst es sicher nicht.«

»Sophie, ich hab eine OP, da kann ich nicht wählerisch sein. Also wenn du mich fahren kannst, dann mach es bitte.«

»Los komm schon. So bekommst du mal die Chance mit einem Mercedes zu fahren.«

Ich gebe zu. Es ist etwas Besonderes mit einem so feinen Wagen zu fahren.

Sophie lässt es sich nicht nehmen und fährt mich vor den Haupteingang, was Verena nicht verborgen bleibt.

»Fährt sie dich jetzt schon in die Arbeit?«

»Nein, sie hat nur geholfen, der Peugeot hatte einen Kurzschluss.«

»Pass nur auf, dass mir nicht bald eine Birne durchbrennt. Dann kannst du dich auf etwas gefasst machen.«

Jean rettet die Situation. »Los, komm schon, der OP-Raum ist nicht ewig für uns reserviert.«

»Danke, dass du mich gerettet hast.«

Während der OP, fängt Jean an, von der neuesten Entwicklung an der Börse zu reden. »Da kommt jetzt eine ganz heiße Phase. Hast du noch Kohle übrig?«

»Wie viel müssen wir denn investieren?«

»Soviel du übrig hast.«

Schwester Hildegard unterbricht unser Börsengespräch. »Könnt ihr euch bitte auf den Patienten konzentrieren. War es wirklich die linke Hüfte?«

Wir sehen uns verunsichert an und Jean meint lakonisch, »Dann machen wir halt beide. Sind ja genug da.«

Auf der folgenden Pause nach der OP, treffe ich Jean in dem kleinen Klinik-Bistro.

»Du hast jetzt wieder Sophie am Haken, hast du dir das überlegt?«

»Ich habe überhaupt niemand am Haken. Sie klopfte gestern Abend an der Türe und nun glaubt sie, ich würde meine Schenkel öffnen.«

»Da irrst du, sie öffnet die Schenkel. Oder hast du eine neue Stellung?«

»Komm zur Sache, wie war das mit der Börse? Du musst wissen, ich bin etwas knapp, das mit dem Heuschober hat sich entwickelt. Nächstes Wochenende, wird uns Vincent begleiten, er will Bodenproben nehmen. Das Land scheint sehr fruchtbar zu sein.«

»Dann pass mal auf, wenn du mit Verena dorthin fährst. Ich habe den Eindruck, sie hat sich auf dich eingeschossen. Mit Hildegard sprach sie neulich über Eheringe.«

»Danke für den Tipp.«

Verena ist schon seit einer guten Stunde im Trailer. Sie will das Abendessen vorbereiten. Hildegard besorgt mir einen billigen Leihwagen. Es ist ein ziemlich in die Jahre gekommener Renault. Kostet allerdings kaum etwas, so musste ich ihn akzeptieren.

Auf dem Heimweg kurve ich noch schnell bei meiner Werkstatt vorbei. »Na was ist denn mit dem Peugeot?«

»Kannst du ihn bitte abholen, ein Kurzschluss hat ihn lahm gelegt.« Ich erzähle noch in Kurzform, was wir auf der Reise erlebt haben.

»Das machen wir über die Versicherung, da hab ich einen Freund, der ist Gutachter.«

»Das überlasse ich dir. Ein anständiges Radio könnte nicht schaden.«

»Lass mich mal machen, ich hab da so eine Idee.«

»Ach, dass ich es nicht vergesse, am Freitag brauch ich ihn.«

Sophie ist ebenfalls in meinem Trailer, hat sich wirklich sehr hübsch gemacht. Ich begrüße sie mit einem innigen Kuss. Wir umarmen uns und sie lässt mich direkt spüren, was sie mit ihrer Zunge alles drauf hat.

»Verausgabe dich nicht!«, wird sie von Verena ermahnt. Die ist bereits mit ihrer Geduld am Ende. »Verzieh dich! Du hast dich um drei Monate verspätet.«

Ich finde, ich kann für alles nichts, und muss nur schmunzeln. Genussvoll führe ich mein Rotweinglas an den Mund und nehme einen kräftigen Schluck. »Dir gefällt die Situation wohl?«, kommt es von Sophie.

Ich spüre, da zieht ein Gewitter auf. Noch fünf Minuten und die Damen liegen sich in den Haaren.

»Also, ich möchte euch beide bitten, den Streit zu unterlassen. Ich gehöre niemandem, ich bin und bleibe Einzelgänger. Ob ich nun mit dir zu Abend esse oder mit dir frühstücke, ich verbinde da wirklich nichts. Ich will nur meine Ruhe. Ist das klar?«

Nun würde man meinen, eine der beiden Damen zieht sich zurück. Das Gegenteil ist der Fall. Sie verbünden sich und das bedeutet nichts Gutes. Wie ich schon gestern beobachtete, die Phytons sind abermals frei, und ich bin mittendrin.

Beide richten nun das Abendessen. Verena nimmt eine Brise aus dem bekannten Döschen und mixt einen leckeren Salat. Diesmal nicht mit Gambas, es sind Hühnerbruststreifen. Sehr lecker, wäre da nicht die Brise gewesen. Sophie bekommt einen Vorgeschmack, was man alles an Speisen zubereiten kann.

Der Salat geht langsam zur Neige, was folgt, ist eine lockere Stimmung. Verena macht das Radio an und Sophie tanzt dazu barfuß auf dem Rasen. Immer stärker lässt sie sich in die Melodie hineinfallen. Ich werde nicht verschont. »Ein Verdauungstänzchen hat noch niemandem geschadet«, so die Meinung von Verena.

Die Stimmung wird ausgelassen und die anderen Camp-Bewohner gesellen sich zu uns. Keiner ahnt was uns antreibt. Verena flüstert mir zu, »Siehst du, jetzt ist Sophie schon ganz entspannt.«

Am Samstag, ist mein Wagen fahrbereit und Sophie füllt einen Korb mit einer leckeren Brotzeit. Verena packt Decken dazu, für den Fall, dass wir über Nacht im Heuschober bleiben. Meine Aufgabe ist es, für die Getränke zu sorgen. Mit Vincent sind wir an der Raststelle bei Dijon verabredet. Zusammen wollen wir den Boden untersuchen und das Treibhaus auf eine ordentliche Produktion umrüsten.

Sophie hat es sich auf der Rückbank bequem gemacht und beobachtet mich über den Rückspiegel. Sie zeigt mir ihre bewegliche Zunge und versucht mich mit Handbewegungen auf ihre Schärfe hinzuweisen. Verena hat natürlich längst bemerkt, dass mein Blick nach hinten gerichtet ist. Als ein vor uns fahrendes Fahrzeug plötzlich bremst, schreit sie auf. »Pass doch endlich auf, schau nach vorne, das in dem Spiegel ist nicht so wichtig.«

Sophie protestiert, »Ich nicht wichtig, das sehe ich aber ganz anders.«

»Wenn du nicht gleich ganz anständig da sitzt, komme ich nach hinten und fixiere dich.«

»Das will ich mal sehen.«

»Wir sind gleich in Dijon, also nehmt euch zusammen.«, versuche ich die Lage in den Griff zu bekommen. »Da vorne muss es sein, da müssen wir raus!«

Dann sehen wir schon Vincent mit seiner Frau. Sie haben es sich gemütlich gemacht. Eine Tischdecke auf einer Parkbank und eine tolle Brotzeit haben sie für uns vorbereitet. Verena und Sophie haben sich beruhigt, spielen wieder das Spiel der guten Freundinnen. Die Frau von Vincent ist eher der kühle Typ. Sie hat für die Albernheiten der beiden nichts übrig. Lieber spricht sie über Bodenkulturen und wie man sie pflegt und ertragreich macht.

Dann aber brechen wir auf, um die Fahrt fortzusetzen. Verena sagt bestimmt, »Lass mich fahren! Du kannst dich nach hinten setzen.«

Das ist eine gute Idee, somit war das Spiel, welches sich Sophie ausgedacht hatte, bereits beendet. Ich mache es mir gemütlich und stelle fest, dass es ein wirklich bequemer Wagen ist. Eine Zeitschrift und eine Decke reichen aus, um etwas zu dösen. Verena biegt in den Feldweg ein und ich vermisse dass Gerumpel. »Haben sie den Weg schon ausgebessert? Das geht ja ganz ohne Schaukeln.« Die Frau des Portugiesen steht am Tor und erwartet uns.

»Hallo, da seid ihr ja.«

»Wie lange stehst du denn schon hier?«

»Ich habe gespürt, dass ihr gleich kommt.«

Wir halten vor dem Anwesen und ich erkenne sofort, hier hat sich viel getan. Die Ordnung, lässt das Gebäude in ganz anderem Licht erscheinen. Dann gesellt sich auch der Förster zu uns.

Ich merke, dass jemand an meinem Hosenbein zieht. Es ist der junge Wolf.

Er scheint sich über unser Wiedersehen zu freuen. Ich gehe in die Knie, um ihn zu begrüßen. Er holt auch gleich ein Stück Holz, legt es mir vor die Füße und wartet auf ein Spiel.

»Das kannst du mit mir ruhig auch mal machen.«, kommt es von Sophie.

»Soll ich dir ein Hölzchen werfen, damit du danach springen kannst?«

Die Frau von Vincent hört sich das eine Weile an und meint dann, »Es wird Zeit, dass wir zur Tat schreiten.« Für ihre Untersuchungen hat sie eine Kiste mit Laborsachen mitgeschleift.

Vincent und seine Frau lassen sich vom Förster zum Treibhaus bringen.

Die fünf Portugiesen, allen voraus Fatima, wollen uns natürlich ihre geleistete Arbeit zeigen. Ich frage auch gleich, ob sie eine Möglichkeit sehen, eine kleine Gästewohnung für mich einzurichten. »Das ginge dann nur im Anbau, aber da ist einiges an Arbeit fällig.«

Wir gehen um das Gebäude und steigen über eine alte Holztreppe in den ersten Stock. Unter lautem Protest wird eine Türe aufgestoßen. »Hier, das wäre eine Möglichkeit. Wasser gibt es hier, einen Raum für ein Badezimmer gibt es auch.«

Verena zeigt sich sehr interessiert. Und so kommentiert Sophie direkt, »Verena könnten wir ja schon mal hier lassen.«

»Das Dach ist ziemlich schlecht, dass müsste als erstes gemacht werden.«

»Aber die Baufirma aus der Nachbarschaft, wird dass sicher zügig machen können.« Verena sieht sich schon auf ihrem Landsitz residieren. Ich gehe nochmal vor das Gebäude, um mir den Zustand von außen zu betrachten. Der kleine Wolf ist nun der Meinung, dass ein Spielchen folgt. Er scheint mich als Mensch akzeptiert zu haben, er liebt mich, da gibt es keine Zweifel. Als ich ihn hochnehme, schleckt er mein Kinn.

Der Portugiese ruft bei der Baufirma an, um einen Fachmann zu holen. Zehn Minuten später steht dieser bereits auf der Matte. Zeichenblock und Messband in der Hand. Er schreitet zur Tat, indem er alle Daten und den Zustand festhält. »Wie viele Zimmer sollen es werden?«

Verena meint, »Gehen sie mal von fünf Zimmern aus.«

Sophie korrigiert gleich, »Sechs, ich komme ja auch!«

Zusammen gehen wir in die gute Stube, die Verena und ich ja schon kennen. Bei unserem letzten Aufenthalt hatten wir das Vergnügen bereits. Verena geht auf eine kleine Türe zu. »War es hier?«

»Ja, dort hat er uns eingesperrt.« Sie öffnet die Türe und sieht in den Raum.
»Bin ich hier auf dem Boden gelegen?«
»Ja, das ist richtig.«
Vincent und seine Frau kommen vom Gewächshaus und bestätigen, dass der Boden und die Erde von allerbester Qualität seien. »Wir haben uns nochmal einiges für das Labor mitgenommen.«

Die Portugiesen haben ein Essen vorbereitet. Der Ehemann, richtet den Tisch und holt die Getränke. »Ich muss dir nachher etwas zeigen. Ich habe hinter dem Haus einen alten Wagen gefunden. Den würde ich gerne renovieren.«

»Wenn du die Zeit dafür hast, warum nicht. Nimm ihn!«

Fatima geht inzwischen mit dem jungen Wolf spazieren, wir sehen ihr nach »Sie scheint sich hier sehr wohl zu fühlen …«, stelle ich fest.

»Später werden wir uns die anderen Wölfe in ihrem Gehege ansehen, auch die Wildpferde müsst ihr sehen. Das ist ein toller Anblick.«

Dann ist der Bauberater fertig mit einer kurzen Übersicht. Er erklärt, wie er sich das vorstellt und wie lange er benötigt, um die Arbeiten auszuführen. Wir einigen uns darauf, dass er das ganze schriftlich nach Lyon schickt und es nochmal kontrolliert.

Verena und Sophie wollen in den verschiedenen Lagerhallen ein bisschen stöbern. »Mal sehen, ob es irgendetwas Interessantes gibt.«

Sie ziehen ab und so kann ich mich ganz auf die Ausführungen von Vincent und seiner Frau konzentrieren. Dem Vorschlag, das Gewächshaus zu erweitern, weil es dann viel produktiver ist, stehe ich skeptisch gegenüber.

Gegen Abend wird es ziemlich kühl und wir entscheiden uns, in das kleine Hotel in Colmar zu fahren. Morgen früh können wir immer nochmal vorbei kommen und die Diskussion fortsetzen.

Wir haben Glück und bekommen ein Zimmer mit Verbindungstüre. Eigentlich war ich der Meinung, dass Verena und Sophie ein Zimmer zusammen nehmen, aber das hat sich schnell als falsch entpuppt. Verena will mich auf keinen Fall alleine lassen.

Ich gehe unter die Dusche und sage noch, »Ihr teilt euch die Dusche im Nebenzimmer. Lasst euch Zeit, wir treffen uns dann in einer Stunde im Restaurant des Hotels.«

Nachdem ich schon etwas früher fertig bin, geniesse ich eine ruhige Zeit an der Bar. Ich blättere in einer Tageszeitung und schlürfe am Whisky.

Dann steht Verena hinter mir. »Wir können, hast du schon einen Tisch reserviert?«

»Nein, aber wo ist Sophie?«

»Sie kommt etwas später nach, wir sollen schon mal mit dem Essen anfangen, nicht auf sie warten.«

»Okay, warum nicht, vielleicht ist sie noch satt vom Mittagessen.«

Das Restaurant ist ein Feinschmeckerlokal. »Vielleicht sollten wir ihnen mal unsere Spezialmischung Marke »Hanftomate« anbieten?«

»Bist du sicher, dass Sophie nichts will. So kenne ich sie gar nicht.«

»Sie wird wissen, was sie will.«

Gegen halb zwölf entscheiden wir, auf die Zimmer zu gehen. Als ich in den Raum komme, höre ich ein leises Wimmern aus dem Nebenzimmer. »Was ist denn da los?«

Ich öffne die Zwischentüre und sehe Sophie am Boden liegen. Ziemlich eingeschnürt. »Was habt ihr euch denn dabei gedacht?«

»Sie wollte nur wissen, wie das damals im Heuschober war. Daraufhin hab ich ihr das vorgeführt. Freimachen, musst sie sich schon selber, das hab ich ihr noch klargemacht.«

»Los mach sie frei, dass kannst du doch nicht machen. Woher habt ihr überhaupt die Schnüre und die Sachen?«

»Das haben wir im Lagerraum gefunden und Sophie hat selber gesagt, dass sie es ausprobieren will. Aber gut, ich will ja nicht, dass sie leidet.«

Sophie ist auf hundertachtzig. »Na warte, so haben wir das nicht abgesprochen. Ich hab extra gesagt, zehn Minuten.«

»Da muss ich schon weg gewesen sein, davon hab ich nichts gehört.«

»Wir haben noch einen guten Roten mitgebracht, den genießen wir jetzt zusammen.«

Sophie wettert noch eine Weile, aber sieht ein, dass sie es provoziert hat. Die geschäftlichen Dinge, werden wir dann morgen besprechen, da sind wir dann unter uns.

Am nächsten Morgen, ist Sophie schon unterwegs. Verena duscht seit zehn Minuten und ich verziehe mich ebenfalls. »Es wird ein schöner Tag, schließlich haben wir ja Sonntag.« meint Verena, als sie in mein Badezimmer kommt.

Sophie genießt gerade ihren Morgenkaffee und knabbert an einem Croissant.

»Da seid ihr ja, ich wollte nicht stören. Hab schon einen kleinen Spaziergang gemacht und die Gegend erkundet. Schließlich werde ich hier ja öfter sein.«

»Wir werden mit dem Vertrieb der Kräuter von hier starten. Das Elsass hat viele Sterne Restaurants, Straßburg ist auch nicht weit, da hast du wirklich viel zu tun.«

»Ich freue mich schon auf die neue Aufgabe. Außerdem hab ich dann endlich einen festen Job.«

»Und deinen Trailer, wirst du ihn behalten?«, möchte Verena wissen.

»Klar, ich kann doch auf euch nicht verzichten, da würde mir doch richtig was abgehen.«

Wir machen noch unsere Witze, da fällt mir ein, dass wir schon sehr konkret von Vincent wissen müssen, wie der Ertrag sein wird. Ein Treffen muss her, auch seine Frau, die wir ja kaum kennen, muss dabei sein. »Es darf natürlich nicht nur ein Produkt sein, vier Angebote brauchst du, wenn du Erfolg haben willst.«, so meine ich auf jeden Fall. In einer halben Stunde fahren wir zurück zur Finca.

Das Tor ist angelehnt, so brauchen wir es nur aufschieben. An Verena gewendet, sage ich, »Sorge dich bitte darum, dass wir einen Schlüssel bekommen.«

Als wir auf das Grundstück kommen, freut sich mein kleiner Wolf besonders. Er begrüßt mich inzwischen mit hohen Sprüngen und viel Freude. Meine Hose leidet ein bisschen, der Bund ist bereits ausgefranst. Eine Jeans wäre sicher besser für die Zukunft.

Unsere Portugiesen sind auf dem Gelände. Wir gehen in den Anbau, um nochmals zu überlegen, ob es überhaupt Sinn macht, sich hier häuslich einzurichten. Das mit dem Hotel ist doch sehr praktisch und der Preis ist okay.

Sophie hat ein Motorrad entdeckt. »Sieh mal, das ist noch bis vor Kurzem gefahren. Das Öl am Boden, ist noch ganz frisch.« Prompt fällt mir ein, dass der Beamte schon meinte, dass der Neffe damit im Ort war. Jetzt will ich es natürlich wissen. Ich trete einige Male den Starter, aber es tut sich nichts. »Vielleicht ist ja der Tank leer?«

»Vergessen wir es für heute. Der Motor dreht, dass ist das Wichtigste.«

Verena besetzt derweil den Panzer. »Ich wollte immer schon mal auf so ein Unikum steigen.«

In Siegerpose zeigt sie sich von oben. Dann steigt sie durch die Luke. Ich bin nur froh, dass er nicht mehr geht, sonst würden wir Gefahr laufen, dass sie damit durch das Gelände donnert. Ein weiterer Kübelwagen erregt unsere Aufmerksamkeit. »Den richten wir her!«, kommt es von beiden Damen gleichzeitig.

»Leider fehlt die Batterie, sonst könnten wir eine Runde damit drehen.« Wir werden den Freund von Harley mitnehmen, der kennt sich damit aus. Er soll ihn mobilisieren. Ich schreibe mir die Typ-Nummer auf, um mal nach Ersatzteilen zu sehen. »Da ist sicher etwas im Internet zu finden.«

Dann ziehen wir weiter und öffnen ein großes Hallentor. In früheren Zeiten sind hier offensichtlich Fahrzeuge gestanden. Zumindest deuten die Spuren am Boden darauf hin. Die haben sie sicher noch gebraucht. Das Dach ist baufällig, die Wände in schlechtem Zustand. Dann kommen wir zum Gewächshaus. »So schlecht ist es gar nicht, zumindest die Wärmepumpe ist noch in Ordnung, sonst hätten wir hier nicht diese Hitze. Sophie betrachtet sich die Aufzucht der Hanftomate. Deutlich erkennen wir, wie sich die Wurzeln ineinander verwoben haben. »Sie haben sich halt gemocht und so sind sie eine Ehe miteinander eingegangen.«, meint Verena.

»Eine brisante Mischung, wo doch eigentlich der Hanfanbau verboten ist.«

»Aber Tomaten, sind doch erlaubt.«

Sophie ist die Erste, die es entdeckt. »Sieh mal, die Gurken haben sich mit dem Hanf ebenfalls verschwägert.«

Jetzt beginnt es aufregend zu werden. »Ob Vincent das auch entdeckt hat?«

Leider sind es nur ein paar Gurken, aber eine müssen wir mitnehmen. »Gurkensalat vom Feinsten.«, belustigt sich Verena.

»Dann haben wir also noch ein weiteres Produkt, die sogenannte Hanfgurke.«

Verena macht eine Doktorarbeit beim Heraussuchen der Gurke. »Die Form ist wichtig, wie du weißt, hat eine Gurke verschiedene Verwendungsmöglichkeiten.«

»Ja, ja, du musst natürlich schon wieder schmutzige Gedanken haben.«, antwortet Sophie.

Einige Hanfstauden sind ganz prächtig gediehen. »Das ist Hanf in seiner reinsten und perfektesten Art. So schön gewachsen, findest du ihn nur selten.«

»Woher weißt du das denn?«

Sophie kennt Hanf aus Griechenland, sie ist da fast schon eine Expertin. »Wir hatten den hinterm Haus angebaut. Bis eines Tages die Polizei kam und eine größere Lieferung abholte.«

»Das ist ja gemein, die haben sich den Hanf sicher rein gezogen.«

»Wir nannten ihn den Euböa-Shit.«

»Hattet ihr auch noch andere Abnehmer wie die Polizei?«

»Euböa-Shit wurde bis Athen verkauft. Schließlich war die Qualität hervorragend!« Am Gesichtsausdruck konnte ich förmlich die Gedanken von Sophie lesen.

»Das kommt auf keinen Fall in Frage. Hanf im Rohzustand wird nicht verkauft, nur dass das klar ist.« Sophie grinst mich an, als wolle sie sagen, »das würde ich dir bestimmt nicht auf die Nase binden.« …

Mit zwei Hanfgurken und einigen Stauden Hanf in Natur, natürlich nur für das Labor, ziehen wir dann ab. »Das war doch eine gute Ausbeute.«, meint Verena. Wir verstauen alles im Kofferraum. »Wenn uns jetzt die Polizei filzt, bekommen wir Ärger.«

»Warum? Ist doch alles nur für Forschungszwecke.«, meine ich.

Schon auf dem Rückweg Richtung Dijon, meldet sich Verena und bittet um eine Pause. »Ich brauch jetzt dringend einen Kaffee.«

Da sowieso Verena das Steuer in der Hand hält, überlassen wir es ihr, sich das passende Café zu suchen. Sie biegt bei der nächsten Tankstelle raus und hält direkt vor einem Schnellimbiss. »Haben wir alles zuhause, oder brauchen wir noch was, hier bekommst du alles.«

Verena und Sophie durchwühlen die Regale und finden sogar einen trinkbaren Bordeaux. »Nimm zwei, du weißt ja, Michel säuft!«

Ich beobachte die beiden, wie sie kichern und scherzen. »Kommt rüber, der Kaffee steht schon auf dem Tisch.«

Noch zwei Schnecken mit Rosinen darauf, dann schaffen wir den Weg auch noch bis Lyon ohne weiteren Zwischenstopp.

Ich frage erst gar nicht und übernehme wieder das Steuer. Die beiden sitzen nun auf dem Rücksitz und albern herum. Eine CD von Gloria Estefan wird eingelegt und mein neues Radio zeigt, wie gut es ist. Bisher hatte ich nämlich nur Kassetten und nun habe ich auf CD umgerüstet. Den Riss im Leder konnte meine Werkstatt kleben, aber nicht wirklich beseitigen.

Keiner von uns hat daran gedacht, dass ausgerechnet heute Abend das Bistro wieder von unseren beiden Italienern übernommen wurde. Da können wir unmöglich einfach nur vorbei gehen. Sie haben uns sowieso schon gesehen und winken. »Da müssen wir jetzt rein, ob wir wollen oder nicht. Sie erwarten uns schon.«

Das Bistro ist gut gefüllt, und es gibt als neue Einrichtung einen Stammtisch nur für die Camp-Bewohner. »Setzt euch, heute ist alles gratis!«, ruft Giovanni. Lambrusco wird ausgeschenkt, auch bekannt als Kopfwehwein. Als Vorspeise werden Spaghetti serviert. Die Hauptspeise besteht aus Gambas mit Nudeln.

Verena hat die Idee, einen Hauch von der Hanftomate hineinzugeben. Das macht sie natürlich, ohne, dass es bemerkt wird. Vielleicht ist der Hauch etwas zu groß geraten. Eine halbe Stunde, nachdem das Hauptgericht serviert wurde, übersteigt die Stimmung alles Bisherige an Feierlichkeiten. Und eines ist sicher, hier wurde schon zünftig gefeiert. Irgendjemand aus unserem Camp kramte dann noch Leuchtraketen aus einer Kiste. Sie wurden bis auf die letzte verschossen. Da wir sie nicht angemeldet haben, stand dann so gegen Mitternacht die Polizei vor der Türe. Sie kamen direkt aus dem Revier um die Ecke. Da sie schnell erkannten, dass sie die Stimmung unmöglich bremsen konnten, integrierten sie sich ganz einfach.

Um drei Uhr Nachts verließ dann der letzte Besucher das Bistro. »Das war eine schöne Feier, so lustig hatten wir es noch nie!«, freute sich Giovanni.

»Wir werden euch beim Aufräumen helfen«, versprechen Sophie und Verena. Schließlich haben sie durch ihre kleine Hanf-Brise die Feier erst richtig in Schwung gebracht.

Mit Ausschlafen war bei mir nichts, ich hatte bereits um neun einen OP-Termin. Etwas verschlafen treffe ich Jean. »Bist du fit?«

»Kein Problem, das mit der Hüfte mach ich ja schon fast ohne Hinschauen.«

»Dann lass uns loslegen. Ich brauch dich heute noch, da gibt es einen tollen Tipp.«

Den Mittagstisch nehmen wir in der Klinikkantine. Jean berichtet, dass er sich gestern in eine Konferenz eingeloggt hätte. »Da geht es richtig zur Sache. Da werden zwei Bauunternehmen verschmolzen. Die Gewinnerwartung ist zweihundert Prozent.«

»Was haben wir denn auf dem Konto?«

Jean strahlt. »Ich habe noch nichts angerührt. Mein Konto ist prall gefüllt. Bei dir sieht das anders aus. Soviel ich gesehen habe, hast du noch viertausend.«

»Dann nimm meine viertausend. Aber ich rate dir, nimm nicht alles von deinem Konto. Du weißt ja, es könnte auch mal schiefgehen.«

»Wie du meinst, einen Notgroschen lass ich drauf.«

Jean hat am nächsten Tag frei, so erfahre ich noch nichts von dem großen Gewinn. Außerdem dauert es oft drei Tage, bis er abstößt. Wie sagt er immer so schön? »Was unterm Strich bleibt, ist das Ergebnis!«

Donnerstag früh, begegnet mir Jean. »Es tut mir so leid, ich habe einen Fehler gemacht. Ich habe die falsche Aktie angeklickt.«

»Und? Alles weg?«

»Wie gesagt, es tut mir wirklich leid.«

»Dann fangen wir halt wieder ganz klein an. So wie damals. Du wirst sehen, wir schaffen es. Dann muss halt mein Heuschober etwas warten.«

»Apropos Heuschober, ich muss unbedingt mit Vincent reden. Er hat mir die Auswertung versprochen. Mal sehen, vielleicht sieht es ja besser aus als gedacht.«

Das Labor vom Vincent ist im Keller, kein Tageslicht, kein Blick auf die feschen Mädels. »Vincent, wie sieht es aus, hast du schon etwas? Ich habe dir noch Arbeit mitgebracht. Da gibt es auch noch Gurken.«

»Das weiß ich doch längst. Den Hanf in reinster Natur habe ich zum Test auch schon mitgenommen.«

Vincent geht in einen Nebenraum und bringt eine Liste mit Auswertungen sowie eine Zeichnung mit. »So muss das in Zukunft aussehen. Hier die Beete mit den Gurken, hier die Tomaten, hier die Hanfstauden. Und hier …«

»Sag schon, was hast du noch angeleiert?«

»Als wir das letzte Mal dort waren, habe ich zur Probe, und du musst es mir glauben, wirklich nur zur Probe, etwas Marihuana angesetzt.«

»Du bist ja völlig verrückt, wenn das raus kommt, dann sind wir erledigt.«

»Sind wir nicht, ich habe eine Forschungsstelle eingerichtet. Es ist wirklich nur zu Forschungszwecken.«

»Hast du da was Schriftliches?«

»Sieh mal, ein Papier der Universität Paris. Wir dürfen ganz offiziell züchten. Es ist alles für die Klinik, und wie gesagt, für die Forschung.«

»Meinst du das geht, ich meine, wir können da ernten?«

»Ja sicher, ich hab es ganz fachmännisch gemacht. Streng nach Vorschrift. Es hat nur einen Haken, wir müssen vergrößern.«

»Woher soll ich das Geld nehmen? Ich hab gerade alles verloren.«

»Ach, das ist ja blöd, dann hat es mich auch erwischt. Ich habe Jean mein Erspartes gegeben.«

»Wie viel Zeit haben wir? Können wir das in drei Monaten machen?«

»Im Sommer wollen die in Paris Ergebnisse sehen.« Vincent entschuldigt sich nun, da er einen Termin hat. Aber ich bin zufrieden. Ich bin mir sicher, dass der nächste Einsatz wieder Erfolg haben wird. Ich werde meinen Überziehungskredit nehmen. Man muss auch mal etwas riskieren.

Mit einem Lächeln gehe ich durch meine Abteilung. Schwester Hildegard kommt auf mich zu. »Du bist so fröhlich, was ist der Grund?«

»Ich hab gerade alles verloren, nun fange ich ganz von vorne an.«

»Und das macht dich fröhlich?«

»Ein Neuanfang ist immer gut!«

»Trinkst du mit mir einen Kaffee?«

»Ein Glas Wein, wäre mir lieber.«

»Dann lass uns gehen.«

Ich merke sofort, dass Hildegard etwas auf der Seele hat. Da muss ich mir Zeit nehmen. Sie kommt auch gleich auf das Thema. »Kennst du eigentlich meinen Mann?«

»Einmal gesehen, vielleicht zwei mal?«

»Er hat eine Andere. Er will ausziehen und überlässt mir die Schulden für das Haus.«

»Aber er haftet doch auch, ihr habt doch zusammen gekauft, oder nicht?«

»Nein, meine Eltern haben etwas dazu gegeben und sie wollten, dass es auf meinen Namen geht.«

»Wenn ich das richtig sehe, musst du nun die Hypothek alleine tragen.«

»So ist es. Aber das schaff ich nie.«

»Wie ist es mit einem Untermieter. Hat es genug Zimmer, dann nimmst du eine Kollegin mit rein. Dann kannst du dir auch die Fahrtkosten teilen. Ich würde einen Anschlag am Schwarzen Brett machen. Du wirst sehen, dass klappt bestimmt.«

Etwas erleichtert trennen wir uns. »Wenn ich dir helfen soll, dann melde dich bitte.«

Schwester Hildegard hilft im Moment auf der Babystation aus, so sehen wir uns nur selten.« Dann begegnet mir noch ein Kollege, der gerade Chelion unter seinen Fittichen hat. »Die macht sich prima. Das wird mal eine Kinderschwester, wie wir sie uns wünschen. Das war eine gute Idee von dir, sie uns rüber zu schicken.«

»Prima, das freut mich. Tschau!«

Auf meinem Tisch liegt ein Schreiben vom Bürgermeister. Er hat sich das mit den Büchern überlegt. Das sei ja alles schön und gut, aber eines will er zurück. Zwei, das sei ausreichend. Da sie ihm ja eigentlich alle gehören, er aber aus Kulanzgründen auf zwei verzichtet …

Der hat sie ja wohl nicht alle. Diese Nachricht verdirbt mir jetzt die Lust auf den Abend. Ich rufe sofort meinen Kontakt auf dem Amt in Lyon an. Ein kurzer Bericht folgt. »Was erwartest du denn, was ich jetzt machen soll?«

»Ich überlege, ob ich nicht doch den Dienstweg einschlage und ein Schreiben nach Paris sende.«

»Sei vorsichtig, er soll Abgeordneter werden. Der Minister will ihn in Paris haben.«

»Erpresst er den auch?«

»Nein, es ist ein Cousin. Ich sagte doch, er hat Kontakte bis nach ganz oben.«

»Okay, das reicht, mehr will ich gar nicht wissen.«

Auf dem Weg ins Camp, geht mir diese Geschichte nicht aus dem Kopf. Das muss man mit äußerster Vorsicht angehen. Es hängt viel zu viel davon ab. Vielleicht sollte ich mal mit dem Pfarrer reden, der die drei Bücher bekommen hat?

Ich weiß nicht warum, aber diese Idee, lässt mich ruhiger werden. Vertrau auf den Pfarrer, sagt mir meine innere Stimme.

Sophie und Verena haben einen Abendtisch gedeckt, dass ich aus dem Staunen nicht heraus komme. »Feiern wir irgendetwas?«

»Ja, wir sind jetzt ein Jahr zusammen.«, meint Sophie.

»Ist es tatsächlich ein Jahr her, dass ich zu euch gestoßen bin?«

»Exakt!«

Verena kommt mit den Gläsern und Sophie köpft die Flasche. Der Korken knallt an die Plastikdecke des Trailers.

»Vorsicht, sonst schießt du noch ein Loch hinein!«

Wir stoßen an und liegen uns anschließend in den Armen. Sophie meint dann noch, »Verena gehört ja eigentlich nicht dazu. Aber sie darf bleiben.«

Leider komm ich erst nach drei Tagen dazu, den Pfarrer aufzusuchen. Ich erzähle ihm vom Streit mit dem Bürgermeister. »Ich weiß einfach nicht weiter. Er kann zwar nicht viel machen, aber ich kenne mich da nicht aus. Wem haben die Bücher denn eigentlich gehört?«

»Der Kirche, keine Frage, sie haben immer der Kirche gehört. Sie wurden nur im Haus aufbewahrt. Martin hat immer gesagt, wenn er mal nicht mehr ist, gehören sie der Kirche.«

»Das sagt aber noch nicht, dass sie ihm gehört haben. Der Onkel, also der Bürgermeister, behauptet, sie hätten ihm und seinem Bruder gehört. Also Martins Vater, nur zur Hälfte.

Dann schmunzelt der Pater. »Ich hab da so eine Idee, wie wir das alles lösen können.«

»Erzählen Sie, was haben Sie vor?«

»Lassen Sie mich nur machen!«

Später hörte ich dann eine Geschichte, die ich so gar nicht glauben konnte. Es wurde erzählt, dass der Bürgermeister zwei Kinder hat, die vom Pfarrer gezeugt wurden. Er sei dazu nicht in der Lage gewesen, aber seine Frau wollte unbedingt Kinder bekommen. So hat man sich den Pfarrer als Spender geholt. Sozusagen, ein Geschenk Gottes. Oder die Himmelskinder!

Der Bürgermeister ging mir von da an aus dem Weg. Niemals mehr kam das Thema auf, das ich ihm etwas schuldig wäre.

Der Kredit für die Forschungsabteilung unseres Krankenhauses wurde genehmigt. Wir haben das auch ohne die Russen-Bank geschafft. Die kleine Sparkasse hat das Projekt unterstützt. Das Gewächshaus wurde großzügig umgebaut. Der Hanf und die anderen Pflanzen gedeihen gut. Die Forschungsabteilung kann nun endlich, zwar mit Verzögerung, mit der Herstellung von Kräutern beginnen.

Sophie bekam bereits ihre erste Lieferung zusammengestellt. Die Feinschmeckerlokale sind vom Erfolg begeistert. Es gibt Gäste, die meinen, »Es ist das i-Tüpfelchen, was gefehlt hat.« Ein kleines Lokal mit nur einem Stern erhielt nun den zweiten, nachdem der Tester laut lachend zur Türe hinausging.

Sophie richtet sich gerade ein kleines Büro in ihrem Trailer ein. »Anders schaffe ich die Arbeit nicht. An manchen Tagen fahre ich über zweihundert Kilometer. Da bin ich doch um den geschenkten Mercedes sehr froh.«

Vier Monate später errichten wir ein weiteres Gewächshaus. Diesmal war kein Kredit nötig. »Der Gewinn ist zufrieden stellend.«, wie Sophie meint. Sie hat neuerdings auch eine kleine Bäckerei in Lyon in ihre Runde einbezogen.

Leider komme ich viel zu wenig zu meinen Portugiesen. Aber wenn ich dann schon mal die Zeit finde, ist die Freude meines kleinen Wolfes, der inzwischen ausgewachsen ist, nicht zu bremsen. Er sitzt nun direkt auf der Couch neben mir. Sieht mich immer wieder mit seinen eisblauen Augen an und schleckt mir das Kinn. Nur eines mag er nicht, wenn sich Verena zu dicht an meine Seite setzt. Ein leises Knurren verrät dann, dass sie auf Abstand gehen soll. Das Gehege für die Pferde mussten wir auch erweitern, da wir Gastpferde bekommen haben. Eine Reitbahn wurde angelegt und einige Ställe wurden hinzugefügt. Ein Trainer gibt Reitunterricht und kümmert sich um die Pferde.

Die Gemeinde meinte, dass wir die Zufahrtsstraße doch besser teeren sollten, was wir aber abgelehnt haben. Die Portugiesen, holen noch weitere Verwandtschaft nach, so dass man im Dorf schon meint, es handele sich um eine Portugiesische Enklave.

Heute ist im Camp großes Treffen. Die Pepes gehen zurück nach Spanien und haben eine kleine Abschlussparty organisiert. Die beiden Trailer hab ich ihnen abgekauft, so dass wir neue Mieter hierfür suchen. Bei meiner Ansprache weise ich auf die großen Veränderungen hin. Gerade mal zwei Jahre und alles hat sich total verändert.

Sophie hat noch eine Freundin, die gerne im Camp wohnen möchte, aber sie hat sich noch nicht vorgestellt. Sophie meint, »Frederike arbeitet in einer Bäckerei, sie hat sich auf feines Schokogebäck spezialisiert und mixt den Teig mit einer Brise unseres Backzusatzes. Beim Test mit dem Backzusatz, hätte es einen lustigen Abend gegeben. Morgen wird sie kommen und sich vorstellen, einige Proben aus der Bäckerei wird sie zur Verköstigung mitbringen. Sophie will sich um die passenden Getränke bemühen.

Ich bin gerade so richtig gemütlich beim Dösen und blättere in einer Zeitung. Da komme ich fast schon automatisch auf den Wirtschaftsteil. Ein Hinweis lässt mich aufhorchen. Ein bekanntes Unternehmen ist dahinter gekommen, dass Interna über einen unbekannten Kanal mitgelesen werden. Es seien Schäden in Millionen Höhe entstanden. Also wir können das nicht sein. Obwohl ich feststellen musste, dass wir auch eine CD von dieser Firma besitzen. Aber Millionen, damit sind wir nicht gemeint. Ich rufe Jean an, Helene ist am Apparat. »Was habt ihr da schon wieder ausgeheckt? Der Jean sitzt seit einer Stunde am Computer und spielt mit sich. Obwohl es mir wirklich lieber wäre, er würde mehr mit mir spielen.«

»Das tut mir leid, aber gerade deshalb möchte ich ihn gerne sprechen.«
»Dann sag ihm bitte, ich warte im Schlafzimmer auf ihn!«
»Mach ich, aber jetzt versuch ihn mal von seinem Gerät wegzureißen.«
»Hier Jean, was gibt es?«

Mein Bericht über den Zeitungsartikel, macht ihn unruhig. Genau bei dieser Firma war er gestern bei einer Konferenz eingeloggt. Da fragte ihn doch eine Stimme, was er hier täte. Der Zugang sei nicht genehmigt. Daraufhin hat er natürlich sofort abgeschaltet.

»Du musst vorsichtiger sein. Bisher war das ein Spiel. Aber konzentriere dich lieber auf die kleineren Unternehmen. Wie viel haben wir denn im Moment im Feuer?«

»Ich habe gestreut, aber alles zusammen sind es bestimmt hundert.«
»Nimm das Geld von den Großen weg, ich habe da so ein seltsames Gefühl.«

Jean und ich haben wie so oft mal wieder Frühdienst. »Schon wieder eine Hüfte, aber anschließend haben wir ein Knie.«

Zwischen den Operationen, kommt Schwester Hildegard in den Raum und meint, »Da wartet ein Polizist in Zivil, der will Jean sprechen.«

»Sag ihm, wir haben nur noch das Knie, dann haben wir Zeit für ihn.«
»Wo hast du den Computer?«
»In meiner Tasche, im Wagen.«

Ich rufe nach Verena. »Ja mein Schatz, was willst du?«
»Du nimmst jetzt bitte den Wagenschlüssel von Jean, da ist eine Tasche drinnen. Diese Tasche tust du bitte in deinen Wagen. Pass aber auf, dass dich keiner dabei beobachtet.«

Verena verschwindet. Aber sie kommt nicht zurück. Was ist passiert? Wir sind mit dem Knie längst fertig und warten immer noch. Jean sieht von oben, dass sein Wagen nicht mehr da steht, wo er ihn abgestellt hat.

Dann endlich, nach fast einer Stunde kommt Verena. »Das war nicht einfach, dass könnt ihr mir glauben.«

»Erzähl. was war denn?«

»Ich ging auf den Wagen zu, da kam ein komischer Typ und meinte, ob das mein Wagen sei. Ich sagte, was glauben Sie denn. Er wollte mich in ein Gespräch verwickeln, da sagte ich ihm, dass ich zur Kinderstation muss, da gibt es einen Neuzugang mit Problemen. Als er nicht locker lassen wollte, sagte ich ihm, ob er es verantworten kann, wenn ein Kind wegen seiner blöden Fragerei sterben würde.«

»Das hast du gut gemacht. Wo ist der Wagen jetzt?«

»Im Parkhaus, da vermutet ihn keiner. Den Laptop, hab ich in den Kofferraum getan.«

Jean meint dann, »Jetzt lasst mich mal alleine mit dem Typen sprechen. Jetzt hat er schon seit einer Stunde gewartet.«

Jean geht in sein Vorzimmer und wird auch schon von dem Beamten begrüßt.

»Hallo sind Sie Jean?«

»Ja, so ist es, was kann ich für Sie tun?«

Der Beamte zieht seinen Ausweis, »Sondereinheit für Wirtschaftskriminalität«.

»Wir haben da ein paar Fragen zu einem Computerprogramm, welches von Ihnen genutzt wird.«

»Ich verstehe nicht, dass müssen Sie mir erklären.«

Der Beamte erklärt umständlich von einem Hacker-Programm, das verwendet wird, um Börsen-Internes zu bekommen. »Wie kommen Sie da auf die Idee, dass ich es benutze?« „, Ja, beweisen können sie das nicht. Das heruntergeladene Programm sei von einem Martin.

»Wie kommen Sie da auf mich?«

»Wir haben Ihren Computer ausfindig gemacht.«

»Mein Computer steht hier an meinem Arbeitsplatz. Sehen Sie selbst nach.«

»Ja, aber Sie haben doch sicher noch einen privaten Computer.«

»Nein, wieso sollte ich?«
»Andere Frage, haben Sie einen Kollegen Michel Colbert?«
»Ja, das ist richtig, das ist mein Kollege.«
»Hat der etwas mit dem Trailer Camp zu tun?«
»Da müssen Sie schon mit ihm selber reden, da hab ich keine Ahnung!«
»Dann schicken Sie den mal her!«
Jean kommt zu mir und berichtet, was sie wollen und um was es geht.
»Am besten, du schickst sie einfach hierher.«
»Sie müssen sich in sein Büro bemühen, er hat allerdings eine OP vorzubereiten.«

»Sie sind also Michel Colbert?«
»Ja so ist es, was kann ich für Sie tun? Aber ich muss Sie bitten, machen Sie es kurz.«
Da ich ja schon wusste, was sie wollen, stell ich mich völlig unwissend. »Da waren CDs, die hab ich weggeworfen, da mir die Musik nicht gefallen hat.«
»Es geht nicht um Musik-CDs. Es geht um Wirtschafts-CDs.«
»Geht das auch, ich dachte CDs sind nur für Musik gedacht?«
»Aber Sie wissen schon, wie eine CD aussieht?«
»Rund, oder gibt es die auch in eckig?«
Dieses Spiel trieb ich dann so lange, bis die beiden Beamten nach einem Aspirin fragten. »Wir sehen uns noch!« Das waren die letzten Worte.
Nun müssen wir den Computer von Jean in Sicherheit bringen.
»Ich hab da aber einen Vorgang, den muss ich noch abschließen. Sonst hab ich einen größeren Verlust.«, meint Jean.
»Dann mach das von einem Internet Café. Da bist du anonym.«
Jean fährt zu diesem Zweck extra fast hundert Kilometer südlich von Lyon in ein Internet Café. Macht die notwendigen Abschlussbuchungen und lässt den Computer verschwinden. Die CDs bekommen erst mal eine Pause, bis wir Näheres wissen.
Natürlich war die Angelegenheit damit nicht ausgestanden. Schon nach einer weiteren Woche setzten die freundlichen Beamten ihr Gespräch fort.
Hausdurchsuchung bei Jean, dann bei mir und im Trailer Camp. Aber Gott sei Dank, sie kamen bei uns nicht weiter. Nun sollte es uns zugute kommen, dass wir die Tipps auch weitergaben, so war der Kreis ziemlich groß.

Jean bekam einen Anruf von seiner Bank aus der Schweiz. Vorsichtig fragte der Mitarbeiter, ob er vielleicht etwas mit Internet-Börsengeschäften zu tun hätte. Jean konnte natürlich verneinen. »Börsengeschäfte, was sind das?«

Natürlich hat es uns nicht in den Kram gepasst, dass wir auf unseren Zusatzverdienst verzichten mussten. Aber es sollte nicht von langer Dauer sein. Wir fanden ein Internet Café, wo wir verschiedene CDs testen konnten. Jean ist ein erfahrener Hase. Schnell fand er heraus, dass es nur zwei Gesellschaften sind, die durch ein Kontrollprogramm das Loch im Netz entdeckt und Anzeige erstattet haben.

Jean hat die Idee, sich über ein Bankenprogramm einzuloggen. »Wenn Banken das machen, dann ist es wohl legal. Wir müssen eine Wohnung mieten, die über einer Bank liegt.«

»Jean, das ist ja schon ganz schön kriminell.«

Wir gingen die Mietanzeigen für Wohnungen durch und testeten die Computerverbindungen. Nach zwei weiteren Monaten wurden wir endlich fündig. Die Wohnung war bezahlbar und sofort beziehbar. Es war im Herzen von Lyon. Gleich zwei Banken konnten wir anpeilen und so unser Geschäft langsam wieder angehen lassen. Der Verdienstausfall war natürlich nicht lustig, aber wir verbuchten es unter Reibungsverluste.

Wir konzentrierten uns auf die kleine Bank, die sich im Parterre des Hauses befand. Es dauerte ein bisschen, aber dann war die Verbindung hergestellt. Große Firmen mieden wir, so vereinbarten wir es, zumindest für den Neustart. Der Vorteil bestand auch darin, dass diese kleine Bank ihr Programm in der Nacht nicht abschaltete.

Jeans Ehefrau Helene war über diese nächtlichen Ausflüge nicht sonderlich begeistert. Sie vermutet sogar zeitweise, dass Jean eine Freundin hat.

Seit einer Stunde sitzen nun Jean und ich am Gerät, um eine neue CD zu testen. Sie lag ganz unten im Karton von Martin und war unbeschriftet. Es war ein Unternehmen, das auf Guernsey seinen Hauptsitz hat. Wir hörten bei einer Konferenzschaltung zu. Es waren Wirtschaftsbosse, so vermuteten wir wenigstens, die alle aus dem englischen Sprachraum stammen. Allein die verschiedenen Dialekte waren schon das Zuhören wert. Die Summen, mit denen sie spielten, gingen in die Milliarden. Nur den Zusammenhang, den hatten wir noch nicht richtig erfasst. Wir beschlossen einfach nur zuzuhören und zu lernen. Eine Woche taten wir nichts anderes. Dann hatte Jean den Bogen raus.

»Das sind ein amerikanisches und ein englisches Unternehmen. Die zocken selbst. Die betrügen ihre eigenen Kollegen und lachen darüber auch noch.«

Das reizte ihn besonders. Jean setzte das erste Mal selbst. »Nun wollen wir mal sehen, ob wir alles verlieren, oder ob wir jubeln können.« Das Risiko war begrenzt auf dreitausend Pfund. Zuerst tat sich nicht viel, die Papiere die Jean kaufte, stiegen langsam an und fielen nach wenigen Tagen wieder. Dann machten sie einen kräftigen Sprung und wir hatten einen Tagesstand von über zwanzigtausend.

»Lass uns erst mal rausgehen, den Gewinn will ich erst mal zählen können.«

Einen Tag später ärgert sich Jean, »Wir hätten nicht aussteigen sollen, jetzt stehen sie auf dreißigtausend.«

»Kein Problem, dann steigen wir mit zehn wieder ein.«

Wir sind trotzdem extrem vorsichtig, da wir hinter dem Unternehmen nur Gauner vermuten. Aber der Wiedereinstieg lohnte sich. Aus zehn wurden vierzig, dann zählten wir schon sechzig. Das ist richtiges Zocken, man ist aufgeregt und wartet immer darauf, dass die Bombe platzt. Aber sie platzte nicht.

Eines Abends hören wir wieder lange zu und erfahren so, dass es sich nur noch um Stunden handelt, bis es einen Crash geben wird. Wir beschließen sofort auszusteigen. Die letzten Zahlen stehen bei hundertsechzigtausend. Wir fallen uns in die Arme und öffnen eine Flasche Champagner.

Schon am nächsten Tag gibt es keine Platzierung mehr. Sie haben die Quote einfach eingeschoben. Die kommenden Wochen haben wir keine Zeit mehr, uns weiter um die Gesellschaft zu kümmern. Wir genießen es, endlich etwas mehr Geld zu haben. Helene bekommt eine neue Matratze und jedes der Kinder ein neues Fahrrad. Das sind die Wünsche, die ganz oben bei Jeans Familie standen.

Verena macht den Vorschlag, mal eine kleine Feier zu veranstalten. Ohne Grund, einfach mal so. Es soll ein Grillfest werden und wir machen das im Camp.

Das Bistro hilft tatkräftig mit. Hat die Tische und Bänke besorgt und leckere Salate vorbereitet. Was ich nicht wusste, Vincent hat sich ebenfalls eingeladen. Er verspricht eine neue Rezeptur mitzubringen. Den Nachtisch organisiert unsere neue Mitbewohnerin Frederike von der Bäckerei.

Frederike ist vor vier Wochen zu uns gestoßen. Mit viel Geschmack hat sie sich ihren Trailer eingerichtet. Einen grünen Daumen scheint sie auch zu haben. Zumindest hat sie aus ihrem Vorgarten ein Vorzeigegarten gemacht. Viele bunte Blumen und ein großes Windrad zieren ihn.

Für heute Abend entscheide ich mich, mal bei der Camp-Bewohnern vorbei zu schauen. Verena muss in einen Kurs in der Klinik. Sophie ist auf Tour und wird erst zur Feier zurück sein. So lass ich mich gehen, besuche als erstes das Bistro. »Hallo, wie geht es euch, seid ihr mit dem Umsatz zufrieden? Braucht ihr etwas?«

»Ja das Gewürz, ist immer zu wenig. Der Vincent war gestern da und hat uns eine neue Mischung gebracht. Wenn du willst, bekommst du eine Brise in deine Lasagne.«

»Gerne, wisst ihr schon was drinnen ist?«

»Nein, das wissen wir nie. Die Bezeichnung ist diesmal »Holunderstaude«. Was aber dahinter steckt … , wir wissen von nichts.«

So warte ich auf Lasagne mit dem Gewürz »Holunderstaude«. Beatrix hat sich mit Frederike angefreundet. Beide kommen lachend ins Bistro, Frederike hat sich bei Beatrix untergehakt.

»Was gibt es bei euch so Lustiges, erzählt es mir.«

»Es geht um ein Bild. Ich sollte für den Louvre ein kleines Bild renovieren. Um ein wenig zu trainieren, machte ich eine Kopie davon. Sogar die Unterschrift gelang mir extrem gut. Der Pinselstrich war noch nicht trocken, da bekomme ich über das Internet eine Anfrage nach einem Monet.«

Frederike berichtet weiter. »Stell dir vor, es war ein Monet, den sie kopierte. Da ja der Louvre weiß, dass dieses Bild bei Beatrix renoviert wird, konnte sie nicht viel unternehmen. Der Kunde meinte, für eine gute Kopie sei er bereit einen ansehnlichen Betrag zu zahlen.«

»Was habt ihr jetzt vor?«

»Wir warten, bis der Louvre das Bild abgeholt hat, dann kann Beatrix mit der Kopie hausieren gehen. Sie muss halt sagen, dass es eine Kopie ist.«

Meine Lasagne wird serviert und die beiden bekommen ebenfalls Hunger. »Machst du uns auch so etwas, aber die Portion etwas kleiner.«

Bernadette lacht, »die selbe Mixtur?«

»Naja, einfach das Gleiche was du gerade dem Michel serviert hast.«

»Gib mir zehn Minuten, dann ist es fertig.«

Nach den ersten Bissen, lobe ich den Holunder in der Sauce. Giovanni lacht und meint, »Das musst du Vincent sagen, der wartet auf ein Feedback.«

Ich merke richtig, wie ich immer lustiger werde.

»Was haben sie dir denn in die Sauce getan?«, fragt Beatrix.

»Wartet nur ab. Nicht nur in den Plätzchen, nein, es gibt die Mischung auch in der Lasagne.«

»Gibt es eigentlich noch irgendetwas, wo nichts drinnen ist?« möchte Frederike wissen.

»Wir sind für den Vincent die Versuchskaninchen.«

Giovanni bringt nun Sekt, »Zu der Mischung ist Sekt verträglicher.«

Jean und Helene tauchen auch noch auf. »Habt ihr nichts zu Essen daheim, dass ihr euch hierher bemühen müsst?«

»Die Kinder sind bei den Eltern und wir wollten einen Spaziergang machen. Jean meinte, du bist heute draußen …«

»Kommt setzt euch zu uns. Wir haben gerade die neue Mischung probiert. Ihr seid jetzt leider zu spät. Aber ihr dürft euch die Feier nicht entgehen lassen. Die Kinder dürft ihr mitbringen.«

»Feier, was gibt es denn zu feiern?«

Ich schalte schnell, »Frederike feiert ihren Einstand.«

Jean hat ein Auge auf Frederike geworfen. Schon einige Male hat er den Nachtisch für seine Familie bei ihr gekauft. Sie lächelt ihn so an, dass man schon auf schlechte Gedanken kommen könnte. Helene bleibt das nicht verborgen. »Bei ihr holst du also immer die Plätzchen.«

»Hab ich dir nie verschwiegen. Ich sage immer, ich gehe mal kurz zu Frederike.«

»Aber du hast mir verschwiegen, wer Frederike ist.«

»Nun lernst du sie ja kennen. Das Café heißt ja auch Frederike!«

Die Stimmung erreicht den Höhepunkt, als Giovanni die Nachspeise bringt. Von der Nachspeise bekommen natürlich auch Helene und Jean.

Um halb zwei meint dann Helene, »Nehmen wir den Hubschrauber oder besser einen Hund.«

»Du meinst einen Blindenhund?«

»Genau, ich will jetzt, dass mir jemand die Augen verbindet.«

Beatrix lässt sich das nicht zweimal sagen, kommt um den Tisch und holt sich Helene zu einem Spiel. Das Lokal ist inzwischen leer. Die Gäste sind längst gegangen. Helene sucht nun Beatrix, die sich an einen anderen Tisch gesetzt hat. Wir klatschen dazu, umso mehr sie sich Beatrix nähert.

Bernadette hat inzwischen ein Taxi bestellt, damit der Abend mal ein Ende findet. »Ihr dürft uns nicht böse sein, aber wir haben morgen einen anstrengenden Tag.«

Jean und ich haben am nächsten Tag Glück, es steht keine komplizierte OP an. Visite und Patientenbetreuung sind angesagt. Verena will wissen, was sich am Vorabend abgespielt hat. Jean hat so unklare Andeutungen gemacht. »Helene hat mit Beatrix Blinde Kuh gespielt. Das war es schon.«

»Dazu hätte ich jetzt auch Lust.«

»Da wirst du dich leider gedulden müssen. Dein Patient von der hundertfünfzig, schreit nach dir.«

Diesen Samstag steigt das Fest und die Vorbereitungen laufen auf Hochtouren. Ich komme gerade vom Getränkemarkt und suche nach einem geeigneten Platz, die Bierträger und Flaschen unterzubringen. Eine große Wanne wird organisiert und Eis zum Kühlen hineingegeben. Ein Schirm zum Schattenspenden darf nicht fehlen.

Für diese Feier haben sich sogar unsere Portugiesen bereit erklärt, anzureisen. »Der Garten kann auch mal warten.«, so ihr Kommentar. Immer nur im Dreck wühlen, ist auch nicht die Erfüllung. Fatima freut sich schon mächtig, in ihre alte Gegend zu kommen. Inzwischen besucht sie die zweite Klasse und ist eine der besten Schülerinnen. Sie lernt gerne, erzählt mir ihr Vater.

Das Einzige was noch fehlt, sind Lampions. Helene saust schnell zum Kaufhaus, um sie zu besorgen. Die ersten Gäste werden in einer Stunde eintreffen.

Der Stress lässt nach und ich suche mir eine ruhige Ecke um ein kühles Bier zu genießen. »Wie schön das Leben doch sein kann.«

Hinter mir steht Verena, »Prost mein Schatz, jetzt sind wir schon fast zwei Jahre zusammen.«

»Oh Gott, wirklich?« Verena hat sich an meinen bösen Witz gewöhnt und reagiert nicht mehr so geschockt wie früher.

Die Musik wird eingeschaltet, die ersten Gäste treffen ein. Voran natürlich Jean mit Helene und den Kindern. Frederike kommt mit einem großen Tablett daher. Schön dekoriert, mit einem kleinen Schildchen, was alles an Zutaten verwendet wurde. »Nichts für Kinder!«, steht dort geschrieben. Für die Kinder gibt es einen extra Teller.

Der kleine Pavillon füllt sich schnell und die Tische sind schon fast besetzt. Mit Jean wechsle ich mich am Grill ab. Vincent gesellt sich dazu. Er öffnet ein Döschen, »Riech mal!«.

»Was ist das?«

»Reinstes Marihuana. Eine bessere Züchtung wirst du nirgends finden.«

»Ist das von der Finca?«

»Also von meinem Balkon ist es nicht.«

Ich beobachte, wie Vincent sich etwas in den Kaffee tut. »Nur zum Test, du verstehst schon.«

»Ja klar, ich halte mich lieber an die Hanfmischungen.«

»Du weißt aber schon, dass uns da eine tolle Kreuzung gelungen ist.«

»Ich will es gar nicht wissen. Es ist dein Bereich.«

Das Fest ist um Mitternacht noch voll im Gang. Die Kinder von Helene und Jean schlafen bereits in meinem Trailer. Irgendwann sind auch noch die Freunde von unserem Harley Fan aufgetaucht und ich verlor langsam den Überblick. Waren es hundert oder zweihundert Gäste? Nachdem ich die Plätzchen genossen hatte, verschwamm mir die Übersicht. Ich tanzte wie ein junger Gott und lachte wohl etwas hysterisch, wie Verena später zu mir meinte.

Als ich mit ihr zu Bett will, stellen wir fest, dass der Trailer belegt ist. Wir verziehen uns in den noch freien Trailer der Pepes.

Es war ein rauschendes Fest. Allen hat es gefallen. »So etwas machen wir in Zukunft öfter.«, kommt es von Sophie.

»Es war der Abschluss der Sommersaison, nun bin ich auf den Herbst gespannt.«

Ein Jahr später

Wie doch die Zeit vergeht, eh du dich versiehst, ist ein Jahr herum. Mein Piepser funkt mich an. Es ist Jean. »Du hast doch an unser Meeting gedacht?«

»Was meinst du?«

»Ich wusste doch, dass du es vergessen hast. In letzter Zeit fällt mir auf, dass du einiges vergisst. Ich glaube, du solltest dich mal testen lassen.«

»Ach jetzt weiß ich, unser Treffen wegen der Aktien.«

»Na siehst du, es kommt also wieder.«

Donnerstag haben wir immer unser Treffen, um die Strategie für die kommende Woche festzulegen. Jean hat inzwischen die Leute in Guernsey getroffen und einen Deal mit ihnen ausgehandelt.

Ich schlendere durch den Gang, um mal auf meinen Dienstkalender zu sehen. Dieser Kalender hängt direkt links von der Türe zum Schwesternzimmer. So ist er für alle Beteiligten gut einsehbar. Mit dem Zeigefinger fahre ich die Linien nach, um mich nicht im Datum zu irren. Der Kalender ist sehr klein und eng beschrieben, so dass man schon genau hinsehen muss.

Ich höre Stimmen aus dem Schwesternzimmer. Schwester Hildegard unterhält sich gerade mit Verena.

»Hast du es ihm jetzt endlich gesagt?«, höre ich Hildegard fragen.

»Nein, ich hab noch nicht den richtigen Moment gefunden. Du weißt ja, ich will ihn nicht vor den Kopf stoßen.«, antwortet Verena.

»Ich finde das nicht fair, was du da treibst. Du gehst mit dem Werner und schlafen tust du bei Michel. Wo soll denn das hinführen?«

Verena antwortet nun ziemlich verärgert. »Was geht dich denn das an?«

Dieses Gespräch öffnete mir mit einem Schlag die Augen. Besonders, da ich ja weiß, dass Werner seit einem halben Jahr hier ist. Er ist Assistenzarzt. Arbeitet mal mit Jean und mal mit mir. Er sieht sehr gut aus und hat eine Familie mit großem Vermögen. Er kommt eigentlich aus Hamburg, hat aber in Paris studiert. Nach seinem Studium wurde er unserem Klinikum zugeteilt.

Also Verena und er, warum ist es mir nicht aufgefallen? Eigentlich hätte ich es längst bemerken müssen. Jetzt, wo ich zurückdenke, fällt es mir wie Schuppen von den Augen. Vor einer Woche sah ich sie am Haupteingang in der Früh. Dann war sie also bei ihm. Zu mir sagte sie, sie hätte ihren Onkel in der Stadt getroffen.

Desto mehr ich darüber nachdenke, umso mehr fühle ich mich betrogen. Da haben wir noch Pläne gemacht, was wir mit dem Appartement machen. Ob wir uns zusammen lieber eine größere Wohnung nehmen sollen? Zu Weihnachten wollte ich ihr einen kleinen Peugeot schenken. Hab sogar schon einen herausgesucht. Aber jetzt?

Ich bin völlig in Gedanken, da kommt der neue Klinikchef auf mich zu.

»Ich möchte sie dringend mal unter vier Augen sprechen. Da tut sich etwas mit einer Stellenausschreibung.«

»Ach was, um was geht es denn?«

»Unser Klinikkonsortium hat eine Klinik dazu gekauft. Sie wissen ja, inzwischen sind wir zwölf Kliniken. Nun haben wir eine in Spanien erworben.«

»Okay, dann sehen wir uns morgen früh, ich habe gerade gesehen, meine erste OP steht erst gegen halb zwölf auf dem Kalender.«

Ich ziehe mich um und gehe etwas geistesabwesend in die Tiefgarage zu meinem Wagen.

»Du siehst mich ja gar nicht.«, kommt es aus dem Hinterhalt. Es ist Verena, die gerade zu ihrem etwas klapprigen Renault geht. Sie scheint alleine zu sein.

»Was treibst du heute?«, frage ich sie. Nachdem ich nun Bescheid weiß, hoffe ich natürlich, dass sie mich aufklärt.

»Du weißt ja, mein Onkel, ich muss nach ihm sehen.«

»Ach, ist er nun tatsächlich nach Lyon gezogen?«

»Ja, ich hab ihn gleich um die Ecke von meiner Wohnung unterbringen können. Heute werde ich ihm für die kommende Woche vorkochen.«

»Dann gib ihm mal etwas von unserem Pulver, es wird ihm sicher gut bekommen.«

Nun fällt mir auf, dass ihre Antworten wesentlich kühler sind, als wir es eigentlich von uns gewöhnt sind.

Ich fahre ins Camp, da finde ich die richtige Abwechslung. Alleine in der Stadt, dass wäre jetzt nicht das Richtige. Schließlich muss ich das alles erst einmal verdauen.

Mein Trailer ist sehr ordentlich aufgeräumt, die Mama von Chelion hat sich angeboten, diese Arbeit zu übernehmen. Ich bin sehr froh, dass ich mich nicht darum kümmern muss. Dann fällt mir auf, dass Verena seit einer guten Woche nicht mehr mitgefahren ist. Immer hat sie eine Ausrede gehabt und ich habe ihr geglaubt.

Wie blöd muss ich gewesen sein, dass ich nichts gemerkt hab. Ich rufe bei Jean durch, ob er nicht Lust hätte, das Treffen im Camp abzuhalten.

Ich spüre, dass er sogar erleichtert ist, dass er rausfahren kann. Ist vielleicht in seiner Ehe auch etwas nicht in Ordnung?

Im Bistro ist es noch leer. Die Gäste kommen erst in einer Stunde. Ich bestelle mir einen Whiskey, jetzt ist es an der Zeit, die Gedanken herunter zu spülen. Hand in Hand kommt Sophie mit Beatrix durch die Türe. »Hi, was machst du denn hier so alleine?«

»Ich besaufe mich. Hab heute erfahren, dass Verena einen Freund hat. Einen von den jungen Ärzten, mit Geld im Hintergrund. Kommt, setzt euch an meinen Tisch.

Was gibt es bei euch neues? Wie läuft es mit der Gewürzvertretung?«

Beinahe hätten beide gleichzeitig geantwortet. Dann aber berichtet Sophie, wie es mit dem Verkauf aussieht. »Die Produktion ist voll ausgeschöpft. Wir brauchen eigentlich ein neues Gewächshaus.«

»Das wäre ja dann das vierte, irgendwann muss einfach Schluss sein. Mehr geht nicht!«

Sophie arbeitet eng mit Vincent zusammen, schließlich muss sie das verkaufen, was er produziert. Sie sind ein gutes Team. Auch die Portugiesen, machen ihre Arbeit zuverlässig.

Mein kleiner Wolf ist immer traurig, wenn ich gehen muss. Er hat sich anscheinend in mich verliebt. Schon von Weitem erkennt er meinen Wagen am Motorengeräusch. Er sitzt dann am Tor und jault schrecklich, bis ich dann endlich aufschließe. Einmal hab ich ihn mitgenommen, ich wollte einfach mal sehen, wie er sich beim Autofahren verhält.

Eines war anschließend klar, er liebt Autofahren. Nur wenn Verena vorne sitzt, dass mag er nicht. Viele gemeinsame Spaziergänge haben wir unternommen. Er geht gut an der Leine und ist sehr folgsam, was für einen Wolf nicht alltäglich ist.

Lokale oder Biergärten verträgt er nicht, da er es nicht mag, wenn ich mit anderen Menschen spreche. Dann wird er schnell eifersüchtig.

Nachdem Sophie von mir erfahren hat, dass Verena wohl einen anderen hat, meint sie. »Schade, jetzt hab ich mich gerade für Beatrix entschieden, du bist einfach zu spät gekommen.«

»Lass mal, ihr beide passt prima zusammen. Da bin ich mir sicher.«

Beatrix hat schon wieder mal eine Kopie angefertigt und ist jetzt dabei, sie zu verkaufen. Außerdem hat sie sich für eine Ausstellung beworben. Der Titel: «Kopien sind oft besser als das Original.«

Dann aber kommt Jean mit einem Stapel von Papieren unter dem Arm. Wir suchen uns einen ruhigen Platz. »Da hinten sind wir ungestört, lass uns dort unsere Arbeit machen.« Jean entgeht natürlich nicht, dass ich nicht so gut drauf bin. »Du weißt es, stimmt es?«

»Ja, ich weiß es. Man hat mir den Job in Barcelona angeboten.«

»Das meine ich aber nicht.«

»Ich weiß, du meinst Verena.«, sage ich.

»Schau mal, warum nimmst du nicht mal eine Auszeit?«, schlägt Jean vor.

»Ja, daran hab ich auch schon gedacht. Aber was macht man in so einer Auszeit?«

»Nimm deinen Hund, einen Rucksack und mach eine Wanderung.«

»Nein, dann schon lieber mit einem Wohnmobil quer durch Europa, mit dem Hund.«

»Ja, zum Beispiel, warum nicht?«

Jean weiß natürlich, dass er mir damit einen Floh ins Ohr gesetzt hat. Schon einige Male, haben wir darüber gesprochen, dass es doch toll sein müsste, einfach loszuziehen. Dahin zu fahren, wo die Sonne gerade besonders angenehm scheint.

»Sag mal, wie viel hab ich denn so auf dem Konto?«

Jean nimmt einen Zettel und schreibt eine Summe darauf. »Soviel ist es, wenn du heute aussteigst.«

»Ich will aber nicht aussteigen, nur ein wenig Abstand gewinnen. Vielleicht anschließend nach Barcelona gehen. Das ist nicht aus der Welt, aber doch immerhin in Spanien.«

Ich weiß, dass ich mich auf Jean verlassen kann. Außerdem kann ich mir ja die Auszüge schicken lassen. War da nicht etwas mit postlagernd?

Am nächsten Morgen geh ich auf direktem Weg zum Boss. »Sie erinnern sich doch, dass Sie mir den Posten in Spanien angeboten haben.«

»Ja sicher, war doch erst gestern.«

»Ich brauche eine Auszeit. Kann ich ein Jahr unterbrechen, ohne meinen Job zu verlieren?«

»Da muss ich mal in Paris anfragen, aber grundsätzlich spricht nichts dagegen.«

»Dann möchte ich Sie bitten, fragen Sie mal in Paris an. Ab nächsten Ersten, wenn dies ginge.«

»Gerne, aber ich muss mich darauf verlassen können, dass Sie dann spätestens in einem Jahr nach Barcelona gehen.«

»Den Vertrag können wir ja schon mal unterschreiben.«

An diesem Vormittag stehen zwei OPs an, da muss ich durch. Jean fragt mich in einer Pause, »Na, schon eine Entscheidung gefallen?«

»Vielleicht, die Anfrage läuft.«

Mittags treffe ich dann Verena. »Du hättest es mir ruhig sagen können.«

»Tut mir leid, aber ich hab immer auf den richtigen Moment gewartet.«

»Vergiss es! Ich hab mich entschieden, nach Barcelona zu gehen.«

Dann endlich, nach zwei Tagen bekomme ich die Nachricht, dass Paris keine Einwände habe. Ich kann also endlich Urlaub machen. Urlaub ohne Ende, zusammen mit meinem kleinen Wolfi.

Ich stelle eine Liste zusammen, welche Dinge geklärt sein müssen. Zu viele Sachen hängen zusammen. Nichts darf in meiner Abwesenheit schiefgehen. Einen Punkt nach dem anderen hake ich ab. Vollmachten und Anweisungen. Nichts darf ich dem Zufall überlassen.

Dann kommt das Wichtigste. Ein Wohnmobil muss her. Zuerst versuche ich es mit einem Aushang am Schwarzen Brett. Tatsächlich kommen einige gute Tipps, aber wirklich hilfreich ist nichts. Aber ein Tipp war doch zu verwenden.

Lyon-Cedex, ein Industriegebiet, da gibt es einen Händler. Am nächsten Samstag werde ich ihn mal besuchen.

»Ich suche etwas möglichst Neuwertiges. Kein Fahrzeug, wo die Matratze schon faul ist. Nur das wir uns richtig verstehen.«

Der gute Mann schaut in seinen Computer. »Sie müssen wissen, hier steht nur die Hälfte. Wir sind vernetzt. Vielleicht steht ja das, was Sie suchen, gerade in Marseille.«

Nach einer guten Stunde sind wir dann tatsächlich soweit, dass wir drei Fahrzeuge in die engere Wahl genommen haben.

»Es handelt sich bei allen drei Fahrzeugen um neuwertige Wohnmobile. Die kosten schon eine ordentlich Stange Geld.«

Nach weiteren zwei Wochen und etlichen Telefonaten ist es dann soweit: mein neues Wohnmobil steht zur Abholung bereit.

»Sie müssen mir aber schon noch eine kleine Einweisung geben.«

»Das ist doch selbstverständlich, glauben Sie, ich lasse Sie einfach so losziehen? Passt nächsten Freitag? Aber nehmen Sie sich bitte Zeit, ich werde mit Ihnen alles durchgehen.«

Pünktlich stehe ich auf dem Hof des Händlers und ich bin aufgeregt, wie ein Schulbub, der sein erstes Fahrrad bekommt.

Zum Glück ist das Gelände groß genug. Ich soll einparken, rückwärtsfahren, den Wassertank füllen und ihn wieder ablassen. Vier Stunden sind vorbei und ich habe erst die Hälfte gelernt. Aber ich sehe mich schon auf großer Fahrt. Im hohen Norden, zwischen Rentieren und Wasserbüffeln. Wasserbüffel? Das war ein anderes Gebiet. Aber das kommt auch noch dran.

Dann endlich geht es ab in Richtung des Camps. Auf der schmalen Landstraße merke ich erstmals, dass ich mich vielleicht übernommen habe. Ein etwas kleineres Modell hätte es vielleicht auch getan. Aber es sollte ja einen Nasszelle haben. Eine Küche, vier Betten. Vier Betten? Ach ja, der Wolfi, der will ja sicher sein eigenes Bett haben.

Meine Camp-Genossen haben einen herzlichen Empfang vorbereitet. Ich bin platt! Lampions und einen Parkplatz mit Blumen eingesäumt. Extra für mich und meinen Trailer, nun aber mit Rädern und einer Nasszelle.

Das Fest ging bis in den Morgen. Nur diesmal muss ich nicht in der Früh aufstehen, es ist mein erster Urlaubstag! Die kommenden drei Monate feiere ich erst mal meinen verdienten Urlaub ab. Anschließend kommt die Zeit, wo ich kein Gehalt mehr auf meinem Konto finden werde. Das ist nun mal eine Auszeit!

Aber was werde ich mitnehmen? Werde ich das Meiste erst auf der Fahrt kaufen, oder doch gleich alles einpacken? Ich werde mich für den Mittelweg entscheiden. Den Hundenapf nehme ich mit. Das Federbett natürlich auch. Die drei Decken? Natürlich auch. Campingliege und Stühle besorge ich neu. Ein Fahrrad?

Eigentlich wollte ich schon am nächsten Morgen aufbrechen, aber da gibt es noch einiges zu erledigen. Sophie hilft mir beim Beladen. Manchmal hatte ich das Gefühl, als seien alle recht froh, mein Gesicht eine Zeit lang nicht sehen zu müssen. Aber ich gebe zu, ein bisschen Abstand wird auch mir gut tun.

Zuerst muss ich Wolfi abholen. Ob er schon ahnt, was auf ihn zukommt? Ich bin mir sicher, wir werden viel Spaß miteinander haben.

Dann ist es soweit, unmittelbar vor meiner Abfahrt kommt Sophie und hat tatsächlich eine Träne im Augenwinkel. Wir fallen uns alle nochmal um den Hals, dann aber muss ich starten. Ruhig dieselt der Wagen vor sich hin. Ein beruhigendes Gefühl. Ganz anders, wie ich es von meinem Hühnerkacke grünen Peugeot gewöhnt bin. Majestätisch, Respekt einflößend und mit Sicherheit einen Stiefel zu groß für mich. Aber ich weiß, ich werde mich schnell an die Ausmaße gewöhnen.

Nun bin ich einer Schnecke gleich, ich habe mein Haus immer dabei. Gemächlich schlage ich die Richtung nach Dijon ein. Dann werde ich das erste Mal angehupt. Bin ich etwa zu langsam auf der Autobahn unterwegs? Ich sehe auf den Tacho, neunzig, das ist doch genug. Zumindest, solange ich mich auf der rechten Spur aufhalte. Dann aber gibt es mein erstes Überholmanöver. Langsam steigere ich meine Geschwindigkeit auf hundertzehn. Ziehe links raus und schleiche gemütlich am Lastwagen vorbei. Von Führerhaus zu Führerhaus grüßen wir uns. Hinter mir hat sich eine kleine Schlange gebildet, aber sie haben Verständnis, keiner beschwert sich.

Am großen Tor wartet diesmal kein Wolfi. Das Motorengeräusch wird er erst noch kennen lernen. Ich rufe kurz, dann braust er auch schon heran. Fast hätte er mich umgeworfen. »So Wolfi, jetzt kann es losgehen. Noch die lange Leine mitgenommen und das Geschirr nicht vergessen. Dann aber ab in das Wohnmobil.«

Wolfi muss das erst mal inspizieren und beschnuppern. Vielleicht war ja schon mal ein Kollege drinnen? Dann zieht er seine Runde um den Wagen. Jedes Rad wird kurz bepinkelt, damit es seine Marke trägt. Seine Zeremonie zieht sich, immer wieder findet er eine neue Ecke, die er vorerst abklären muss.

Nachdem er außerhalb des Wagens alles markiert hat, scheint nun das Innere auf seinem Plan zu stehen. Aber hey, bitte nicht anpinkeln! Ich lege ihm schnell seine Decke ins Wohnmobil, damit er seinen Platz erhält. Er liegt etwas erhöht, so dass er ebenfalls raus gucken kann.

Wolfi wirkt beunruhigt, weiß er, dass wir auf gemeinsame große Fahrt gehen? Als ich dann auch noch seinen großen Fressnapf in den Wagen stelle, hat er begriffen. »So hast du dir das gedacht.«, höre ich ihn förmlich brummeln.

»Ja mein Lieber, nun aber starten wir, was hältst du davon, wenn wir die Bretagne ansteuern?« Heute noch hundert Kilometer, morgen sehen wir dann weiter. Sein Blick wirkt abgeklärt. »Mach nur, ich melde mich dann schon, wenn mir etwas nicht passt.«

Das mit der Decke, war zwar eine gute Idee, aber Wolfi bevorzugt die schmale Couch. So kann er noch besser aus dem Seitenfenster sehen und die vorbeifahrenden Autos beobachten. Die Dämmerung hat bereits eingesetzt und ich bin der Meinung, wir sollten für diesen Tag Schluss machen.

Dann endlich der Hinweis »Picki-Nicki«. Wir entschließen uns hier für die Nacht zu bleiben. Es ist ein freundlich gestalteter Rastplatz. Ein kleiner Imbiss ist ebenfalls dort. Toiletten und Waschräume sind angezeigt. Einen Stellplatz unter einer Laterne, dass erscheint mir romantisch und sicher.

Wolfi an die Leine genommen und erst mal einen Rundgang gemacht. Mein Kleiner ist von der neuen Umgebung begeistert. Da gibt es viel zum Schnuppern. »Mal sehen, wer da schon vorher war?« Nun bekomme ich seine Kraft zu spüren. Er zieht mächtig auf einen Baum zu. Hier hat sicher eine Dame für ihn eine Nachricht hinterlassen. Der Baum wird mehrfach umkreist, wobei die Leine dabei immer kürzer wird. Umgehend setzt er eine Antwort auf und gibt diese mit langem Strahl von sich.

Die Nacht ist angenehm warm und ich entscheide mich, die mitgenommene Brotzeit vor dem Wagen einzunehmen. Wolfi wird an einer 10-Meter-Leine festgemacht. Der nächste Wagen steht etwas entfernt, so dass wir uns nicht stören. Den Campingtisch aufgestellt, dann gibt es für uns beide eine deftige Brotzeit. Ein älterer Herr führt seinen Hund spazieren und grüßt aus gebührlichem Abstand. Wolfi gibt jedem, der sich uns nähert, sofort zu verstehen, wo die Grenzen liegen. Leichtes Knurren und Imponiergehabe machen jedem klar, »Hier hast du nichts verloren!«.

Noch eine CD rein und dann den leckeren Rotwein genießen. Die Sterne beobachten und den Fliegern ganz da oben nachgeschaut. Wohin mögen sie fliegen.? Was sitzen da für Leute drinnen? Was erwartet sie am Zielort? Ein Luxushotel, oder die nette Schwiegermutter?

Der nächste Morgen hat als Überraschung einen leisen Nieselregen für uns vorgesehen. Schlechtes Wetter, daran hab ich nicht gedacht. Ich war der Meinung, wenn ich mal mit meinem Wagen unterwegs bin, wird nur die Sonne scheinen.

Wolfi hat das dringende Bedürfnis, sein Revier kontrollieren zu müssen. Natürlich zieht er zuerst zu seinem Baum. Mal sehen, ob schon eine Antwort eingetroffen ist. Aber leider, der kleine Dackel von gestern Abend hat noch ein P.S. zu seiner Mitteilung hinzugefügt. Das liebt er nicht, er wird es umgehend löschen und selbst ein P.S. anfügen.

Kaum ist mein Reisebegleiter im Wagen, stürzt er sich auf sein Fressen. Ich wandere mit meinen Badesachen zum Waschraum, da ist schon einiges los. Etliche Lastwagenfahrer nehmen ihre Morgendusche und diskutieren über das Wetter und die Strecken, die sie noch vor sich haben. Sie scheinen sich alle zu kennen. Mein Eintreten wird mit einem kurzen »Hallo« gewürdigt. Dann suche ich mir ein freies Waschbecken. Katzenwäsche wird für heute reichen. Rasieren, das mache ich im Wagen. Eigentlich könnte ich ja auch dort duschen, aber ich möchte es gerne nur in Notfällen machen. Die Feuchtigkeit im Wagen ist nicht besonders angenehm, so jeden Falls schilderte es der Verkäufer des Wagens.

Auf dem Rückweg zum Wohnmobil, mache ich einen kurzen Schlenker über den Imbiss. Es gibt frische Croissants und eine Streichwurst nehme ich auch gleich mit. Ein Baguette darf nicht fehlen. Nur mit einem Baguette unterm Arm bist du ein echter Franzose. Meinen heißgeliebten Kaffee mach ich mir selbst. Filterkaffee, was anderes kommt mir nicht in die Küche. Küche? Es ist eher eine, ja wie sagt man da? Küchenecke? Eine richtige Küche bekommt man erst ab einer Wohnmobil-Länge von zwölf Metern. Meines hat zehn.

Inzwischen hat es aufgehört zu nieseln und Wolfi drängt vor die Türe. Mal sehen, ob seine unbekannte Freundin vielleicht vorbeikommt. Ich schlürfe gerade an meinem Kaffee und will von meinem Leberwurstbrot abbeißen, da höre ich draußen eine heftige Auseinandersetzung mit einem anderen Hund. Eine Frauenstimme schreit, »Hilfe ein Wolf!« Was hat die Frau mit ihrem Pinscher an meinem Wohnmobil zu suchen? Ich kann Wolfi total verstehen, wenn er bei diesem Anblick an eine Nachspeise gedacht hat! ... aber wir sind hier schließlich auf einem öffentlichen Rastplatz.

»Wolfi, wirst du wohl!«

Ich kann sehen, wie Wolfi seine Lefzen noch etwas hochzieht. Sein kräftiges Bellen kann ich übersetzen mit den Worten »Was hast du hier verloren, dass sind meine zehn Meter, schau, dass du Land gewinnst.« Das hat die Dame wohl auch so verstanden. Sie gewann Land und das ziemlich überstürzt.

Wolfi streckt sich genussvoll, als würde er sagen, »Jetzt weiß sie Bescheid, diese zehn Meter sind nun mal meine zehn Meter!«

Ich sehe das Schild mit dem Hinweis »Picki-Nicki« im Rückspiegel verschwinden. Heute wollen wir noch an den Atlantik. Das Wetter bleibt eher gemischt, aber wir lassen uns den Tag nicht vermiesen.

Ein genaues Ziel verfolgen wir nicht. Die große Richtung heißt Brest. Aber ob wir das heute noch erreichen, ist nicht sicher. Nur eines steht fest, wir haben keine Eile und wir wollen uns an gemütliche Landstraßen halten. Wolfi hat es sich bequem gemacht und fühlt sich hörbar wohl. Er schnarcht wie ein ganz Großer!

Eine beruhigende Landschaft, dichte Wälder befinden sich entlang dieser schmalen Landstraße. Ich hoffe darauf, dass mir kein Fahrzeug entgegenkommt. Dann würde es ziemlich eng werden. Auf den dichten Wald folgt eine leicht hügelige Landschaft. In der Ferne liegt eine kleine Ortschaft. Eigentlich sollte ich ein Foto machen. Mit der Sonne im Hintergrund, fast schon romantisch. Ich suche mir einen Platz zum Halten. Ein schmaler Weg bietet sich an.

Wolfi hat keine Lust, er würdigt mich keines Blickes. Ich suche mir einen Platz, wo ich die Felder und das Dorf im Hintergrund besonders gut im Bilde platzieren kann. Der Weg scheint nicht aufhören zu wollen. Das Gelände fällt etwas ab, ein kleiner See taucht vor mir auf. Die Landschaft wirkt so unberührt, als hätte vor etlichen Jahren das letzte Mal ein Mensch seinen Fuß hier hingesetzt.

Ein umgestürzter Baum beginnt gerade damit, sich aufzulösen. Noch ein paar Schritte, dann noch ein Foto.

»Sie schickt mir der Himmel.« Eine Stimme aus dem Nichts. Ich sehe mich um und kann keine Person erkennen. »Wo sind Sie denn, ich kann Sie nicht sehen?«

»Hier im Schilf. Ich habe mich verletzt und überlege gerade, wie ich Hilfe holen kann.« Einige Schritte weiter entdecke ich ein Zelt. Ein Fahrrad und einen großen Tornister. »Sie sind wohl auf Fahrradtour?«

»Wenn Sie mal bitte näher kommen könnten. Ich habe mir einen spitzen Ast in den Fuß getreten.«

»Tatsächlich, dass sieht aber nicht gut aus.«

Ich sehe mir den Fuß an und versuche nicht auf die Person zu schauen. Es ist eine junge Frau, die kaum bekleidet ist. Ich reiche ihr die Bluse, die am Zelt liegt.

»Es wird etwas wehtun, wenn ich das Holz entferne. Aber anschließend müssen wir unbedingt zu einem Arzt. Sie brauchen eine Tetanusspritze.« Ich überlege kurz, ob ich vielleicht mit dem Wagen …Nein, keine Chance, der

Weg ist viel zu schmal und zu weich. Ich werde sie zum Wohnmobil tragen müssen.

»Mein Wagen steht an der Hauptstraße. Ich werde Sie bis dorthin tragen. Anschließend hole ich das Zelt und das Rad.«

»Hier klaut niemand. Bringen Sie mich zum nächsten Dorf, da gibt es einen Landarzt. Der wird das schon hinkriegen.«

Das Wasser des Sees ist so klar, dass man es trinken könnte. Ich wasche die Wunde aus und das Mädchen reicht mir ein Tuch, welches ich als Verband verwenden soll.

Nun sehe ich ihr das erste Mal in die Augen. Sie hat wunderbare Augen. Ihre Frisur ist wild und gepflegt zu gleich. Ihre Sommersprossen überziehen ihren Körper. Sie könnte aus einem Gemälde stammen. So, als wäre sie gerade aus dem Rahmen gestiegen. Wie alt wird sie wohl sein?

»Wann ist denn das mit dem Ast passiert?«

»Vielleicht vor einer halben Stunde, genau weiß ich es nicht. Es tat nur höllisch weh.«

Wir überlegen, wie ich sie am besten tragen könnte. Sie ist keine sehr zierliche Gestalt. Ich helfe ihr auf und dann steht sie neben mir. Sie hat fast meine Größe.

»Ich werde Sie auf den Rücken nehmen, dass erscheint mir die sicherste Lösung zu sein. Wenn Sie bitte nur meinen Fotoapparat in die Hand nehmen.« Dass der Weg so lang ist, hatte ich nicht in Erinnerung. »Ach, ich muss Ihnen noch etwas sagen. Im Wagen ist ein junger Wolf, erschrecken Sie bitte nicht. Er duldet niemanden an meiner Seite.«

Als wir am Wagen angelangt sind, ist meine Begleiterin erstaunt, wie man mit so einem großen Ding herumfahren kann. »Ist das nicht etwas übertrieben? Ich meine, mir genügt ein Zelt und Sie fahren mit einem ganzen Wohnzimmer durch die Landschaft.«

»Da haben Sie recht. Und Sie müssen eines wissen, ich übe noch. Manchmal ist er mir auch zu groß.« Dann höre ich schon Wolfi, wie er anschlägt. Er hat natürlich unsere Stimmen gehört und will nun wissen, wer da kommt.

»Gehen Sie bitte etwas zurück. Ich muss ihn erst beruhigen.«

»Wenn es wirklich ein Wolf ist, dann komme ich schon zurecht mit ihm.«

Ich öffne die Türe und der Kopf von Wolfi lugt heraus. Er betrachtet sich die Dame ziemlich genau, ist völlig ruhig und sieht ihr starr in die Augen. Als würden sie sich abschätzen, …wer beißt jetzt zuerst?

»Komm her mein Guter.« Sie reicht ihm die Hand, damit er sie beschnuppern kann. Wolfi ist unsicher, was er nun tun soll. Er schnuppert an der Hand und schleckt dann. »Na siehst du, wir verstehen uns doch.«

Als würde Wolfi merken, dass sie verletzt ist, geht er etwas zurück und macht ihr den Weg frei, damit sie in das Fahrzeug kann. Ich helfe ihr auf die Bank und Wolfi betrachtet sie sich sehr genau. Er scheint sie zu mögen. Dann beginnt er, ihren Fuß zu schlecken.

Nach zehn Minuten sind wir beim örtlichen Arzt. »Da sind Sie ja schon wieder. Wenn alle meine Klienten so oft kommen, werde ich noch Millionär.«

Ich betrachte die beiden, wie sie sich scherzhaft begrüßen. Ich trete etwas zurück. Der Arzt nimmt meine Patientin am Arm und bringt sie zur Behandlung in ein Nebenzimmer.

»Vielen Dank für ihre Hilfe, zurück werde ich dann zu Fuß gehen.«, sagt sie durch die halb geöffnete Türe.

»Wir haben uns ja noch gar nicht richtig begrüßt, ich weiß ja noch nicht mal ihren Namen.«

»Macht nichts, vielen Dank für ihre Hilfe.«

Ich entschließe mich im Wagen auf sie zu warten. Außerdem hat sie ihre Tasche auf der Bank liegen lassen. Wolfi reibt seinen Kopf an meinem Arm. »Willst du mir etwas sagen? Ich soll weiterfahren, hat sie gesagt.«

Wolfi wirft mir einen Blick zu, als wolle er klarstellen, »Du wartest, ich will sie nochmal sehen.«

Mit ihrer Tasche in der Hand gehe ich zurück in die Praxis. »Legen Sie die Tasche einfach auf den Stuhl. Ich hab ihr erst mal eine Spritze gegeben, damit sie sich entspannt und die Schmerzen nachlassen. Die Wunde werde ich nähen müssen.«

»Wie heißt sie denn?«

»Es ist Rebecca, sie ist mit dem Rad unterwegs, macht Urlaub, um Abstand zu gewinnen.«

»Abstand von was?«

»Da müssen Sie schon selbst mit ihr reden. Es war ein tragischer Fall, so viel kann ich Ihnen ja sagen.« Ich stelle mich mit Michel vor und sage aber nicht, dass ich Arzt bin.

»Und was treiben Sie so, wenn Sie nicht mit ihrem Wohnzimmer unterwegs sind?«

»Ich musste eine Auszeit nehmen, der Stress war in letzter Zeit einfach zu viel.«

»Parken Sie ihr Fahrzeug einfach drüben unter den Platanen. Da stört er nicht und Sie haben ihre Ruhe. Wenn Rebecca soweit ist, rufe ich sie.«

Ich sehe mir den kleinen Platz an. Endecke einen freien Parkplatz. Dann werde ich das mal machen. Wolfi sitzt schon auf dem Beifahrerplatz. Der Stellplatz ist sehr angenehm, schattig und abgelegen. Einzig der Blick auf die Praxis ist frei. Dann fällt mir ein, dass noch alle Sachen von Rebecca am kleinen See liegen. Aber sie meinte ja, hier nimmt keiner etwas weg. Am Platzrondell gibt es auch ein kleines Café, da werde ich mich erst mal niederlassen. Wolfi soll im Wagen warten. Ich öffne noch die Fenster und dann ist er auch schon zufrieden. Vom Fahrersitz aus hat er einen guten Überblick. Er hat die Praxis wie ich, gut im Blick. Nicht dass Rebecca plötzlich weg ist. Dann sehe ich meinen Kollegen mit dem weißen Kittel vor die Türe treten. Er sucht mich wohl.

»Wie sieht es aus? Wie geht es ihr?

»Sie sollte eigentlich stationär behandelt werden, so kann sie unmöglich wieder zu ihrem Zelt zurück. Einige Tage muss sie Ruhe geben, damit sich da keine Infektion entwickelt.«

»Gibt es denn hier vielleicht Fremdenzimmer?«

»In diesem kleinen Ort gibt es keine Touristen, also auch keine Fremdenzimmer.«

»Also bliebe nur mein Wohnmobil?«

»Das wird sie nicht machen!«

Nach einer weiteren Stunde ist Rebecca ansprechbar. Ich sitze auf einem Stuhl an ihrem Krankenbett. Langsam kommt sie zu sich. Dann treffen sich unsere Blicke.

»Wer sind Sie denn?«

»Ich habe Sie hergebracht.«

»Ach, das ist ja nett und was wollen Sie jetzt noch hier? Bekommen Sie Geld?«

»Mein kleiner Wolf ist der Meinung, ich kann nicht einfach so abfahren.«

»Ach ja, Sie haben ja einen jungen Wolf.«

Dann tritt der Arzt an unsere Seite und erklärt Rebecca, dass sie auf keinen

Fall so einfach wieder in ihr Zelt gehen kann. »Drei Tage müssen Sie unbedingt in meiner Nähe sein. Es könnte zu einer Infektion kommen, dass ist viel zu gefährlich.«

»Darf ich vielleicht vorschlagen, dass ich Ihnen mein Wohnmobil anbiete. Der kleine Wolf würde sie beschützen.«

»Vor was soll er mich denn beschützen?«

Ich beobachte sie und erkenne ein leichtes Lächeln in ihren Mundwinkeln. Sie hat wunderschöne Augen.

»Wie viel Betten hat denn so ein Wohnmobil?«

»Sie hätten auf jeden Fall ihr eigenes Bett!«

»Drei Tage?«

»Es ist ihre Entscheidung.«

Dann mischt sich nochmals der Arzt in das Gespräch. »Also, Sie müssen verstehen, ich möchte Sie dringend in der Nähe haben. Für den Fall …«

»Ich verstehe schon. Dann darf ich Sie vielleicht bitten, meine Sachen vom kleinen See zu holen. Solange möchte ich sie nicht dort liegen lassen.«

»Dann nehmen Sie besser meinen kleinen Renault, mit dem großen, kommen Sie niemals an den See.«

»Abgemacht. Wenn ich zurück bin, hole ich Sie ab.«

»Aber nur drei Tage!«, wiederholt Rebecca.

Dr. Dubois reicht mir ein Schlüsseletui. »Er schaltet sich etwas schwer, der Rückwärtsgang ist kaputt.«

Ich fahre zum Zeltlager von Rebecca und stelle fest, dass es einiges zum Aufräumen gibt. Ich lege die Dinge ganz simpel zusammen. Das Fahrrad wird das größte Problem, da es nicht in den Kofferraum passt. Ich werde das Vorderrad entfernen, dann könnte es gehen. Beim Einladen fällt mir eine Mappe in die Hand. Ich sehe Zeitungsausschnitte. Ich öffne die Unterlagen und lese von einem fürchterlichen Raubüberfall. Rebecca hatte mit ihrem Mann ein Sterne Restaurant in Paris-Plage. Eines Abends kam eine Algerische Bande und forderte Geld. Sie erschossen die beiden Wolfshunde und den Ehemann. Als sie gerade dabei waren die Ehefrau in ihr Fahrzeug zu verfrachten, kam die Polizei. Vorher steckten sie aber das ganze Anwesen in Brand. »Sie ist traumatisiert, dass ist es. Deshalb sucht sie die Einsamkeit.«, sage ich laut vor mich hin.

Die Unterlagen lege ich wieder ordentlich zusammen und stecke sie in den

Rucksack. Ich werde solange nichts sagen, bis sie selbst etwas erzählt, dass halte ich für das Beste. Nun ist mir auch klar, warum sie mit dem Wolfi so einen guten Kontakt hat. Sie kennt Wölfe und kann damit umgehen.

Wie gut, dass mein fahrendes Wohnzimmer, wie der Doktor meinte, so groß ist. In einen der Stauräume stelle ich das Zelt und die anderen Sachen. Das Fahrrad verfrachte ich auf den Radträger am Heck. Dann kehre ich in die Praxis zurück. »So alles erledigt. Die Sachen sind verstaut.«

»Dann werden wir mal versuchen, Rebecca ins Wohnmobil zu verfrachten.«

Dr. Dubois hilft so gut es geht.

Dann aber ist es geschafft. Das Hauptproblem war Wolfi, er wollte den Doktor nicht hineinlassen. »Wenigstens heute sollten Sie ruhig liegen bleiben.«, so der Rat des Doktors.

Wolfi legt sich vor das Bett, als will er sagen, »Ich pass auf, du kannst dich auf mich verlassen!« Rebecca streichelt Wolfi über das Fell. »Ein schöner Kerl bist du.«

»Wie alt ist er denn?«

»Ein Jahr, er wurde mit der Flasche aufgezogen, da ihm seine Mutter die Nahrung verweigert hatte.«

»Ich hatte auch mal zwei kleine Wölfe.«

»Wo wir jetzt für drei Tage zusammen sind, sollten wir uns duzen.«

»Okay, ich bin die Rebecca, aber das weißt du ja schon.«

»Und ich bin der Michel, Michel Colbert.«

»Na dann hätten wir ja das Formale schon erledigt. Hast du etwas zu trinken in deinem Wohnzimmer?«

Ich öffne den Kühlschrank und meine, »bitte wähle, er ist gut gefüllt.«

»Einen Gin Tonic bitte!«

»Kommt sofort!«

Wolfi beobachtet uns sehr genau. Sein Kopf wandert von mir zu ihr und umgekehrt. »Der hängt ja ganz schön an dir. Ich merke richtig, wie er uns beobachtet.«

»Ich muss jetzt eine Runde mit ihm gehen. Am besten, du schläfst ein bisschen.«

»Na gut, wie du meinst.«

Ich besorge einiges zum Kochen und einen leckeren Nachtisch. Wolfi bekommt sogar vom Metzger eine Scheibe Wurst. Bis wir zurück kommen ist eine gute Stunde vergangen. Rebecca schläft tief und fest. So schleichen wir uns vorsichtig in den Wagen. Wolfi bekommt seinen Knochen und darf vor dem Wagen aufpassen. Um keinen unnötigen Lärm zu machen, befasse ich mich mal mit meinem Computer.

Mal sehen, ob es irgendwelche Mails gibt. Wollte ich nicht ausspannen, eine Auszeit nehmen? Wenn ich es richtig sehe, sind doch erst vier Tage vergangen.

Also, da steht etwas von vier Mails, dann will ich doch mal sehen, ob es außer Werbung noch was Interessantes gibt. Punkt eins, Jean mailt den letzten Kontostand. Das geht in Ordnung.

Dann Punkt zwei, Sophie macht eine Fete, dass kann sie vergessen.

Punkt drei, die Arbeitseinteilung in der Klinik betrifft mich nicht.

Punkt vier, ich soll den Wagen in die Inspektion bringen. Ach du großer Mist, den Peugeot, den hab ich ja in der Tiefgarage der Klinik gelassen. Da kann ich jetzt auch nichts machen, eigentlich steht er da ganz gut.

Dann sehe ich mal in die Nachrichten. Mord und Totschlag auf der ganzen Welt, da merkt man erst wie schön die Bretagne sein kann. Ein so friedliches Plätzchen, was will ich mehr. Rebecca scheint aufzuwachen. Sie dreht sich unter lautem Gestöhne um. Es wird ihr doch hoffentlich nichts wehtun?

Wolfi knurrt, mal sehen was der Grund ist. Eine Person nähert sich dem Wagen. Der Arzt ist es nicht. »Kann ich Ihnen helfen?«

»Ich wollte zu einer Rebecca … Der Arzt hat gesagt, sie sei hier im Wagen.«

»Ja, das ist richtig. Müssen Sie sie sprechen, oder wollen sie nur etwas abgeben. Sie schläft nämlich, da sie eine Spritze bekommen hat.«

»Geben Sie ihr bitte diese Mitteilung. Sie muss in drei Tagen in Brest zur Wache kommen.«

»Ich richte es ihr gerne aus.«

Als ich zurück in den Wagen komme, ist Rebecca natürlich durch den Lärm wach geworden.

»Ein Herr hat ein Kuvert für dich abgegeben. Er meinte, du sollst in drei Tagen in Brest auf die Wache kommen.«

»Ich kann es schon nicht mehr hören. Immer noch die alte Sache.«

Ganz bewusst, frage ich nicht. Wenn sie will, soll sie es mir erzählen. »Hast du Lust auf Tee oder Kaffee?«

»Wenn du einen Tee machen könntest, das wäre ganz lieb.«

Das mit dem Gas im Wohnmobil ist für mich noch etwas gewöhnungsbedürftig. Es wird empfohlen, ein Fenster zu kippen, da sich sonst Feuchtigkeit bildet. Rebecca beobachtet mich scheinbar, »Du machst das schon professionell, aber du kannst auch einfach den Dunstabzug anmachen.«

»Was für einen Dunstabzug?«

Sie scheint sich auszukennen. »Da oben, den Knopf musst du drücken.«

»Na da bin ich doch froh, dass ich dich getroffen habe. Du musst wissen, gekocht hab ich hier noch nicht. Außerdem bin ich kein guter Koch. Ich bevorzuge immer Lokale.«

»Lass mich nur machen, kochen kann ich ganz gut. Schließlich hatte ich mit meinem Mann zusammen ein Lokal.«

Rebecca versucht aufzustehen, aber ein stechender Schmerz hält sie davon ab. »Du wirst dich schon noch etwas gedulden müssen, so ein Loch im Fuß heilt nicht von heute auf morgen.«

Dann meldet sich Wolfi, er hat uns reden hören und will nun dabei sein. Ich hol ihn in den Wagen und nehme ihm die Leine ab. Vorsichtig nähert er sich Rebecca. Gräbt seinen Kopf in ihre Hand und beginnt zu schlecken. »Er scheint dich zu mögen. Das hat er noch mit niemanden gemacht.«

»Ich bin ja auch nicht Niemand.«

Soviel Streicheleinheiten hat Wolfi noch nie bekommen. Er genießt es und kann gar nicht genug erhalten. Dann macht er einen Satz und legt sich neben Rebecca. »Wolfi, das war nicht vereinbart. Komm sofort runter vom Bett!«

Ein lautes und sehr bewusstes Knurren, warnt mich, ihn nicht zu stören. »Nun bin ich mal dran«, scheint er kundzutun.

Rebecca spricht mit ihm, als würde sie mit einem Kind reden. Er antwortet, wie ein ausgewachsener Wolf. »Du sagtest, er ist ein Jahr?«

»Ja, ein Jahr, warum?«

»Ich glaube, er braucht in Kürze ein Weibchen.«

Wir lachen und der Wasserkessel beginnt ein Pfeifkonzert. »Gleich ist der Tee fertig!«

»Zwei leckere Kuchen hab ich uns auch besorgt. Schließlich musst du ja zu Kräften kommen.«

»Wo hast du denn meine Sachen verstaut, ich brauch mal etwas zum umziehen.«

»Ich werde es dir holen, es ist in einem der Stauräume.«

Während wir unseren Tee schlürfen und den Kuchen genießen, beobachten wir uns. Rebecca hat einen sehr durchdringenden Blick. Ehrlich und klar. Ich spüre, sie will nun mehr von mir wissen. »Wo fährst du denn als nächstes hin?«

»Ich habe kein Ziel. Wichtig für mich ist, die Autobahn zu meiden und nicht mehr wie zweihundert Kilometer am Tag zu fahren. Aber die große Richtung von hier ist Bordeaux. Natürlich immer an der Küste lang. Bis ich kein Meer mehr sehen kann.«

»Wie viel Zeit nimmst du dir?«

»Ein Jahr, länger kann ich nicht.«

Sie beginnt zu lachen. »Das ist ja wirklich eine richtige Auszeit.«

»Soll ich ein bisschen Musik machen, du musst aber die CDs aussuchen. Etwa zwanzig CDs hab ich mitgenommen.«

»Siehst du, man beobachtet uns.«

Ich sehe zum Fenster hinaus, tatsächlich stehen einige Herrschaften in gebührlichem Abstand und diskutieren. »Mach dir nichts draus, es ist sicher wegen dem Wohnmobil. Wann bekommen sie so etwas schon zu sehen.«

Doch dann klopft's an der Türe, der Doktor ist gekommen. »Darf ich stören, ich wollte mal nach meiner Patientin sehen.« Wolfi gefällt das nicht. Rebecca nimmt ihn sofort am Halsband.

»Ruhig, kusch!«

Ich bin beeindruckt, wie sie das macht. »Gib ihn mir, dann kannst du dich mit dem Doktor unterhalten.«

Ich nehme Wolfi und leine ihn vor dem Wagen an. Dr. Dubois berichtet, dass er im Fernsehen davon gehört hätte, dass man einen der Algerier gefasst hätte. »Ach, dann muss ich wohl deshalb nach Brest.« Ich höre zu, stelle aber keine Fragen. Dr. Dubois scheint die Geschichte zu kennen. »Wenn Sie etwas brauchen, dann kommen Sie einfach rüber in die Praxis und läuten.«

»Das machen wir.«

Rebecca will noch wissen, wann sie den Verband abnehmen kann, sie würde gerne mal duschen. »Dann kommen Sie bitte rüber in die Praxis, dort können Sie duschen und ich mache den Verband neu.«

»Wenn es Ihnen recht ist, komme ich morgen früh so gegen neun Uhr.«

»Gut, verbleiben wir so.«

»Sag mal, hättest du nicht Lust mich ein Stück zu begleiten?«, frage ich sie.

»Jetzt holst du mir erst mal meine Sachen, ich muss mich frisch machen und mich etwas umziehen.«

Wolfi hat seinen Platz neben Rebecca wieder eingenommen. Er sieht ihr bestätigend in die Augen. »Ich werde mal die Nasszelle begutachten, ob ich mich da überhaupt umdrehen kann.« Rebecca ist eine kräftige Frau, nicht zierlich und dünn. Sie kann zupacken, dass sieht man schon an ihren muskulösen Oberarmen. Ihre Jeans sitzt ziemlich eng, was ihr sehr gut steht. Vorsichtig betritt sie das so genannte Badezimmer. »Also Luftsprünge kannst du ja hier vergessen. Wo läuft eigentlich das Wasser hin? Ich meine, es könnte ja sein, dass ich mal auf die Toilette muss?«

»Da gibt es einen Behälter. Auf bestimmten Parkplätzen sind Hinweise angebracht, dass du sie leeren kannst.«

»Da bevorzuge ich ja dann doch lieber das WC des Restaurants hier gegenüber.«

»Wie du willst, aber ein Problem gibt es da nicht. Es gibt auch eine Entlüftung.«

Gut das wäre klargestellt. Was muss man noch bedenken, wenn man sich ein Wohnmobil teilen will und sich noch nicht so gut kennt? Eine interessante Frage, vielleicht geben wir mal einen Ratgeber heraus. Rebecca ist inzwischen in der Nasszelle.

»Kannst du mir mal eine frische Bluse reichen?«

»Welche?«

»Siehst du mehrere?«

»Nein, nur eine hellblaue, was willst du noch dazu anziehen?«

»Reich mir mal die kurze Hose, ich meine die helle.«

»Am besten du hängst deine Sachen in einen Schrank. Platz gibt es genug.«

Rebecca scheint sich entschlossen zu haben, noch etwas zu bleiben. Auf jeden Fall beginnt sie mit dem Verteilen diverser Utensilien. »Meinst du hier im Ort gibt es eine Reinigung?«

»Ich wollte auch schon mal nachsehen, aber ich werde morgen gleich beim Metzger fragen. Das sind recht nette Leute, vor allem mögen sie Wolfi.«

»Gut, machen wir das.«

Ich bin erstaunt, wie ordentlich Rebecca ist. Alles was sie in eine Schublade legt, faltet sie vorher. »Sag mal, da ist ein Computer, kann man da auch ins Internet?«

»Ja, kann man. Es ist mein einziger Kontakt zur Außenwelt.«

»Würdest du den für mich anwerfen, ich hätte da dringend eine Mail zu verschicken.«

»Das mach ich doch sofort. Wir können übrigens auch fernsehen und telefonieren, alles über das Internet.«

Im Moment verwenden wir das Bordnetz, normalerweise, bekommt man einen Stecker mit Normalstrom. Aber das geht halt nur auf einem Campingplatz. Auf dem Dach habe ich eine Solarzelle, die dann die Bordbatterie wieder auflädt. So langsam hab ich mich durch die Gebrauchsanweisung durchgefressen. Ein Heft mit mindestens hundertfünfzig Seiten.

Dann kommt Rebecca aus dem Bad. »Wow, du siehst ja umwerfend aus!«

»Danke, jetzt müsste ich halt noch mit dem Fuß auftreten können.«

»Das wird auch wieder. Sag mal, was hältst du davon, wenn ich mir auch ein Rad zulege. Dann könnten wir kleine Ausflüge mit dem Rad machen. Ich habe in einer Seitenstraße ein Radgeschäft entdeckt.«

»Das machen wir gleich morgen früh, dann lasse ich meines dort reparieren.«

Ich schließe schon mal den Laptop an und versuche eine Verbindung zu bekommen. Es klappt, so dass ich als erstes eine Mitteilung von Jean lese.

»Der Kontakt auf den Kanalinseln wird schwieriger, ich muss einen neuen Weg finden, um das Geld richtig zu platzieren.« Da muss ich natürlich gleich mal zurück schreiben: »Du kannst ja mal wieder den alten Kontakt über Genf probieren, oder ist das im Moment nicht ratsam?«

Noch schnell absenden, dann wird er sich schon melden. Da blinkt es auch schon. »Du hast ja einen regen Kontakt mit deinen Freunden.«

»Eigentlich nicht wirklich, es ist nur ein guter Freund, wir zocken gemeinsam an der Börse. Solange ich nicht da bin, sprechen wir uns online ab, so haben wir es abgemacht.« Dann läutet das Autotelefon.

»Ach Jean, ich hab dir gerade eine Mail geschickt.«

»Sag mir nur, wo soll ich das Geld hinschicken?«

»Schick es doch ganz einfach nach Genf, da werde ich dann mal vorbei schauen und etwas umschichten.«

»So, jetzt kannst du ins Internet. Setzt dich ganz einfach und bequem hier an den Tisch.«

Rebecca ist schon recht beweglich, obwohl sie mit dem Fuß kaum auftreten kann.

»Pass auf, ich werde mit Wolfi eine kleine Runde gehen, in der Zwischenzeit kannst du deine Mails checken. Wenn du etwas ausdrucken willst, musst du noch den Drucker einschalten. Der steht hier im Schrank.«

Wolfi freut sich auf den Spaziergang. Wir gehen in einen kleinen Park, der an das Rondell anschließt. Ein älterer Herr spricht mich an. »Wie lange wollen Sie denn mit dem Fahrzeug noch hier stehen? Schön sieht es ja nicht aus.«

Nach einer kurzen Erklärung über die Umstände, entschuldigt er sich dafür, dass er gefragt hat.

»Noch zwei Tage, dann sind wir verschwunden. Ganz sicher!«

Wolfi ist aufgeregt, so viele neue Gerüche, das macht mächtig Spaß. Ganz nebenbei erledigt er seine Geschäfte. Als ich auf die Uhr sehe, ist bereits ein Stunde vergangen. Immer mehr Jogger sind nun unterwegs. Es ist die Zeit wo die Leute von der Arbeit kommen und noch vor dem Abendessen eine Runde laufen.

Als wir zum Wagen zurückkommen, sehe ich Kerzenlicht. Rebecca hat eine gute Flasche Wein herausgefischt und geöffnet. Eine Schinkenplatte hat sie ebenfalls gerichtet. Landbrot und einen französischer Camembert dürfen da nicht fehlen. »So fühle ich mich ja fast schon wie daheim.«

»Hör mal, da ist noch eine Mail gekommen. Von einer Sophie.«

»Lass mal sehen, was will sie denn?«

Ich lese, dass Sophie einen leichten Unfall hatte und einige Tage mit der Arbeit aussetzen muss, da der Wagen in der Werkstatt steht. Naja, ein paar Tage ausspannen schadet ja bekanntlich nicht. Soll sie halt Urlaub nehmen.

»Ist es etwas Geschäftliches? Ich hoffe, es ist nichts Unangenehmes.«

»Nein, es ist ein junges Fräulein, sie hat eine Handelsvertretung, an der ich beteiligt bin. Sie schreibt, dass sie einen Unfall hatte.«

»Du arbeitest also an der Börse, hast eine Handelsvertretung, was machst du noch Geheimnisvolles?«

»Ach, dass war es eigentlich schon.«

Wir stoßen mit dem Wein an und sehen uns tief in die Augen. Ihr Blick macht mich nervös, aber ich glaube, das sagte ich schon.

»Entschuldige, aber ich hab auf dem Computer einige Fotos gesehen. Ich wollte es ja gar nicht, aber ich hab da auf eine Taste …«

»Ist doch kein Problem. Ich kann dir ja statt Fernsehen einige Fotos zeigen. So in alten Bildern kramen, macht doch immer wieder viel Spaß.«
»Aber vorher stärken wir uns noch.«
Wolfi hat es sich gemütlich gemacht und wufft zwischendurch laut und zufrieden.
»Den Burschen hast du also mit der Flasche aufgezogen?«
»Nein, das war ein Förster. Aber Wolfi hat mich gesehen und hat sich in mich verliebt. So hab ich ihn immer wieder besucht, um unsere Freundschaft zu pflegen.«
»Und weil du nicht alleine auf deine Reise gehen wolltest, hast du ihn einfach mitgenommen.«
»Genauso war es.«
»Ihr beide passt gut zusammen.«
Nach dem Essen stell ich den Fernseher ein und schalte den Computer hinzu. Nun ist es möglich, die Bilder etwas größer im Fernseher zu sehen.
»Wo kommt denn plötzlich der Fernseher her?«
»Den klappt man ganz einfach aus der Decke im Führerhaus.«
Ich wähle ganz bewusst nur Fotos, die nicht zu privat sind. Vom Trailercamp und von der Finca zeige ich alles. Wir haben viel zu lachen und Rebecca ist erstaunt, wie groß die Finca ist. Die kleine Pferdezucht und die Familie mit den Portugiesen. Ein nettes Foto von Fatima. Was folgt, sind Aufnahmen vom ausgebrannten Trailer und wie gerade der neue Trailer aufgestellt wird.
»Das ist also deine Welt?«
»So könnte man es eigentlich sagen.«
»Ich hab natürlich auf meiner Radtour keine Bilder dabei, außer einem, es zeigt meinen Mann mit unseren beiden Hunden. Im Moment kann ich noch nicht darüber reden, du musst verstehen, es soll erst Gras darüber wachsen.«
»Wann willst du denn nach Brest auf die Polizeiwache?«
»Sobald Doktor Dubois sein Okay gibt, dass ich wieder auftreten darf, fahren wir los.«
»Ich würde mich freuen, wenn du uns beide noch ein bisschen begleiten würdest, was hältst du denn davon?«
»Ich hätte schon auch Lust, aber nur untereiner Bedingung: wenn ich »Tschau« sage, dann machst du mir keine Szene.«

»Abgemacht, dann erkläre ich das Wort »Tschau« zum Unwort des Jahres. Also dann, willkommen an Bord.«

»Meinst du, dein Wolf ist damit einverstanden?«

»Du weißt genau, dass er dich liebt.« Ohne etwas zu sagen, holt Rebecca ihre Brieftasche und entnimmt das Foto. »Hier sieh mal, dass war mein Mann.«

»Ein sympathischer Typ, anders kann ich es nicht sagen. Ach sieh mal, der kleine Wolf, größer war meiner auch nicht. Wie hast du sie denn gerufen?«

»Es waren ja zwei, wie du sehen kannst. Also Zwillinge, einen nannten wir Carlos und den anderen tauften wir Henry.«

»Carlos würde mir für meinen auch ganz gut gefallen. Ich kann ja nicht immer Wolfi zu ihm sagen. Vor allem, seit dem er ausgewachsen ist.

»Ich werde ihn fragen, ob ihm Carlos gefallen würde. Das klingt auch etwas gefährlicher.«

Als ich aus dem Fenster sehe, erkenne ich, dass ein schwarzer Alfa im Rondell parkt. Schon heute Vormittag ist er mir aufgefallen.

Rebecca versucht Wolfi klar zu machen, dass er nun »Carlos« heißen soll. Ich beobachte die beiden, bis Wolfi, ich meine Carlos, die Pfote auf die Nase von Rebecca legt. Es erscheint mir wie eine Zusage.

Unser »neuer« Carlos will ganz plötzlich vor die Türe. Ein leises Knurren, warnt uns, dass etwas nicht stimmt. Ich leine Carlos an und öffne die Türe. Unter lautem Gebelle stürmt er hinaus. Es fällt mir schwer, ihn zu halten. Eine Person sucht das Weite. Sofort sehe ich nach dem schwarzen Alfa. Wir wurden anscheinend belauscht. Zumindest hat sich eine Person unserem Wohnmobil genähert. Carlos entgeht nichts. Das brechen eines Zweiges würde ihn schon in Alarmbereitschaft versetzen.

Am nächsten Morgen geht Rebecca schon alleine über die Plaza zu ihrem Doktor. Sie nimmt die Krücke und humpelt hinüber zu seiner Praxis.

Ich erkenne den schwarzen Alfa, diesmal steht er hinter einem Anhänger. Ich entschließe mich, mit Carlos Rebecca zu folgen. Sagte sie nicht etwas von Algeriern?

Wir gehen aus unserem Wagen, als gleichzeitig einer der Herren den Alfa verlässt. Er geht geradewegs auf Rebecca zu. Carlos erkennt die Situation. Er stürmt los, ich löse die Leine und Carlos zeigt alles was ihn ihm steckt. Der Mann im Ledergewand hebt den Arm, es blitzt etwas, aber in diesem Moment ist Carlos schon an seinem Hals. Der Mann fällt zu Boden. Sein Messer entgleitet seiner Hand. Eine zweite Person kommt aus dem Alfa herüber gelaufen. Er hat eine Waffe in der Hand. Aber da sieht Doktor Dubois aus dem Fenster. Er hat ein Gewehr in seiner Hand und schießt in die Luft. Wie versteinert bleibt die zweite Person stehen, rennt zum Fahrzeug zurück, startet und verschwindet. Zwei Minuten später steht bereits ein Streifenwagen im Rondell.

Carlos steht breitbeinig vor Rebecca. So als wolle er sagen, »Keiner berührt mein Frauchen!«

In diesem Moment verliert Rebecca das Gleichgewicht. Das war einfach zu viel für sie. Sie fällt mir direkt in die Arme. Doktor Dubois sieht sich den Verletzten an und schildert der Polizei, was vorgefallen ist. Carlos hat seine Halsschlagader zielsicher getroffen. »Er blutet wie ein abgestochenes Schwein.«, meint einer der beiden Polizisten.

Wir müssen auf die Wache, insbesondere wegen Carlos. Einer der Polizisten meint, »Der ist ja gemein gefährlich!«

»Nein, er ist nur besorgt über sein Frauchen gewesen. Außerdem war es ja Notwehr, denn der Typ hatte ein Messer in der Hand.«

»Das mit der Notwehr müssen wir in das Protokoll schreiben!«

Doktor Dubois meldet sich als Zeuge. »Er hätte sie erstochen, wäre da nicht der Hund dazwischen gegangen …« Wir bringen Rebecca in seine Arzt-Praxis.

Nun kommen von allen Seiten Menschen, die alles gesehen haben. »Wir sind Zeugen!«, meint ein älterer Herr.

»Sie müssen alle auf die Wache kommen!«

Erst jetzt sehen wir, dass sich Carlos schleckt. Eine Stelle an seinem Fell ist rot gefärbt. Sofort sehe ich nach, er hat einen Schnitt im Brustbereich abbekommen. »Das haben wir gleich, Gott sei Dank kein tiefer Schnitt.« Aber Carlos leidet nun, da er merkt, dass sich die Aufmerksamkeit der Leute auf ihn richtet.

»Herr Polizist, er hat den Hund abgestochen!«, schreit eine jüngere Frau.

Doktor Dubois holt ein Desinfektionsmittel und reibt es in das Fell. »Womöglich war das Messer nicht sauber.«

Eine Menschentraube von etwa achtzig Personen geht in Richtung Wache.

»Der Hund war ihre Rettung!«, meint ein Junge.

»Dann musst du dass auch zu Protokoll geben.«

Irgendwann sagt einer, »Es ist halb zwei, hat jemand Hunger?«

Es dauert nur wenige Minuten und das Revier ist leer. Die achtzig Personen nähern sich der einzigen Dorfkneipe. Bratkartoffeln mit Schnitzel stehen auf der Karte.

Carlos bekommt eine extra Portion, schließlich ist er jetzt der Dorfliebling. Inzwischen sind zwei Stunden vorüber gestrichen und die Schnitzel sind dem Wirt ausgegangen. Dafür folgt nun Kaffee mit Kuchen. An unseren Tisch gesellt sich ein Herr im hellen Staubmantel. Den Kragen hat er hochgestellt. Das hat er wohl in einem amerikanischen Krimi gesehen. »Gestatten, Kommissar Verbell.«

»Was kann ich für Sie tun?«

»Ich muss mit der Lady reden.«

»Verbell? Sind Sie aus Brest?«

»Ja, das ist richtig, Sie müssen also nicht extra kommen. Ich hörte von dem Fall hier und habe mich gleich auf den Weg gemacht.«

Ich lausche den beiden, doch Carlos scheint Ruhe zu brauchen. »Ich lass euch jetzt alleine und bringe den Hund in den Wagen.«

»Mach das, er muss das jetzt erst mal verdauen, …unser Kleiner.«

Carlos legt sich ohne weiter zu Knurren auf Rebeccas Bett, nach einigen Minuten ist er eingeschlafen. Ich nutze die Zeit, um ins Internet zu gehen. Mal sehen, was ich über Rebecca nachlesen kann. Außerdem will ich von Jean wissen, wie meine Konten stehen. Es dämmert bereits, da kommt ziemlich aufgekratzt Rebecca in die Türe.

»Na, hast du es hinter dich gebracht?«, frage ich.

»Ja, ich bin vor allem froh, dass ich nicht extra nach Brest muss.«

»Mit wie viel Algeriern müssen wir denn noch rechnen?«

»Es ist nur noch der Boss. Einen haben sie festgenommen und zwei sind dahin gegangen.«

»Dann waren es also mal vier?«

»Ich glaube, ich muss dir die ganze Geschichte erzählen. Aber vorher will ich noch wissen, ob du Arzt bist. Doktor Dubois meinte, er hörte von einem Michel Colbert der Arzt ist.«

»Ja, es ist richtig, aber ich wollte es eigentlich nicht sagen, da ich ja in Urlaub bin, sozusagen in einer Auszeit.«

»Ich finde es nicht toll, dass du es mir verschwiegen hast.«

»Du hast mir ja deine vier Algerier auch verschwiegen.«

Ich gehe auf Rebecca zu und nehme sie in den Arm. Sie legt etwas schüchtern und zögerlich ihre Arme um meinen Hals. »Nun können wir weiter ziehen, wo fahren wir eigentlich hin?«

»Wir nehmen eine Straßenkarte und du darfst mit dem Finger unser Ziel suchen.«

»Okay, das mach ich, mal sehen wo wir landen werden.«

Ich nehme aus dem Regal meine Generalkarten, suche das Blatt mit der Bezeichnung »Bretagne-Finistère«.

Rebecca schließt die Augen. Ich lege das Blatt auf den Tisch. Sie beginnt mit dem Zeigefinger zu kreisen. »Hier will ich hin!«

»Lass mal sehen, wo wir die nächste Übernachtung haben werden.«

Ihr Finger ruht auf dem Ort »Lorient«.

»Da gibt es sogar einen Flughafen.«

»Das machen wir, aber erst in zwei Tagen, wir wollen ja nichts überstürzen.«

Ich mache den Vorschlag, dass wir morgen früh starten. »Dann fahren wir erst mal ans Meer.«

»Lass uns die Nachrichten im Fernsehen anschauen, vielleicht bringen sie ja etwas?«

»Du meinst, die bringen etwas über unseren Carlos und den Algerier? Da waren doch gar keine Reporter, also kommt da sicher nichts.«

Wir machen es uns gemütlich und das erste Mal kuschelt sich Rebecca an mich. Ich finde, das es ein gutes Zeichen ist. Ich nehme sie in den Arm und wir sehen uns eine richtige Edel-Schnulze an.

Am nächsten Morgen gehe ich noch eine Runde mit Carlos und siehe da, von allen Seiten werden wir gegrüßt. Wir scheinen der Mittelpunkt im Ort zu sein. Hier war wohl schon lange nichts mehr los. Gegen halb elf starte ich den Wagen und wir nehmen den Weg in Richtung Quimper. In einem Reiseführer hat Rebecca gelesen, dass die Gegend besonders schön sein soll. Sie sitzt auf dem Beifahrersitz wie eine Großfürstin. Dabei hat sie ihre Füße auf die vordere Ablage gelegt. »Sehr bequem so zu reisen.«

Wir steuern direkt auf das Meer zu. Endlich, nach einer Stunde, können wir die kleinen Wellen erkennen. »Das ist der Atlantik!« Mächtig und beeindruckend liegt er vor uns. »Willst du baden gehen?«

»Warum nicht, vielleicht finden wir ja ein schönes Plätzchen, dann bleiben wir hier.«

Ein Wegweiser deutet auf einen Campingplatz hin »Audierne-Camping«.
»Da fahren wir hin, wir müssen ja das Mobil wieder fit machen.« Der Platz ist sehr schön gelegen, mit einigen Sträuchern versehen und die Stellplätze sind groß genug. Ein Hinweis für die Pflege der Wohnmobilfahrer fehlt nicht. Da hier gerade keiner seinen Service erledigt, mach ich dies als erstes.

Rebecca holt im Bistro inzwischen alles, was wir für ein gepflegtes Mittagessen brauchen. Anschließend werden wir vom Platzwart eingewiesen. »Mit Blick auf den Atlantik!«, meint er auf ein Trinkgeld hoffend. »Wenn Sie einen Stromanschluss brauchen, dann bekommen Sie den Schlüssel von mir.«

»Gerne, ich komme dann in Ihr Büro.«

Noch die Markise raus, die Stühle und den Tisch bereitgestellt. Eine Decke für Carlos, den Wassernapf und einen ordentlichen Knochen. Einige Nachbarn grüßen aus gebührlichem Abstand. Carlos sorgt hier für den Abstand, den wir so lieben.

Wiedermal pirscht sich eine zarte Pinscher Dame an Carlos heran. Er betrachtet sie mit zwinkerndem Auge. »Ich glaube er mag sie.«

»Ist er nicht ein bisschen zu groß für sie?«

Er gestattet ihr, dass sie sich auf den äußersten Zipfel der Decke legt. Ich hole den Fotoapparat, das muss ich einfach knipsen. Die Herrschaften der Hundedame haben den Stellplatz direkt neben uns. Sie grüßen freundlich, aber wir merken gleich, sie wollen für sich sein.

»Vielleicht ein Liebespaar?«, meint Rebecca.

»Vielleicht, aber was werden sie von uns denken?«

»Ich für meinen Teil, mach jetzt erst mal einen Mittagsschlaf. Möchtest du zukünftig lieber oben oder unten schlafen?«

»Ich bleibe erst mal unten, Carlos würde beleidigt sein, wenn ich ihn alleine lassen würde.«

Da der Wagen mit vier Schlafplätzen ausgestattet ist, gibt es jeweils zwei Plätze oben und unten. Oben hat es ein zusätzliches Fenster zum Aufklappen und Lüften.

Am nächsten Morgen ist Rebeccas Bett leer. Wo ist sie? Ihre Sachen sind aber noch da, vielleicht ist sie schon am Strand.

Tatsächlich sehe ich ihr Handtuch dort liegen. Mich fröstelt es allein schon bei dem Gedanken daran, jetzt schwimmen zu müssen. Viel zu kalt für mich!

Da konzentriere ich mich lieber auf die Vorbereitungen für ein leckeres Frühstück. Mal sehen, ob es schon frische Croissants am Kiosk gibt.

Ich bin erstaunt, der Kiosk-Betreiber scheint gerne zu frühstücken. Alles was das Herz begehrt, bekommt man hier. »Einen Krug frisch gepressten Orangensaft bitte, und vier Croissants. Schinken, haben Sie Parmaschinken?«

»Etwas Besseres, hier probieren Sie mal, ob er Ihnen schmeckt?«

Als ich zurück komme, sehe ich Rebecca bereits am Wagen. Sie kämmt ihre langen Haare. Im Sonnenlicht haben sie einen rötlichen Schein. Sie wickelt sich ein großes Tuch herum. Eine kurze Sommerhose und eine leichte Bluse hat sie an. Dann sieht sie mich. »Na, gefalle ich dir so?«

»Einfach umwerfend. Was macht der Fuß?«

»Er brennt etwas, dass kommt durch das Salzwasser.«

Dann pfeift schon der Wasserkessel. Einmal Tee, einmal Kaffee. Die Morgensonne wird schnell wärmer, Carlos sucht sich einen schattigen Platz hinterm Wagen.

Rebecca tröstet ihn, »Wir gehen gleich ein wenig spazieren, kannst du noch solange warten?«

Carlos beachtet uns gar nicht, es ist einfach noch zu früh für ihn. Eigentlich ist es unser erster Tag, den wir richtig genießen. »Was machen wir heute?«

»Ah, jetzt lass uns doch erst mal richtig in Ruhe frühstücken. Was wir anschließend machen, werden wir später klären.«

So langsam kommen auch unsere Nachbarn aus ihren Zelten und Wohnanhängern. Eigentlich sind die Wohnmobile weniger vertreten. Die meisten Reisenden bevorzugen einen Trailer. Da kann man auch mal in eine Stadt fahren, ohne sein Wohnzimmer mitzuschleifen. Auch Rebecca findet einen Anhänger praktischer. »Den stellst du an seinen Platz und fährst mit dem Auto weiter.«

Einige Plätze neben uns, sehen wir ein junges Pärchen. Sie scheinen auf ihrer Hochzeitsreise zu sein. Ein weißer Schleier hängt an der Türe. »Soll das heißen, dass sie nicht gestört werden wollen?«

»Davon gehe ich mal aus. Vielleicht sorgen sie bereits für den Nachwuchs.«

»Aber doch nicht schon auf der Hochzeitsreise. Da hat man doch gar nichts vom Leben. Also ich will erst mal was vom Leben haben.«

»Ach, und da soll sich deine Frau nach dir richten?«, entgegnet Rebecca. »Hast du denn schon mal an Kinder gedacht?«

»Die Frage kommt ja ziemlich plötzlich. Da muss ich erst mal nachdenken.«

Rebecca beobachtet mich sehr genau, ich spüre ihren Blick, obwohl er gerade durch eine Haarsträhne behindert wird.

»Stell dir doch mal vor, ich wäre plötzlich schwanger. Was würdest du tun?«

»Also im Moment würde ich mich wundern. Da müssten irgendwelche Passatwinde etwas übertragen haben.«

»Du bist vielleicht ein Depp. Ich meine doch nur hypothetisch, mal angenommen …«

»Dann würde ich dich erst mal heiraten damit alles seine Ordnung hat.«

»Aber fragen müsstest du mich natürlich auch noch.«

»Du meinst bei deinen Eltern um deine Hand anhalten?«

»Bist du denn so altmodisch?«, fragt Rebecca.

»Ich weiß nicht, wo wohnen sie denn?«

Die Diskussion beginnt lustig zu werden. Rebecca will nun wissen, wie ich so meinen Tag verbringe. »Du willst es also genau wissen, oder nur so mal einfach angedeutet?«

»Nein, ich will es schon etwas genauer hören.«

»Das kommt darauf an, ob ich Frühdienst habe oder Spätdienst?«

»Da fällt mir gerade ein, was machen wir, wenn du nebenbei ein Restaurant betreibst? Vielleicht muss ich ja am Abend noch abwaschen?«

»Da hat man doch seine Leute dafür.«

Ich erzähle von dem kleinen Bistro, was zum Camp gehört. »Meine Italiener hängen mit ihrer ganzen Liebe an diesem kleinen Bistro. Natürlich gibt es hauptsächlich italienische Küche.«

»Du meinst Nudeln und so?«

»Ja klar, es ist ja winzig. Wir haben nur acht Tische. Aber da gibt es noch einen fahrenden Wurststand. Den könnte man aufmotzen.«

»Ach du meinst, dass ich hinter einem Wurststand meine Arbeit mache?«

»Das ist nicht zu verachten, an manchen Tagen machen wir mit der Wurst mehr Geschäft wie mit den Gourmet-Tellern.«

Rebecca betrachtet mich etwas von der Seite. Sie wird doch nicht gleich »Tschau« sagen und mit ihrem Rad um die Ecke verschwinden. Dann aber beginnt sie zu lächeln. »Du musst das mal genießen. Eine richtige Sterneküche. Alles nur vom Feinsten.«

Dann erzähl ich ihr von der Gewürzproduktion. Vom Vertrieb und dass wir viele Sterneköche als Abnehmer haben. Ich sogar ein eigenes Labor beschäftige. Aber vielleicht hab ich da ein bisschen übertrieben. Rebecca hat dann so ein Lächeln auf ihren Lippen, als würde sie meinen, »Labor? Aber sonst geht es dir noch gut?«

»Ich mag dich, mit dir kann man so richtig fein scherzen.«

»Ach, dass war alles nur ein Scherz?«, kommt es retour von Rebecca.

»Würdest du mir genehmigen, dass ich dir einen Kuss gebe.«

»Reich es schriftlich ein, mal sehen, was ich dir antworte.« Ich stehe auf und gehe auf sie zu. »Vorsicht, die Nachbarn sehen zu. Der Pinscher wird schon nervös.«

»Lass uns lieber einen Strandspaziergang machen, da sind wir unter uns.«

Das Wort »Spaziergang« hat Carlos aufgeschnappt. Er jault uns an, als will er sagen, »So jetzt ist aber Schluss, ich will jetzt an das Wasser.« Das Essen kommt in den Kühlschrank und den Abwasch machen wir später.

Der Strand scheint schier endlos zu sein. Nun gehen wir schon eine gute Stunde, ein Ende ist nicht in Sicht. Es tut gut, die frische Brise und die wärmende Sonne stärken ungemein. Rebecca hat ihren Fuß völlig vergessen. Nur manchmal merke ich, dass sie etwas vorsichtig ist. Vor allem, wenn wir über die Wurzeln der Pinien steigen. Dann glaubt sie, den richtigen Platz gefunden zu haben. Abgelegen, ruhig nur die Möwen ziehen ihre Kreise über uns. Wir setzen uns in den weichen Sand und beobachten einen Tanker, wie er an uns vorüberzieht. »Scheint ein Containerschiff zu sein.« Die Kästen sind aufgetürmt. Allein die Vorstellung, das Schiff würde in eine Schräglage kommen. »Ob die wohl verschraubt sind? Bei stürmischer See könnte ja ganz locker mal einer über Bord gehen.«

Wir malen uns aus, was wohl in den Behältern drin ist. Fahrzeuge, Möbel, Menschen? »Doch nicht Menschen!«, protestiert Rebecca.

»Der fährt sicher nach Brest, oder nach Hamburg oder …«

Schade, dass wir kein Fernglas haben, so könnten wir sehen woher er kommt.

Dann zieht ein Segelschiff an uns vorüber. »Ein schnittiges Boot, sieh mal, da draußen scheint viel stärkerer Wind zu sein als hier. Die Segel stehen voll im Wind und sind aufgebläht. Ein Zweimaster, das muss ein Traum sein.«

»Da geht es dann noch etwas enger zu als in deinem fahrenden Wohnzimmer.«

193

»Richtig, da hängt dann auch noch die Wäsche zum Trocknen unter Deck. Und der Herd schaukelt je nach Schieflage hin und her.«

Rebecca wirft mir einen Blick zu, als würde sie nun nicht länger auf den versprochenen Kuss warten wollen. »Warum sind wir eigentlich hierher gewandert?« Ich nehme sie in den Arm und beginne ihre Sommersprossen zu zählen. Durch etliche Küsse unterbrochen. »Jetzt hast du mich wieder raus gebracht. Ich fang nochmal an zu zählen.«

»Ich hab aber auch welche am Busen und etwas tiefer, da sind auch noch welche.«

»Ich liebe deine Sommersprossen. Also, jetzt fange ich nochmal von vorne an zu zählen. Dreitausendvierhundertsiebenunddreißig ...«

Carlos dreht sich etwas zur Seite, da kann er nicht hinsehen, das gehört sich nicht! Rebecca dreht sich auf den Bauch und bittet, dass ich sie am Rücken eincreme. Ich mache das mit sehr viel Gefühl. Umkreise ihre Schulterblätter und teile ihren Rücken in Quadrate ein. Zeichne mit der Creme Figuren und lasse sie raten, was ich gerade schreibe.

Völlig unerwartet fragt sie mich, »Würdest du auch etwas tun, was du vielleicht sonst nicht magst?«

»Was meinst du?«

»Ich meine sexuell.«

»Sag was du dir vorstellst.«

»Ich möchte, dass du mich wie ein Wolf nimmst.«

Ich ringe nach Luft, aber überspiele die Frage geschickt. »Hier im Sand?«

Die Frage hätte ich mir ersparen können. Rebecca zieht sich das Höschen aus. Carlos legt sich eine Pfote über die Augen.

»Das Heulen kannst du dir ersparen!«, kommt es von Rebecca.

Wir liegen noch lange am Strand und genießen den leichten Wind, der inzwischen eingesetzt hat. »Wunderbar, einfach nur wunderbar!«

»Wohin fahren wir morgen?«

»Ich finde, wir sollten noch etwas bleiben. So schön wie hier, wer weiß, wann wir wieder einen so schönen Platz finden. Lass uns morgen nochmal hergehen.«

Die Sonne steht inzwischen schon recht flach, der Abend bricht herein und Carlos scheint seinen Knochen zu vermissen. Wir schlendern zurück und zeichnen mit unseren Füßen Figuren in den weichen Sand.

Zurück an unserem Wohnmobil, wird Carlos unruhig, wo ist sein Knochen?

Den wird doch nicht etwa der kleine Pinscher … ?

Rebecca lacht und greift in den Kühlschrank, »Zum Glück hab ich zwei mitgenommen.«

Ich richte die Betten und Rebecca meint, »Würde es dir etwas ausmachen, wenn ich mit zu dir käme?«

»Nein, ich würde mich freuen.«

Wir bleiben noch eine Woche, genießen unsere Unbeschwertheit, beschenken uns mit Küssen und holen uns jeden Morgen leckerste frische Croissants und natürlich ein Baguette.

Wir bereiten gerade die Abfahrt vor. Das heißt Wasser bunkern und einkaufen, nicht vergessen, Dosenfutter für unseren Wolf Carlos.

Da erhalte ich eine Nachricht von Verena auf meinem Handy. »Jean hatte einen Unfall. Du musst sofort kommen. Da ist etwas mit deinem Konto!«

Ich überlege kurz und erkläre Rebecca, um was es geht. »Ich muss kurz nach Lyon. Ich verspreche, ich bin in zwei Tagen zurück.«

»Mach nur, ich bin ja hier bestens untergebracht.«

Ich regle das noch mit dem Geld und dann steht auch schon mein Taxi zum Flieger vor dem Empfang. Wir nehmen uns fest in die Arme. »Vergiss mich bitte nicht, es wäre schade um unsere neue Freundschaft.«

Ich fahre direkt in die Klinik. Jean ist ansprechbar und hat auf einem Zettel verschiedene Daten geschrieben. Eine Telefonnummer hat er auch erwähnt. Seine Frau Helene wartet bereits im Vorzimmer. »Da muss man schnell handeln, Jean hat gestern einige Buchungen vorgenommen und ich weiß, dass es etwas riskant ist.« Noch im Arbeitszimmer von Jean gehe ich in seinen Computer. Er hat alles sehr übersichtlich dargestellt. »Aha, hab es schon gefunden. Ich werde es abstoßen, dann sind wir aus dem Schneider.«

Die notwendigen Buchungen mache ich sofort. Helene sieht mir dabei über die Schulter. »Siehst du, alles geregelt. Das Geld ist zurück auf unserem Konto.«

Anschließend rechne ich noch ab und verschicke meinen Anteil auf mein Genfer Konto. Noch schnell nachgeschaut wie es dort steht, dann aber schnell die Klappe geschlossen.

Helene hat noch eine Bitte. »Hast du noch etwas Zeit, dann würde ich gerne mit dir reden.«

»Klar, essen muss ich ja sowieso, dann verbinden wir das einfach.«

Wir gehen in die Klinikkantine. Helene erzählt, dass der Posten als Chefarzt zu viel für Jean ist. Dann auch noch die Zockerei, es musste ja so kommen. »Ist es denn ein Herzinfarkt? Warum sagen sie nicht einfach, was los ist.«

»Ich glaube, sie verschweigen etwas. Da hat es vor drei Wochen irgendetwas mit einem Virus gegeben. Vielleicht hat ihn ja Jean aufgeschnappt?«

»Pass auf, ich werde mit Verena sprechen, sie weiß sicher mehr. Ich werde dich anschließend unterrichten.«

Die Zeit rast dahin. Eigentlich wollte ich nochmal ins Camp düsen und nach dem Rechten sehen. Dann endlich kommt Verena zu ihrer verdienten Kaffeepause.

»Hi, wie geht es dir. Was macht der Urlaub?«

In Kurzform berichte ich, dass mit Urlaub noch nicht so viel war. Aber es wird schon noch werden.«

Tatsächlich gab es einen Virus. Wer ihn eingeschleppt hat, weiß niemand. »Wir vermuten, dass es ein Patient aus Nigeria war. Er wurde halbtot eingeliefert und keiner wusste, was er wirklich hatte. Wir haben ihn dann nach Paris in die Charité mit dem Sonder-Flieger geschickt. Einige Tage später, gab es plötzlich beim Personal Magen-Darmprobleme. Ähnlich wie es der Patient hatte.«

»Was habt ihr unternommen? Habt ihr sofort Paris informiert?«

»Nein, Jean nahm es nicht so ernst.«

»Dann werde ich mich mal gut sterilisieren, damit ich da nichts weiter trage.«

»Wir haben von Paris ein Mittel bekommen, dass musst du verwenden. Außerdem empfehle ich dir eine prophylaktische Spritze als Gegenmittel.«

»Gut, das machen wir. Was gibt es sonst noch Neues? Was macht das Camp?«

»Da läuft alles prima, soviel ich weiß gibt es keine Probleme.«

»Dann werde ich mal die eine Nacht dort bleiben und morgen wieder zurück fliegen.«

Im Camp ist man erstaunt, dass ich plötzlich auftauche. »Du traust uns wohl nicht zu, dass wir dass auch ohne dich schaffen?«

»So ist es, aber ich bleibe nur eine Nacht.«

Sophie ist nicht da, sie ist auf Tour. Beatrix ist mit einer Reproduktion beschäftigt.

»Wir sehen uns später, ich muss die paar Striche noch fertig machen, sonst wird die Farbe trocken.«

»Mach nur, ich bin dann erst mal im Bistro.«

In meinem Trailer ist alles aufgeräumt. Keiner hat es gewagt, ihn zu benutzen. Ein frisches Bier ist noch im Kühlschrank. Das genehmige ich mir, um den Stress des Vormittags zu verarbeiten.

Ich baue meinen Laptop auf und gehe kurz ins Netz, um meine Konten zu kontrollieren. Das mach ich lieber, ohne dass mir jemand über die Schulter schaut. Aber es ist alles bestens geregelt. Einmal gab es einen kleinen Verlust, doch da kann ich nicht meckern. Jean ist ein guter Verwalter, wenn es um das liebe Geld geht.

Als ich in das Bistro komme, sehe ich schon Beatrix mit Giovanni diskutieren. Es scheint um die neue Speisekarte für die nächste Woche zu gehen. »Wir setzen uns da drüben hin, da haben wir unsere Ruhe.«, sagt Beatrix.

»Bring bitte einen guten Roten mit, den brauch ich jetzt.« Das anschließende Gespräch ist eher belanglos und dreht sich um Gott und die Welt. Ich erzähle ganz bewusst nichts von Rebecca und dem Wolf.

Mein Rückflug ist für acht Uhr morgens vorgesehen, da möchte ich nicht all zu spät ins Bett. Außerdem muss ich ja noch meinen Leihwagen zurückgeben. Also sechs Uhr aufstehen ist angesagt.

Pünktlich um zehn Uhr lande ich in Quimper. Ein Taxi bringt mich zum Campingplatz. Rebecca spielt gerade mit Carlos, sie unterhalten sich. Schade, dass ich keinen Fotoapparat zur Hand habe. Rebecca jault im Gleichklang mit Carlos.

»Hallo, darf ich mitreden?«

»Carlos wollte wissen, wann du kommst.«

»Ah, verstehe und du hast es ihm gesagt.«

Rebecca leint Carlos ab und er begrüßt mich umwerfend. Schwupps, liege ich im Sand und Carlos stupst mich mit seiner Schnauze. Ein Spielchen ist angesagt.

Meine Lederjacke sieht nach kurzer Zeit aus, als wäre sie monatelang im Schmutz gelegen. »Carlos, jetzt ist genug, lass mich erst mal umziehen!«

Rebecca lacht. Ihr Lachen ist so fröhlich, ich liebe sie, wenn sie so frei lacht. Ihre Haare fliegen im Wind. »Ich möchte dich jetzt lieben, magst du?«

Das lässt sich Rebecca nicht zweimal sagen. Noch kurz den Carlos an die Leine genommen …

»Los nimm mich, ich hab schon so lange gewartet. Aber mach es bitte wie in den Dünen im Sand.« Ihre Vorliebe für diese Stellung ist mir inzwischen vertraut. Sie ist die Wölfin, da gibt es keinen Zweifel. Sie reckt ihren Hals, als würde sie jeden Moment losheulen.

»Ich liebe dich, lass uns weiterziehen und einen neuen Platz finden.«

»Sofort, in aller Früh brechen wir auf und suchen ein neues Gehege.«

Rebecca mag es, wenn wir so sprechen, als wären wir unter Wölfen Ich spüre dann ganz deutlich, dass sie sich verändert. Ihr Griff wird fest und ihre Stimme klingt rauchig. Ihre sexuellen Einfälle sind für mich noch etwas gewöhnungsbedürftig.

»Morgen bist du der Wolf, dann musst du mir gehorchen.«

Wir verfallen in ein ruhiges Schmusen und Streicheln. Wir fühlen unsere Körper und schlafen fast ein, hätte da nicht Carlos losgeheult. Er hat wohl genug vom Warten. Wir haben auch beinahe vergessen, dass sein Fressen gemacht werden muss. Da versteht er nämlich keinen Spaß.

»Lass mal, ich mach das schon. Ruh dich aus, was macht eigentlich deine Pfote?«

Rebecca lacht und meint »Der Pfote geht es prächtig, du musst sie dir später mal ansehen.«

Am nächsten Morgen stehen wir schon sehr früh auf. Rebecca geht noch mit Carlos ein bisschen schwimmen, dann duschen beide. Carlos mag kein Salz im Fell. Er steht neben Rebecca und genießt das laufende Wasser der Dusche. Ich decke inzwischen den Tisch. Dann öffnet endlich der Kiosk. Noch ein letztes Mal die frischen Croissants und ein Baguette. Vielleicht besser zwei, wenn wir eine Pause machen.

Bis dann alles verstaut ist, haben wir zehn Uhr Die Schranke wird geöffnet und der Verwalter winkt. »Bis bald, so hoffe ich wenigstens!«

Wir nehmen die Landstraße Richtung Lorient und lassen den Wagen leise vor sich hin schleichen. Nur keinen Stress, so die Devise für die Zukunft.

Rebecca beobachtet mich von der Seite. »Wie fühlst du dich, bist du glücklich?«

»Ja, vollkommen. Deine Nähe tut mir gut.«

»Vergiss nicht, heute bist du mein Wolf.«

Die kleinen Landstraßen sind teilweise so schmal, das wir mit dem breiten Wohnmobil richtig aufpassen müssen. Selbst Radfahrer steigen ab, wenn sie uns sehen. An einer Tankstelle bekommen wir einen Tipp. »Besuchen Sie die Halbinsel Quiberon.«

Da kommt dann auch schon die Ausschilderung zur Halbinsel. Landschaftlich ein Traum! »Hier machen wir eine Pause, Mittagessen ist angesagt. Wir suchen uns einen ruhigen Stellplatz und Carlos scheint froh zu sein, dass wir endlich stehen, heute ist nicht sein Tag, die Schaukelei geht ihm mächtig auf den Magen. »Er wird doch nicht seekrank sein. Ich habe gehört, dass es das gibt. Besonders bei weich gefederten Fahrzeugen.«

Carlos hält seine Leine bereits im Maul. »Nichts wie raus hier!«, scheint seine Meinung zu sein. Wir haben einen Platz gefunden, wo wir fast alleine stehen. Eine Fischbude gibt es, kleine Holztische, gegessen wird vom Plastikgeschirr. Rebecca lobt den Koch, »Der versteht sein Handwerk, der Fisch ist einfach köstlich.«

Carlos jedoch mag keinen Fisch. Er kratzt an der Türe, wo er sein Fressen vermutet. Als ich nach seinem Fressnapf greife, beginnt er unruhig zu werden. Er stimmt ein Gejaule an, als will er uns ein Lied singen.

»Ich gehe schon mal den Fisch holen.« Rebecca hat ihn vorhin bestellt. Einen guten Bordeaux bringt sich auch mit.

Wir sitzen im Schatten unserer Markise und genießen den Blick, den Fisch und den Wein. Also Gott muss Franzose gewesen sein, stellen wir eindeutig fest.

Nach einer weiteren Stunde erfahren wir vom Koch, wo man einen schönen Platz für die Nacht finden kann. Er zeigt es mir auf der Karte und macht sogar einen roten Punkt darauf. Die Straße nach Vannes ist etwas breiter ausgebaut und so kommen wir zügig voran. »Wie sagte er, gleich hinter Vannes rechts ab.«

»Da vorne ist der Wegweiser zum Campingplatz.« Der Platzwart ist sehr sympathisch. »Bleibt ihr länger?«

»Kommt darauf an?«

»Auf was kommt es an?«

»Wir suchen einen absolut ruhigen Stellplatz, wegen unseres Hundes.«
»Versteh, aber Hund ist das keiner, der sieht eher nach einem Wolf aus.«
»So ist es. Er will keine Nachbarn!«
»Da hätte ich einen Platz, aber der ist eigentlich reserviert …«
»Verstehe, reichen zwanzig Euro:«
»Dreißig, dann kommen wir ins Geschäft.«
»Hier sind fünfzig, dann bekommen wir den Platz daneben dazu.«

Ein breites Grinsen signalisiert, das wir im Geschäft sind. Ich reiche ihm den Schein.

Wir stellen uns so, dass wir den freien Blick auf das Meer haben. Die Markise raus gedreht, die Stühle aufgestellt und dann bekommt Carlos noch seinen Platz. Er wird uns bewachen. »Hast du etwas dagegen, wenn ich ein kleines Nickerchen mache?«

»Nein, warum nicht.«

Ich klappe die Liege aus, noch eine Decke darauf und dann strecke ich mich genüsslich aus. »Wow, ist das fein, da vergisst man doch gerne den Rest der Welt!«

Rebecca kommt von hinten an mich heran. »Du weißt ja, du bist heute der Wolf.«

Sie legt mir ein breites Halsband an. Woher sie es hat, ich hab keine Ahnung. Sie zieht es stramm zu. Die Leine befestigt sie an der Liege. Dann zieht sie mich langsam aus. Sehr langsam und jedes Teil ist für sie ein Spiel. Nur meine Unterhose bekleidet mich jetzt noch. Dann holt sie ein großes Tuch und legt es über mich. »Damit du keinen Sonnenbrand bekommst.« Sie setzt sich auf meine Oberschenkel und beginnt mit einer leichten Massage. Nebenbei erzählt sie, was sie alles anstellen wird. »Du wirst die Nacht hier im Freien verbringen, dass muss ein Wolf schon aushalten.«

Ihre Haare fliegen im Wind und ein Lächeln huscht über ihre Lippen. Sie beobachtet mich ganz genau. »Wie lange möchtest du es denn noch zurückhalten?«

Sie unterbricht ihre Massage und holt sich ein Tuch. »Ich werde mir die Augen verbinden. Ich möchte dich nur noch fühlen und riechen.«

Das gelbe Tuch zu ihren rotblonden Haaren sieht umwerfend aus. »Ich werde mich jetzt auf deinen Schatz setzen.«

Ich sage nichts mehr, ich genieße nur noch. Rebecca streckt den Hals, was bedeutet, sie schwebt im siebten Himmel. Ein leichtes Keuchen und ein Heulen bestätigen mir, dass sie den Höhepunkt gerade überschritten hat. Unsere Säfte verschmelzen und Rebecca liegt nun auf mir. »Ich liebe dich, ich hoffe wir bekommen mal viele Kinder.« Sie steht auf und geht unter die Dusche. Aber vorher fixiert sie meine Hände noch an der Liege.

Ich muss eingeschlafen sein. Als ich zu mir komme, scheint es dunkel zu sein. Meine Augen sind verbunden und ich höre Rebecca mit dem Wolf spielen. Sie wirft einen Stock, zumindest hört sich das so an. Carlos ist aber schon außer Atem, dass kann ich an seinem Keuchen hören.

»Na, hast du gut geschlafen?«, will Rebecca wissen.

»Wunderbar, einfach wunderbar, anders kann ich es nicht beschreiben.«

»Wie fühlt sich das an, wenn man fixiert ist?«

»Ich genieße es, aber wenn du willst, kannst du mich auch befreien.«

»Ich hab dir doch versprochen, diese Nacht wirst du im Freien verbringen.«

Tatsächlich genieße ich diese Nacht unter sternenklarem Himmel. Carlos liegt neben mir und bewacht den Platz. Die Türe zum Wohnmobil steht offen. Ich beginne die Sterne zu zählen. Die ersten Sonnenstrahlen kommen um halb sechs hinter den Bäumen hervor. Ein neuer Tag beginnt.

Ich glaube wir bleiben hier tatsächlich noch einige Tage. Ich nehme die Fahrräder vom Träger und wir entscheiden uns zu einer kleinen Radtour. Carlos wird mitlaufen, dass tut seiner Figur ganz gut. Er hat nämlich ziemlich Speck angesetzt. Der Platzwart hat uns ein kleines Bistro empfohlen. »Das ist mit dem Rad höchstens eine halbe Stunde.«, meint er. Ich ziehe eine leichte Sommerhose an und Rebecca entscheidet sich für eine kurze Jeans. Carlos bekommt diesmal das Geschirr um, da hab ich ihn sicherer im Griff. Zuerst schieben wir die Räder am Strand, später nehmen wir den Radweg.

Das Bistro liegt an einem kleinen Fischereihafen. Leider kennen diesen Platz auch einige andere Touristen. Einen Platz zu finden, verdanken wir eigentlich eher Carlos, der nur einmal grimmig in die Runde sieht. »Wir gehen gerade, sie können unseren Platz gerne haben.«, meint ein älteres Ehepaar. Es bezahlt und geht. Carlos legt sich so übermächtig vor unseren Tisch, dass der Ober erst mal fragt, »Beißt der auch wirklich nicht?«

»Das kommt ganz darauf an, was sie uns servieren. Er ist Feinschmecker!«

Carlos bekommt einen großen Knochen und eine Schale mit Wasser. Wir genießen die Atmosphäre, in der Ferne beobachten wir die vorbeiziehenden Schiffe und beginnen wieder mit dem Spiel. Wer kann sagen wohin sie fahren, oder woher sie gerade kommen. »Noch zwei Espresso und die Rechnung bitte!«

Dann sitzen wir schon wieder auf unseren Drahteseln und strampeln Richtung Campingplatz.

Rebecca entledigt sich ihrer Sachen und trägt nur ein leichtes Tuch um die Hüften, ihre Konturen sind darunter gut zu erkennen. Der Anblick ist durchaus reizvoll.

»Was hast du vor?«, frage ich sie vorsichtig.

Dann verschwindet sie im Wagen und legt sich das breite Halsband an. »Ich dachte, wir schlafen erst mal eine Runde.«

»Eben drum, was anderes hatte ich auch nicht vor.«

Rebecca liegt nun auf der Liege, auf der ich gestern lag. »Creme mich bitte ein.«

»Möchtest du, dass ich dich anleine?«

Rebecca scheint unschlüssig zu sein, gibt erst mal keine Antwort. »Dein Ölfläschchen geht zu Ende. Wir müssen ein neues kaufen.«

Sie schweigt und genießt. »Mach weiter und hör nicht auf. Deine Hände möchte ich überall spüren.« Rebecca dreht sich um und so komme ich in die Region ihres gut geformten Popos. Ich zwicke sie und beiße auch mal zu. »Das hab ich gerne, mach das noch einmal.« Sie legt ihre Hände auf den Rücken über kreuz. »Los mach sie fest. Nimm die Leine!«

»Wie du willst, aber das schneidet ein.«

»Mach schon!«

Ich beginne sie zu lecken und komme ihrer heiligen Grotte immer näher. Ihr Stöhnen wird lauter. Sie beißt in das Handtuch und beginnt laut zu heulen. »Jetzt bist du dran, nimm mich wie gestern.« Sie zieht ihre Knie etwas an, so dass ihr Gesäß nun höher steht.

»Los leg schon los!«

Carlos bellt, irgendjemand scheint sich unserem Wagen zu nähern. Es ist der Platzwart. Gerade noch im letzten Moment, kann ich Rebecca eine Decke überwerfen. Dann steht er hinter mir. »Entschuldigen sie, wenn sie Strom brauchen, lege ich ihnen ein Kabel herüber.«

»Danke, im Moment brauchen wir noch keinen Strom, wir haben noch. ... gibt es noch was?«

»Nein, ich wollte nur fragen ...Entschuldigen sie die Störung!«

Als er weg ist, fragt mich Rebecca, »Meinst du, er hat etwas gesehen?«

»Und wenn, so weiß er wenigstens, dass es bei uns nicht langweilig ist.«

»Mir fehlt noch der Abschluss, kannst du nochmal mit dem Streicheln beginnen und etwas weitermachen.« Rebecca legt sich nun auf den Rücken und spreizt genüsslich ihre Beine ...

Carlos wird immer unruhiger und so gehe ich mit ihm noch spazieren. Irgendetwas liegt in der Luft. Er hat dafür eine Antenne. Als ich am Platzwart vorbeikomme, meint er nur, »Jetzt sind sie bald alleine auf dem Platz. Neue Camper kommen erst am nächsten Wochenende.«

»Uns stört es nicht, wir haben ja einen Wachhund.«

Carlos ist auch in der folgenden Nacht nervös. Wenn ich nur wüsste, was ihn beunruhigt. Immer wieder sehe ich aus dem Fenster, aber ich kann nichts erkennen. Vielleicht ist es ja ein Wetterwechsel. Wir richten gerade unser Nachtlager, da geht er an die offene Türe und beginnt loszuheulen.

»Wir brechen morgen auf, hier stimmt etwas nicht.«

Rebecca meint, »Wäre es nicht so spät, ich würde lieber sofort fahren.«

Ich entscheide mich, in dieser Nacht aufzupassen. Ich stelle noch den Bewegungsmelder ein und spanne eine dünne Leine einige Zentimeter über dem Boden. So hab ich es mal bei den Pfadfindern gelernt.

Rebecca schläft bereits tief und fest. Carlos döst, aber ist wach und bereit. Ich kann es mir nicht erklären, aber plötzlich werde ich müde und schläfrig. Als ich am nächsten Morgen aufwache, sind unsere Räder weg. Wir hatten sie an einem Pfahl angeschlossen. Das durchtrennte Schloss liegt am Boden. Sofort sehe ich nach den anderen Dingen. Am Boden finde ich eine Spraydose. Nach der Beschriftung erkenne ich, dass es ein Gas ist. Es wurde durch die Lüftung in das Innere gegeben. Aber die Türe war nicht zu öffnen. Unser Sicherheitssystem hat sich bewährt.

Der Platzwart wurde ebenfalls ausgeraubt, seine Kasse ist weg. Als ich zu ihm komme, erkenne ich sofort, dass er noch stark benommen ist. Bei einem weiteren Trailer wurde die Türe aufgebrochen, die Wertsachen entwendet. Doch er war unbewohnt. Die Besitzer kommen nur am Wochenende.

»Sie haben sich viel Zeit genommen.«, meint der Streifenbeamte, der inzwischen eingetroffen ist. Wir erfahren, dass es seit einiger Zeit eine Bande gibt, die sich auf Campingplätze spezialisiert hat. Sie müssen meine Leine gesehen haben, sie war durchtrennt. Die Bewegungsmelder, haben ein rotes kleines Licht. Das haben sie entdeckt und sich daher nur auf die Räder konzentriert. Für die Versicherung bekommen wir eine Bestätigung durch die Beamten.

Wir entscheiden uns, umgehend weiter zu fahren. In Zukunft gehen wir auf keine einsamen Plätze mehr. Die Warnung, dass eine Bande ihr Unwesen treibt, reicht ja schon.

An diesem Tag fahren wir ziemlich weit südlicher. An La Baule vorbei bis in die Gegend von La Rochelle. Dann wird es uns zu viel. Wir brauchen eine Pause. Eine Tankstelle gibt uns den richtigen Tipp. In *Châtelaillon-Plage* finden wir was wir suchen. Einen modernen Platz mit eingezäuntem Gelände, auch eine Grube ist vorhanden, so kann ich das Wohnmobil entleeren und reinigen. Den Wassertank auffüllen und eine kleine Inspektion vornehmen.

Ein gutes Trinkgeld hilft, dass wir einen Stellplatz mit Aussicht finden. Der Strandzugang ist in der Nacht bewacht, zumindest deutet ein Schild darauf hin.

Das Bistro hat sogar Tischdecken. Wir fühlen uns auf Anhieb wohl. Leider geht das vielen anderen Trailerfahrern ebenso. Der Platz ist dicht belegt.

Neben uns steht ein Anhänger. Das Fahrzeug musste auf einen separaten Platz gebracht werden. Es sind sehr junge Leute. Zumindest vermuten wir das nach der Musik, die zu uns herüber tönt.

Von der Küche des kleinen Bistros ist Rebecca begeistert. »Das könnte fast schon einen Stern bekommen.«, meint sie.

»Ich gehe noch eine Runde mit Carlos, bevor wir zum Essen gehen.?

Wir hatten Glück, ein Tisch auf der Terrasse war noch frei. So genießen wir den Abend. Die Aufregung vom Vortag ist längst vergessen. Nur Fahrräder, wollen wir uns wieder zulegen. Das machen wir am besten gleich morgen in der Stadt. Ein Stadtbummel in La Rochelle ist vom Platzwart empfohlen worden. Eine Liste mit Einkaufsmöglichkeiten erhalten wir gleich beim einchecken.

Am nächsten Morgen fahren viele Fahrzeuge wieder ab. So erfahren wir, dass dieser Platz eher für eine Nacht genutzt wird. Die meisten Fahrzeuge warten auf eine Gelegenheit, einen Stellplatz auf der Halbinsel »Ile de Ré« zu bekommen.

So unternehmen wir unseren Stadtbummel und besorgen uns neue Fahrräder. Zwei Tage werden wir noch bleiben, dann aber ziehen auch wir weiter in den Süden.

In Royan setzen wir mit einer Fähre über die Gironde-Mündung. Was nun folgt ist ein Paradies für Camper. In Carcans-Plage finden wir den Platz, den wir gesucht haben. Nahe dem Meer, gesichert und großzügig gestaltet. Jeder Wagen hat genug Platz, um nicht dem Nachbarn in den Trailer zu sehen. Hier stehen auch Trailer, die überwintern und als Wochenendwohnung genutzt werden. Schon sehr ähnlich unserem Trailer-Camp.

Aber ohne Trinkgeld geht natürlich nichts. Stromanschluss, Telefon und Internet, alles selbstverständlich. Hier gibt es auch ein richtiges Restaurant und einen kleinen Einkaufsmarkt mit Zubehör. Unser Standplatz ist in erster Linie zum Strand. Dann kommt der Servicewagen und schließt uns noch am Wassersystem an.

Rebecca hat sich Carlos geschnappt und macht einen ausgedehnten Spaziergang am Strand. »Erkundungstour«, sagte sie.

Ein Wachbediensteter zieht seine Runde, was mir allerdings auch sagt, dass Überfälle hier öfter vorkommen, sonst gäbe es ihn nicht. Er begrüßt mich und will wissen, wie lange wir bleiben. Dann sieht er, dass wir einen Hund haben. Der Futternapf steht vor dem Wagen. »Ist es ein großer?«

»Wie man es nimmt, es ist ein junger Wolf.«

»Ah gut zu wissen. Sie leinen ihn aber schon an?«

»In der Regel schon, nur im Wagen, da ist er natürlich frei. Wenn sie uns also sprechen wollen, so klopfen sie besser.«

Sein Gewehr, das ihn schützen soll, stammt noch aus dem Bürgerkrieg vor hundert Jahren. Zumindest sieht es so aus.

»Haben sie damit schon geschossen?«

»Nein nicht wirklich, ich weiß noch nicht mal, wie man es richtig lädt.«

»Das ist ja sehr vertrauenerweckend!«

»Aber ich hab ja ein Funkgerät, das ist direkt mit der Polizei verbunden.«

»Na, das ist ja schon mal etwas. Aber wir haben ja sowieso den Hund.«

»Ach, die Fahrräder lassen sie besser auf dem Träger, so etwas wird tagsüber schon mal ausgeliehen. Nachts schließen wir die Gittertüren zum Strand.

Wenn sie mal vor einer verschlossenen Türe stehen, gehen sie einfach um das Camp und kommen zur Hauptpforte. Ein kleiner Umweg, aber es soll schon sicher sein.«

»Gut zu wissen, ach hier noch ein Trinkgeld, für einen Kaffee.«

Dann ist er auch schon verschwunden. Als Punkt in der Ferne erkenne ich Rebecca mit dem Hund. Es wird noch eine Weile dauern, bis sie hier ankommen. Ich nutze die Zeit, um mir das reichliche Serviceangebot durchzulesen. Sie bringen sogar das Essen an den Wagen.

Mein Nachbar montiert gerade sein Vorzelt. Das sollte ich vielleicht auch machen. Ob ich das alleine schaffe? Ich hole mir die Beschreibung und das übergroße Teil aus dem Staufach. Dann steht aber schon Carlos vor mir.

»Wie weit wart ihr denn?«

»Du kannst hier laufen ohne Ende. Zehn Kilometer kein Problem und du triffst lauter nette Leute. Alle gehen um diese Zeit mit ihren Hunden spazieren. Rebecca setzt sich in den Liegestuhl und beobachtet mein Tun mit dem Vorzelt. »Meinst du, wir brauchen es?«

»Ich will es wenigstens mal ausprobiert haben. Unser Nachbar, übrigens ein Holländer, hat es auch aufgebaut.«

»Eine Dame aus dem Camp hat mir die Küche sehr empfohlen, sie sind schon seit vierzehn Tagen hier.«

»Du kannst ja mal am Buffet schauen, ob etwas für uns dabei ist. Ein großer Salat würde mir sicher schmecken.«

Rebecca schnappt sich meinen Geldbeutel und zieht los. Ich rufe noch, »Den Wein nicht vergessen!«

Die Nächte werden immer wärmer, so dass wir schon einige Male im Vorzelt übernachtet haben. Carlos liebt das. Nur einmal hat er plötzlich losgeheult, was die Nachbarn mit einem bösen Blick gewürdigt haben. Die Tage fliegen nur so dahin. Rebecca und ich sind verliebt, was sich an den großen Portionen abzeichnet, die wir täglich verdrücken. »Du musst ein bisschen auf deine Linie achten. Am besten, wir gewöhnen uns daran, etwas mehr mit dem Fahrrad zu fahren.«

So wechseln wir zwischen Radfahren und Strandläufen ab. Carlos liebt den Strandlauf mehr, da es soviel zu erschnüffeln gibt. Einmal haben wir die Möglichkeit genutzt und sind mit dem Bus nach Bordeaux gefahren. Carlos hatte inzwischen auf den Trailer geachtet. Mit einigen Tüten bepackt, kamen wir zurück. Er sah uns an, »Und wo ist der Knochen?« Rebecca hatte ihm einen Büffelhornknochen mitgebracht, damit war der Hausfrieden gerettet.

Bei Kerzenlicht sitzen wir im Vorzelt und hören den Wellen zu, wie sie am Strand auslaufen. Ein beruhigendes Geräusch. »Du kannst die zweite Flasche ruhig noch aufmachen.« Wir hören wie das Gittertor geschlossen wird. Die Stimmen aus den umliegenden Trailern werden leiser, die Musik ist in weiter Ferne noch zu hören. Eine Sternschnuppe fliegt über uns. Ohne etwas zu sagen, wünschen wir uns etwas. Rebecca sieht mich verliebt an. »Hast du dir etwas gewünscht?«

»Ja sicher, aber ich sag es nicht.«

»Lass uns zu Bett gehen. Ich hab noch Lust auf ein Spielchen.«

»Aber dieses Mal bitte nicht so laut. Die Nachbarn schimpfen sonst wieder auf Carlos.«

Carlos nutzt inzwischen das untere Bett allein. Er genießt den großen Platz.

Rebecca ist heute besonders wild. So bekomme ich erstmalig ihre Zähne zu spüren. Sie ist schon fast auf dem Höhepunkt, da beißt sie mir in den Hals. Deutlich spüre ich vier Zähne. Anschließend saugt sie sich fest. Außer einer Gänsehaut, die mir über den Rücken läuft, bekomme ich auch noch einen gigantischen Fleck am Hals, der mich die nächsten Tage schmücken soll.

Als Rebecca neben mir aufwacht, ist sie selber erschrocken. »Hat es sehr wehgetan?«

»Ich hatte das Gefühl, es war der Koppelbiss.«

»Vielleicht?«, meint Rebecca stirnrunzelnd.

»Aber ich muss zugeben, ich hatte noch nie so einen mächtigen Orgasmus.«

»Dann hat ja jeder gehabt, was er gebraucht hat.«, sagt lächelnd Rebecca.

Wir liegen uns in den Armen und sie verspricht, meinen Hals zu pflegen. »Zuerst nehmen wir mal eine gute Creme.«

»Das breite Halsband, war wohl für deinen Mann, damit er sich schützen konnte.«

»Wie kommst du darauf?«

»Das Halsband, hätte mich schützen können.«

Liebevoll cremt mich Rebecca ein. »Wenn wir nach draußen gehen, werde ich dir ein Tuch darum binden.«

»Das ist aber lieb von dir. An welche Farbe hast du denn gedacht?«

Wir haben nichts dergleichen getan. Ich habe meinen Fleck gezeigt und musste feststellen, dass es besonders die Damen waren, die mir einen beachtenden Blick zu warfen. Nach einer guten Woche war er verschwunden.

Für diesen Abend haben wir uns einen Tisch im Restaurant reserviert. Wir feiern unser zweimonatiges Beisammensein. Sogar eine Kerze wurde angezündet. Wir bestellen alles, worauf wir gerade Lust haben. »Heute achten wir nicht auf die Kalorien. Wir lassen es uns einfach schmecken.« Ganz nebenbei stelle ich fest, dass die Jeans bei Rebecca etwas spannt. Wir sollten doch mal auf die Wage steigen. Auch meine Sommerhose geht kaum noch zu. Aber an all dies wollten wir an diesem feierlichen Abend nicht denken. »Zwei Grappa bitte, ach was, bringen sie zwei doppelte Grappa.«

Zwei Monate, sie sind verflogen, ohne das wir es gemerkt haben. Automatisch muss ich an die Klinik denken. Wie wird es Jean gehen? Hat er sich schon erholt? Was treiben sie im Camp? Was macht Vincent mit seiner Zucht?«

Wir beschließen noch eine Woche zu bleiben und dann unsere Reise fortzusetzen. Es soll noch weiter in den Süden gehen. Vielleicht sogar bis in den Norden Spaniens. Gemeinsam blicken wir auf die Straßenkarte, Rebecca hat dann die Idee, mal im Internet zu suchen. Vielleicht gibt es ja den Geheimtipp? »Wenn es im Internet steht, dann ist es doch kein Geheimtipp mehr!«

»Biarritz, dass peilen wir mal an. Da soll es besonders schön sein.«, sagt Rebecca.

Auf dem Platz ist inzwischen ein reger Wechsel. Die einen haben Ferienende, bei den anderen fangen sie erst an. Die Holländer packen gerade ein, sie wirken richtig erholt. »Was halten Sie von einem Abschlusstrunk?«

An diesem Abend erfahren wir, dass sie ihren zehnten Hochzeitstag gefeiert haben. Das Wohnmobil ist gemietet. Das hat den Vorteil, dass man die Sorgen los ist, wenn man es nicht mehr braucht. Es wird bis spät in die Nacht gefeiert. Ein weiteres Ehepaar hat sich dazu gesellt, auch sie fahren ab. So begießen wir das Ferienende.

Als wir am nächsten Tag aus unserem Trailer sehen, sind sie bereits verschwunden. Ein leerer Platz liegt nun neben uns.

Heute ist es bereits so warm, dass wir nach Schatten suchen. Der Sommer hat voll zugeschlagen. Ich sehe auf das Thermometer und staune nicht schlecht.

Zweiundzwanzig Grad und das in der Früh um halb neun. Wir sitzen gerade sehr gemütlich beim Frühstück, da kommt unser Platzwart auf uns zu.
»Hallo, ich will ja nicht stören, aber ich muss abkassieren.«
»Wie viel macht es denn?«
»Zweihundertzehn, wenn sie es in bar hätten, wäre das für mich günstiger.«
»Und für mich?«
Eine Antwort bleibt er schuldig. Ich gehe in den Wagen und hole aus meinem kleinen Safe das Geld. Er bedankt sich und meint noch, »Dann einen schönen Tag! Wissen Sie schon, wann Sie abreisen?«
»Wir bleiben noch eine Woche, dann ziehen wir weiter.«
Kaum ist er um die Ecke, meint Rebecca, »Der hat dich genau beobachtet, wo du das Geld geholt hast. Der gefällt mir nicht.«
»Dann werde ich mir ein Schließfach nehmen, meine Bank hat hier eine Filiale. Ich buche mir schnell einen kleinen Leihwagen, okay?«
Ich rufe kurz bei unserem Platzwart an und bitte ihn, mir einen Wagen zu besorgen. Bereits nach einer Stunde meldet er sich mit der Nachricht, dass der Wagen bereit steht. Ein kleiner Renault Clio. Die besten Jahre hat er schon hinter sich, aber für uns ist das in Ordnung.
Ich packe alle wichtigen Dinge in eine Tasche und fahre nach Bordeaux. Die Filiale liegt gleich am Ortseingang, so erspare ich mir die Kurverei im Zentrum. Schließfächer kosten in der Hochsaison einiges an Geld. Eigentlich war ich der Meinung, dass es zum Service gehört, seinen Kunden ein Schließfach bereit zu stellen.
Für den täglichen Gebrauch kaufe ich dann noch einen Laptop, ich lasse ihn auch gleich betriebsbereit machen.
Als ich zurückkomme, sehe ich einige Fahrzeuge mit Blaulicht in der Einfahrt stehen. Ich frage natürlich gleich den Platzwart, was denn los sei.
»Sie haben einen Wohnwagen aufgebrochen und ausgeraubt. Die Herrschaften waren gerade beim Frühstück im Bistro, als sie zurückkamen, war alles weg. Bargeld und der Computer, einfach alles was ein bisschen Wert hatte.«
»Aber Sie haben doch aufgepasst.«
»Mann kann einfach nicht überall sein, dass müssen Sie schon verstehen.«
Die Angelegenheit ist schnell erledigt. Die Geschädigten bekommen ein Formblatt mit einer Unterschrift. »Für die Versicherung!«

Rebecca erzählt, wie sie beobachten konnte, dass der Platzwart die Gauner beobachtet hat. »Er stand gleich hinter dieser Ecke und hat zugeschaut.«

»So hab ich es mir schon vorgestellt. Die Saison geht zu Ende, da muss man noch kräftig abräumen. In vier Wochen steht hier keiner mehr.«

Für den nächsten Tag haben wir einen Ausflug geplant. Wir werden Carlos mitnehmen. Arcachon steht auf dem Programm und ein Besuch bei einem weiteren Campingplatz. Er wurde mir schon in Lyon empfohlen. Mal sehen, ob er wirklich so schön ist.

Wir sind den ganzen Tag unterwegs und genießen den Ausflug. Auch Carlos kommt nicht zu kurz. Einen ausgedehnten Spaziergang hat er hinter sich, als wir wieder in unser Camp zurückkommen. Schon von weitem sehe ich, dass am Vorzelt etwas nicht stimmt. Es hängt ziemlich schief. Als wir uns dem Wagen nähern, sehen wir schon die offene Türe. Rebecca und ich sind sprachlos. Wir rufen sofort nach dem Platzwart. »Ach was, was ist denn hier passiert?«, so sein dämlicher Kommentar. »Die haben wohl nichts gefunden, deshalb haben sie das Vorzelt zerschnitten.«

»Woher wissen Sie denn, dass sie nichts gefunden haben?« Wir verständigen die Polizei. Aber wir haben es schon geahnt. Das Interesse ist gleich null, sich um die Angelegenheit zu kümmern. Im Gegenteil, sie diskutieren mit dem Platzwart darüber, was denn am häufigsten gestohlen wird.

Wir verständigen die Versicherung, die uns daraufhin den Vertrag kündigt. »Ihre Reise wollen wir nicht weiter versichern, da ist uns das Risiko zu hoch.« Das war kurz und bündig. Am nächsten Morgen brechen wir auf. Aber wir wissen, dass wir vorsichtiger sein müssen, es wird nicht leichter, wenn wir südlicher sind. Hier sind die Banden bekanntlich noch häufiger am Werk.

Gegen Abend treffen wir in Biarritz ein. Der Platz gleicht einem Hochsicherheitstrakt. Hohe Einzäunung, die Türen und Zufahrten gehen nur mit einer Karte zu öffnen. »Macht das wirklich noch Spaß?«, meint Rebecca »Da kommst du dir ja wie in einem Gefängnis vor.«

Wir beschließen noch ein Stück weiter zu fahren. So landen wir in San Sebastian. Nun sind wir tatsächlich schon in Spanien.

Der Platz ist gut besucht und hat auch eine große Anzahl von Dauercampern. Das gibt mehr Sicherheit. Vor allem, da wir ja keine Versicherung mehr haben. Auch hier finden wir eine Möglichkeit, unsere Wertsachen in einen Tresor zu geben. Unsere Nachbarn zur Linken sind aus Norwegen. Wir freunden uns schon am zweiten Tag an und haben viel Spaß miteinander. Wir sind zwar nicht so trinkfest wie sie, aber sie lieben unseren Carlos und er hat sie knurrend akzeptiert.

Wir verbringen hier fast vier Wochen. Seit einer Woche sind unsere Norweger bereits abgereist. Auch dieser Platz wird zusehends ruhiger. Inzwischen ist es Oktober, da sind überall die Ferien zu Ende.

Die Feier zu unserem dreimonatigen Kennenlerntag haben wir übersehen. Erst einige Tage später meint Rebecca, »Jetzt haben wir das Feiern vergessen!«

»Wichtig ist doch, dass wir uns mögen und zusammen bleiben wollen.«

»Da hast du recht!«

Die weitere Route führt uns nach Pamplona und über Zaragoza bis ans Mittelmeer. An der Costa del Sol treffen wir die Entscheidung, den Winter hier zu verbringen. Wir finden Unterschlupf an einem sehr schönen Platz in der Nähe von Marbella. Der Platz ist für Langzeitcamper eingerichtet und ermöglicht uns, auch mal in einem Appartement zu übernachten.

Die letzten drei Monate haben wir in einer kleinen Wohnung verbracht. Ein Leihwagen hat uns das Leben hier erleichtert. Inzwischen sind Rebecca und ich, Carlos nicht zu vergessen, schon über ein halbes Jahr zusammen.

Wir sind verliebt wie am ersten Tag und überlegen bereits, ob wir nicht heiraten sollten. Rebecca muss da aber noch einiges klären, so versichert sie mir, »... so einfach ist das nicht.«

»Auch diese Hürde werden wir schaffen!«

Jean berichtet in regelmäßigen Abständen, was sich an der Börse tut. Die Klinikleitung fragt an, ob es bei der Vereinbarung bleibt. »Ich weiß gar nicht, warum die das schon jetzt wissen wollen. Schließlich sind es ja noch vier Monate.«

»Das musst du doch verstehen, die müssen doch planen.«

Die Tage werden länger, die Sonne kräftiger, so dass wir beschließen unsere Zelte in Marbella abzubrechen. Wir wollen nördlicher einen neuen Platz suchen. Vielleicht sogar in die Nähe von Barcelona. Mal sehen, was sie sich für mich ausgedacht haben. Rebecca ist von dieser Idee ganz angetan. Endlich mal eine Großstadt.

Schon Valencia gibt uns einen Vorgeschmack. In einem Orangenhain kommen wir unter. Er wird von einem deutschen Ehepaar geführt. Sie erzählen, dass sie hier vor zwanzig Jahren eingetroffen sind und es niemals bereut haben. Einige Bungalows haben sie eingerichtet und vermieten diese. »Das wäre doch auch was für euch. Gleich nebenan gibt es ein großes Grundstück zu verkaufen.«

Wir kommen nicht umhin es anzusehen, aber was sollen wir hier? Für vier Wochen passt ja alles recht gut. Natürlich müssen wir versprechen, es uns zu überlegen. »Wenn ihr das nicht nehmt, dann ist euch wirklich nicht zu helfen.«, meint Gerlinde. So ganz nebenbei erfahren wir, dass sie auch Immobilienmaklerin ist.

Im Orangenhain sind wir nun ganz für uns. Wir genießen es und Carlos darf sogar frei umher laufen, da unser Grundstück eingezäunt ist. In den nächsten Ort sind es mit dem Rad nur zwanzig Minuten. So fahren wir täglich dorthin, schon alleine wegen der Bewegung. Außerdem haben wir ein Café entdeckt, das einen leckeren Mittagstisch hat.

Auch Rebecca kommt an unserem neuen Ort dazu, ihre Bedürfnisse zu stillen. Hier kann sie Wolf sein, solange sie will. Ihre Wünsche kann sie hier total ausleben. Mal hängt sie angeleint an einem Orangenbaum, mal an einem Gatter. Gebückt, gestreckt oder kopfüber. Wir sind hier ganz für uns und erleben unsere Zeit.

Wir liegen immer noch im Bett, Carlos durchstreift den Orangenhain. Die Sonne scheint Rebecca übers Gesicht und ich streichle sie am Busen.

»Los, noch einmal, dann stehen wir aber auf.«

»Du möchtest mich doch nur nochmal richtig beißen, gib es wenigstens zu.«

»Ja, ich will, dass es die ganze Welt sieht, wie ich dich liebe.«

Es war ziemlich schmerzhaft, aber auch wunderschön. Rebecca biss sich fest. Mein Hals wird für die nächsten Tage gezeichnet sein. »Rebecca, wenn das so weiter geht, werde ich dir einen Maulkorb besorgen.« Wir stellen uns vor, wie das wohl aussehen würde.

Inzwischen sind wir unter der Dusche, einem einfachen Schlauch, der über einem Ast montiert ist. Warmes Wasser brauchen wir nicht. Schließlich ist es schon sehr sommerlich. Im Anschluss wollen wir wieder ins Dorf. Einkaufen, bummeln und viele Fotos schießen. Rebecca hat ihr neues Hobby entdeckt. Ohne Fotoapparat geht sie nicht mehr aus dem Haus.

Sie freut sich wie ein kleines Kind, dass ich ein Tuch um den Hals tragen muss. »Wenn du kein Tuch willst, kannst du natürlich auch das breite Halsband nehmen, mach es wie du willst.«

Carlos läuft sehr brav neben dem Rad und freut sich, dass es auf dem Rückweg über den Strand geht. Endlich darf er mal wieder im Meer schwimmen.

Die Tage vergehen und nichts lässt uns an Arbeit denken. Obwohl die Zeit immer näher rückt, wo ich eine Entscheidung treffen muss. Noch drei Monate, dann wird meine Auszeit vorbei sein. Die schönste Zeit meines bisherigen Lebens, muss ich feststellen. Natürlich liegt das hauptsächlich an Rebecca, die täglich für eine Überraschung gut ist.

Noch eine Woche, dann werden wir Barcelona ansteuern. Ich muss mir wenigstens meinen zukünftigen Arbeitsplatz mal ansehen. Absagen kann ich ja immer noch, so tröste ich mich. Aber wirklich absagen? Nur in den Tag hinein leben, ist das ein Leben für mich?

Mit unseren Gastgebern feiern wir noch kräftig Abschied. Viel Wein ist an diesem Abend geflossen und die Tafel war reichlich gedeckt. Den Carlos hätten sie am liebsten behalten, aber Rebecca erdrückte die Idee gleich im Ansatz.

Am folgenden Tag fuhren wir bis in die Nähe von Tarragona. Ein gepflegter Campingplatz sollte unser Ausgangspunkt sein. Einen Mietwagen besorgten wir uns wieder durch den Platzwart. Wir haben zwar schon bessere Plätze gesehen, aber dieser lag sehr verkehrsgünstig und ewig wollten wir ja auch nicht bleiben. Drei Tage haben wir eingeplant, dann sollte es Richtung Heimat gehen.

Jean hat sich gemeldet und will nun wissen, wo wir uns gerade aufhalten. Es gäbe da etwas zu besprechen. Am Telefon ginge das nicht, meinte er. Vielleicht würde er sich ein paar Tage frei nehmen. Genügend Urlaubstage hätte er noch. Außerdem ist es von Lyon nach Tarragona nur eine Tagesreise.

Nun merke ich erst, wie nah ich meinem Ausgangspunkt bin. »Eine Tagesreise, mehr nicht!«, sage ich zur Rebecca.

»Wie wollen wir weitermachen? Glaubst du, dass ich später an deiner Seite eine Arbeit finde, die mich zufrieden stellt?«

»Du wirst Hausfrau sein, dich um den Garten kümmern, unsere Kinder großziehen.«

»Ach ja, Kinder großziehen? Meinst du, das ist etwas für mich?«

Am nächsten Tag fahre ich schon ziemlich früh Richtung Barcelona. Mein Navi hab ich mitgenommen, damit ich mich nicht komplett verfahre. Die Klinik soll etwas außerhalb liegen. Also bleibt mir der Stadtverkehr erspart. Meinen einzigen Anzug, den ich mit auf die Reise genommen habe, trage ich am heutigen Tag. Der Klinikdirektor erwartet mich. »Kommen Sie herein, damit Sie ihren Wirkungsbereich gleich mal sehen.«

»Hier ist wohl alles neu?«

»Ja, nichts ist hier älter wie ein Jahr. Sie sollten ja eigentlich schon vor einem Jahr hier anfangen.«

»Das ist richtig, aber ich habe diese Auszeit einfach gebraucht.«

Nun will er natürlich wissen, wie ich die Auszeit genutzt habe. Eine kurze Schilderung folgt. Am Schluss meint er, »So etwas hätte ich mir schon lange mal gewünscht, aber meine Frau hat etwas gegen das Reisen mit einem Wohnmobil.«

Es folgt ein dreistündiger Rundgang durch das Klinikum. Im Anschluss ist ein Meeting mit den wichtigsten Ärzten geplant. Bei Kaffee und Kuchen werden Probleme und Situationen im Alltag besprochen. Erst gegen fünf Uhr verabschiede ich mich. »Dann bis auf bald!«, ruft der Klinikchef noch.

Inzwischen ist es längst dunkel, als ich auf die Nebenstraße zum Campingplatz abbiege. Schon von Weitem sehe ich Blaulicht. Die Zufahrtsstraße ist gesperrt. Ein freundlicher Polizeibeamter, meint »da geht im Moment nichts.«

»Es hat eine Schießerei gegeben.«, sagt mir sein Kollege.

»Schießerei, ein Raubüberfall?«

»Das waren wieder diese Zigeuner, die machen die ganze Gegend unsicher.«, erzählt mein Nachbar, der ebenfalls wartet, bis er endlich durch kann.

Ein Beamter geht durch die Wartenden und fragt, welche Stellplätze sie haben. So nenne auch ich meinen Platz. »Neunundzwanzig.«

»Sind Sie Herr Colbert?«

»Ja, so ist es.«

»Dann kommen Sie bitte mit. Wir müssen Sie befragen.«

»Ist ihre Begleiterin eine Frau Rebecca … ?«

»Ja. Hat es mit ihr zu tun?«

»Nicht nur mit ihr, wir haben da noch einen toten Mann.«

Ein Polizeifahrzeug steht für das Gespräch bereit.

»Wie stehen Sie zu Frau Rebecca Moroni?«
»Wir haben uns kennen gelernt und sind seit neun Monaten zusammen.«
»Haben Sie einen Hund?«
»Ja, einen Wolfshund.«
»Ich muss Ihnen leider mitteilen, dass ihre Begleitung wie auch ihr Hund erschossen wurden.«

Mich überkommt ein taumelndes Gefühl, als würde mir der Boden unter den Füßen weggezogen. »Das kann doch nicht möglich sein. Wir wollten heiraten.«

»Wenn das stimmt, was wir herausgefunden haben, dann war Frau Moroni verheiratet.«

»Nein, sie hat Unterlagen, die sagen, dass ihr Mann bei einem Feuer umgekommen ist.«

»Das ist nicht richtig, es war ihr Schwager, mit dem sie ein Lokal in Paris-Plagé hatte. Ihr Mann sucht sie seit einiger Zeit. Er hat ihr den Tod versprochen, wenn er sie findet. Das haben wir aus Unterlagen von Kollegen. Vier Brüder waren es ursprünglich. Zwei kamen bei dem Brand ums Leben. Einer kam in Brest zu Tode.

Der Ehemann hat sie wohl hier aufgespürt, davon müssen wir ausgehen. Vielleicht hat er sie auch angerufen und so ihre Adresse erfahren. Er kam an den Wagen und wollte mit ihr sprechen. So wenigstens berichten das Zeugen. Der Hund sprang auf ihn zu, biss ihn in den Hals. In diesem Moment kam Frau Moroni dazu. Ob er sie nun erschießen wollte oder nicht, ist unklar. Aber ein Schuss traf Frau Moroni. Sie war sofort tot.

Ein zweiter Schuss traf den Hund.«
»Oh Gott, das ist ja furchtbar.«
»Sind Sie versichert?«
»Gegen was denn?«
»Ich meine, der Hund muss doch versichert sein.«
»Ja, ja, das ist er schon. Aber er war ja an der Leine.«
»Kommen Sie bitte mit zum Wagen.«

Rebecca hat man wohl schon fortgebracht. Auch ihren Ehemann, wenn er es wirklich war. Er ist schon abgeholt worden. Nur Carlos liegt noch zugedeckt vor dem Wagen. Seine Leine hat er immer noch um.

»Sehen Sie, seine Leine ist noch dran. In diesem Fall zahlt keine Versicherung.«

»Sie haben schon recht. Der Mann hätte sich dem Wagen nicht nähern dürfen.«

Ein Tierarzt kommt vorbei und holt Carlos ab. Ich gehe in den Wagen und sehe mich um. Es fehlt nichts, Rebecca wurde wohl beim Kochen gestört.

Das Blut ist bis in den Wagen gespritzt. »Kann ich hier schon was machen, oder brauchen Ihre Leute noch Zeit für eine weitere Untersuchung?«

»Für heute Nacht wäre es uns lieber, wenn Sie ein Hotel aufsuchen würden.«

»Okay.«

Ich kann es nicht fassen. Warum musste alles einen solchen Abschluss finden. Warum hat sie nicht gesagt, dass sie noch verheiratet ist. Dann aber fällt mir ein, wie sie mal sagte, »wenn wir heiraten wollen, dann muss ich da noch einiges klären.«.

Damit meinte sie wohl, dass sie die Scheidung braucht.

Aber ein Mann aus Algerien lässt sich doch nicht scheiden, schon gar nicht, wenn seine Frau mit seinem Bruder zusammen war. Scheiße, es ist eine einzige Scheiße. Warum hat sie es nie gesagt, dass sie von ihrem eigenen Mann gejagt wird? War es so etwas wie Blutschande?

Vielleicht wollte sie einfach nur die Zeit nutzen und genießen. Es wäre ihr nicht zu verdenken. Es war eine schöne Zeit, die wir zusammen hatten. Ein schwacher Fleck an meinem Hals erinnert mich noch immer daran. Erst in den nächsten Tagen wird er verschwunden sein.

Jean ruft an. »Ich werde dich besuchen kommen, wo können wir uns treffen?«

»Pass auf, es hat sich etwas geändert, es wäre mir lieber wenn wir es um eine Woche verschieben könnten, dann aber an der Côte d'Azur.«

»Das wäre mir auch lieber, ich fahre nicht so gerne nach Spanien.«

»Wir machen das so, wenn ich einen festen Platz gefunden habe, verständige ich dich. Ist das für dich okay?«

»Das passt. Hast du schon gehört, was es Neues gibt?«

»Nein erzähl, wenn es wichtig ist.«

»Das Unternehmen, das vor drei Jahren unsere Klinik gekauft hat, scheint in finanziellen Schwierigkeiten zu sein.«

»Aber du meinst doch nicht, dass es Probleme in Lyon gibt?«

»In Lyon nicht, aber in Kliniken die in Holland, Belgien und Spanien liegen. Die französische Regierung will nur die Kliniken in Frankreich unterstützen.

Da bleibt dann für die anderen nichts mehr übrig. Was ganz klar heißt, dass diese Kliniken abgestoßen werden.«

»Na prima, dann ist ja mein Job in Barcelona gar nicht mehr sicher!«

»Daran hab ich noch gar nicht gedacht. Dann hast du ja jetzt Zeit, dich zu erkundigen. Viel Spaß dabei. Wir sehen uns dann in Nizza.«

Mir wird plötzlich klar, dass mein Leben gerade eine Kehrtwendung macht. Zuerst das mit Rebecca, nun die Arbeitsstelle.

Ich nehme ein Taxi und lass mich in ein Hotel bringen. Meine Sachen? Ach was, ich kaufe mir einiges neu. Eine Hose und ein Hemd, das war sowieso fällig. Das Hotel liegt im Zentrum von Tarragona. Zeit zum Einkaufen hab ich ja nun genug.

Am nächsten Morgen, erhalte ich einen Anruf von Doktor Dubois. »Ich habe es gerade in der Zeitung gelesen. Wie geht es Ihnen denn?«

»Ich weiß es noch nicht, ich hatte noch keine Zeit darüber nachzudenken. Gestern hab ich noch so ganz nebenbei erfahren, dass meine neue Anstellung in der Klinik in Barcelona nicht mehr sicher ist.«

»Da zieht ja gerade ein Wirbelsturm über Sie hinweg. Schade, dass Sie so weit weg sind. Ich habe das Gefühl, ein Abendessen würde uns beiden gut tun.«

»In zwei Wochen, wenn Sie mich dann immer noch einladen wollen, hätte ich Zeit.«

»Wollte ich Sie einladen? Spaß bei Seite, ich hab da so eine Idee …«

»Okay, wenn Sie mit ihrer Idee noch zwei Wochen warten können, melde ich mich, wenn ich in Brest bin.«

»Alles Gute, ich drücke Ihnen die Daumen, das Sie diese schwierige Situation überwinden werden. Das mit dem Ehemann von Rebecca wusste ich übrigens, aber ich wusste nicht, ob ich es Ihnen sagen sollte.«

»Kommt den Rebecca aus Brest?«

»Ja, so ist es, sie ist meine Nichte.«

»Oh, dann auch für Sie mein herzliches Beileid. Dann komme ich auf jeden Fall. Also, bis in zwei Wochen.«

Am nächsten Morgen erhalte ich einen Anruf vom Kommissar. »Kommen Sie einfach vorbei und unterschreiben Sie das Protokoll. Dann ist für Sie die Sache erledigt.«

Ich warte auch gar nicht lange, sondern mache mich gleich auf den Weg. Der Beamte will noch ein paar persönliche Sachen wissen, aber ich sage ihm, dass ich nicht möchte, dass mein Privates in seinem Computer landet. »Wie meinen Sie das?«

»Ich habe gehört, dass Protokolle der spanischen Justiz im Internet zu lesen sind.«

»Wie meinen Sie?«

»Sie wissen es ganz genau. Gehen Sie in das Internet, da finden Sie die Bestätigung.«

»Dann machen wir hier Schluss und Sie können gehen.«

»Tschau, einen schönen Tag noch.«, sage ich und verschwinde.

Zurück am Campingplatz meint der Platzwart, dass er jemanden hätte, der den Wagen reinigen würde. »Dann holen Sie ihn, anschließend möchte ich abreisen.«

Ein junges Mädchen kommt mit einem Putzkübel und diversen Lappen. »Ich mach das schon, aber es kostet etwas mehr.«

»Ist schon in Ordnung, machen Sie nur, dass Sie fertig werden.«

Ich nutze die Zeit, mir die Route zurecht zu legen und anschließend ordne ich noch meine Papiere. Ich beobachte die Putzfrau, dass sie nicht in meinen Unterlagen schnüffelt.

»Die Campingliegen und Stühle dürfen sie mitnehmen. Vielleicht lassen sie sich ja reinigen.« Den dazugehörigen Tisch spritze ich mit dem Schlauch ab und stelle ihn in den Laderaum.

Im Internet suche ich nach Campingplätzen an der Côte d'Azur. Die Auswahl ist riesig. Ich sehe sie mir alle einzeln an. Bis ich auf ein Angebot eines Weinbauern stoße. Er bietet Stellplätze mit Anschluss für Strom und Wasser.

Na bitte, dass ist doch die Idee. Zwar im Hinterland, aber am Strand ist man mit dem Rad ziemlich schnell. Im schlimmsten Fall miete ich eine Vespa.

Ich rufe kurz durch und es scheint eine sympathische Person zu sein. »Kommen Sie nur, ich brauche dringend einen Erntehelfer.«

Nach zwei Stunden ist mein Wohnmobil gereinigt. Ich bezahle und lege noch ein großzügiges Trinkgeld drauf. Desto weiter ich mich von Tarragona entferne, umso mehr verabschiede ich mich in Gedanken von Rebecca. Es war eine sehr schöne Zeit, ich möchte sie niemals missen. Sie wird mir als Wölfin in Erinnerung bleiben. Ihr Biss hatte sicher einen Seltenheitswert. Im Spiegel sehe ich auf dem oberen Bett noch ihre Sachen liegen. Ihr Kleid, ihr Nachthemd, eine Bluse.

Inzwischen bin ich schon auf der Autobahn in Frankreich. In Avignon werde ich eine Pause machen. Vielleicht sogar in die Stadt fahren. Ich mag Avignon, es hat den Charme des Südens. In der Hochsaison findet man hier kein freies Bett, die Touristen fallen über den Ort her, wie die Ameisen über einen Kuchen.

Ein großer Rastplatz, mit dem Hinweis, dass es einen Linienbus in die Stadt gibt. Das ist genau das Richtige. Ich suche mir einen Stellplatz und besorge mir erst mal etwas Richtiges zum Essen. Der Kühlschrank ist leer und die Getränke verlangen nach Auffüllen.

Ich genehmige mir einen gespritzten Weißwein und ein leckeres Baguette mit Schinken. Ich spüre, wie meine Lebensgeister langsam zurückkehren. Anschließend ein Mittagsschläfchen!

Als ich in meine Coje steige, liegen die Kleidungsstücke von Rebecca vor mir. Ich nehme ihr Tuch und rieche daran. Ich werde damit einschlafen. So hab ich sie ganz dicht bei mir. Sicher sieht sie mir von ganz oben zu.

Lautes Hupen lässt mich hochschrecken. Ein kleiner Junge spielt am Lenkrad eines alten Peugeots. Der Vater scheint gerade den Reifen zu wechseln. Die Mutter und die größere Tochter stehen daneben und geben gute Ratschläge. Es dauert nicht mehr lange, dann bittet er sie die Arbeit selbst zu erledigen. Seine Nerven liegen blank. Ich sehe mir das von meinem oberen Bett an. So als würde ich in einem Film sein.

Ich werde hier übernachten. Warum soll ich mir den Stress machen und mich in den abendlichen Berufsverkehr quetschen. Ich hatte da doch noch ein Buch …

Mit einem Handtuch unterm Arm, strebe ich auf die Dusche zu. Einige Herren, wohl aus der Zunft der Fernfahrer, unterhalten sich und erzählen Witze. Ich geselle mich dazu und werde sogar vorgelassen. »Sind Sie der Typ mit dem Wohnmobil?«

»Ja bin ich.«

»Sie stehen auf einem Stellplatz für Fernfahrer.«

»Bin ich doch, sieht man das nicht?«

»Für einen Fernfahrer hast du ein viel zu frisches Hemd.«

Es wird gewitzelt und ich verspreche, anschließend im Café eine Runde auszugeben.

»Der Tisch für die Fernfahrer ist der ohne Tischdecke, nur damit du Bescheid weißt.«

Als ich in das Café komme, sitzen schon die ersten bereit und warten, dass ich die Bestellung aufgebe. Ein Fernfahrer aus der Tschechei will wissen, woher ich komme. In Kurzform schildere ich meine Reise.

»Ein Jahr, du bist ja verrückt. Wie oft hast du dich denn verfahren?«

Die Wirtin des Bistros kennt ihre Leute. Sie macht alle Portionen etwas größer, wie für die gewöhnlichen Reisenden. Sie ist eine Wirtin, wie man sie sich vorstellt. Natürlich ist sie per »Du« mit ihren »fahrenden Typen«, wie sie sie nennt.

Dann aber ruft für die meisten die Zeit. Sie haben einen festen Plan. Haltezeiten wie auch Ruhepausen sind festgelegt. Das Lokal wird leer und ich sitze alleine hier. »Haben Sie eine Zeitung von heute?«

Ich habe ja Zeit, nichts drängt mich. Dann fällt mir wieder Rebecca ein. Es ist schon einsam, wenn eine so wichtige Person plötzlich nicht mehr da ist. Bevor ich sentimental werde, entschließe ich mich weiterzuziehen.

Avignon hab ich mir dann doch geschenkt, also bin ich gleich über Arles weiter an die Côte d'Azur gefahren. Ich halte nochmals kurz an, um das Navi zu füttern. Mal sehen, wo es mich hinbringt.

Marseille umfahre ich großzügig. So steuere ich geradezu auf Toulon zu. Angeblich sind es von hier nur noch achtzehn Kilometer. Das ist ja nur noch ein Katzensprung. Es geht in das hügelige Hinterland. Dann stehe ich vor einem großen Gittertor. Es sieht nach einem hochherrschaftlichen Anwesen aus. Sicher bin ich falsch, so vermute ich. Aber dann kommt ein älterer Herr mit Strohhut. »Sie müssen mein Erntehelfer sein.«

»Gestatten, Colbert.«

»Kommen Sie nur rein. Ich habe Ihren Platz schon hergerichtet. Sie sind im Moment der Einzige. Die Sommergäste sind alle weg und jetzt kommt die ruhige Zeit.«

»Wohin muss ich denn?«

»Nehmen Sie den Feldweg, am Ende sehen Sie eine rote Fahne, dass ist dann Ihr Bereich. Wie Sie es anstellen, das überlasse ich Ihnen. Wasseranschluss gibt es an der kleinen Hütte dahinter. Dort kann man auch duschen und die Toilette aufsuchen.«

Es ist ein Platz zum Träumen. Von Apfelbäumen eingesäumt. Als wäre ich gerade im Paradies eingetroffen.

Dann kommt auch schon ein junger Schäferhund angestürmt. Wir begrüßen uns, wie es üblich ist. Aber plötzlich bleibt er stehen und spitzt die Ohren. Er scheint Carlos zu riechen. Er beginnt zu bellen und geht ganz langsam um den Wagen herum, schnuppert alles ab, setzt seine Marke und trottet davon.

Er dreht sich nochmals um und bellt. Er meint wohl, »Wenn du von mir etwas willst, dann musst du schon herkommen!«

Nachdem ich alles erledigt habe, gehe ich zum Bauern. »Wir haben noch gar nicht über das Geld gesprochen.«

Er kratzt sich hinter dem Ohr. »Tja, das ist schwierig. Eigentlich könnte ich ja noch zwei Wochen Hochsaison nehmen, aber das lohnt nicht.« Ich merke, dass er auf einen Vorschlag von meiner Seite wartet. Er ist ein Schlitzohr, aber ein sehr sympathisches. »Was halten Sie von monatlich sechshundert?«

»Sechshundert?«

»Ja das halte ich für angemessen.«

»Aber ohne Frühstück!«

»Sie machen auch Frühstück?«

»Ja sicher, alle nehmen hier das Paket mit Frühstück.«

»Dann machen wir das doch so, wenn ich da bin, nehme ich natürlich das Frühstück, aber ich werde auch öfter nicht da sein.«

»Ein Frühstück kostet zwölf Euro.«

»Damit bin ich einverstanden.«

»Was bekomme ich, wenn ich bei Ihnen bei der Ernte helfe?«

»Da müssen Sie nichts bezahlen, obwohl das unter Fitnesstraining fällt.«

Wir lachen und der junge Schäferhund gesellt sich dazu. Ich erzähle ihm, dass ich bis vor kurzem einen jungen Wolf dabei hatte, dieser aber verunglückt sei.

Mit Jean habe ich mich in Toulon verabredet. Im Café »Côte d'Azur«.

Eigentlich wollten wir uns um drei Uhr hier treffen, aber ich vermute, dass er im dichten Verkehr hängen geblieben ist. So beobachte ich die Badegäste, das Leben und Treiben an der Promenade.

Dann aber kommt er, geradewegs aus einem Hotel, er hatte ein Schläfchen gehalten und etwas verschlafen. Wir fallen uns in die Arme und ich merke, dass Jean unter mächtiger Anspannung steht.

»Was ist los mit dir, du bist ja fix und fertig?«

»Ich brauche einfach nur eine Auszeit!«

»Nimm sie dir, aber es hat doch sicher einen anderen Grund.«

»Lass uns die Dinge durchgehen, zuerst müssen wir über die CDs reden. Du weißt, es waren acht. Vier davon waren nicht zu verwenden. Weitere vier habe ich ständig im Einsatz. Ich wurde angesprochen, ob ich die CDs nicht kopieren könnte. Da würden wir ganz gut Geld machen.«

»Vergiss es, du weißt doch, dass das Spiel illegal ist. Wenn du sie jetzt verbreiten würdest, bekommst du ganz schnell deine gewünschte Auszeit, aber in Form eines Gefängnisaufenthaltes.«

»Das versteh ich nicht, sie gehören mir doch gar nicht. Sie sind doch auf einen Martin eingetragen.«

»Sag mir lieber gleich, mit wem du gesprochen hast.«

»Da ist einer von der Bank, der hat mich beobachtet und nun setzt er mich unter Druck.«

»Weiß er denn von meinen Überweisungen?«

»Ich gehe davon aus, dass er sich das aufgeschrieben hat.«

Kommentarlos legt Jean die acht CDs auf den Tisch. »Hier sind sie, ich will damit nichts mehr zu tun haben.«

»Was ist mit den Konten?«

»Hab ich alles aufgelöst. Fünfzig zu fünfzig, so wie wir es vereinbart haben.«

»Schreib mir bitte den Namen deines Bankers auf einen Zettel. Den will ich mir mal anschauen. Wie hoch war die Endabrechnung?«

»Ich hab dir noch mal eine halbe Mille rüber geschoben. Meine Summe war etwas höher, da ich ja die Kosten verrechnen musste.«

»Ist schon okay. Aber ich bin auch der Meinung, dass wir erst mal eine Pause einlegen sollten.«

Jean beginnt von seiner Ehe zu erzählen. Da gäbe es in letzter Zeit eine junge Ärztin, mit der hat er ein Techtelmechtel angefangen. Helene sei dahinter gekommen.

»Das kommt doch in den besten Familien vor. Da musst du durch. Kauf ihr etwas sehr Schönes. Sie wird doch einen Wunsch haben?«

»Hat sie, sie will die Scheidung und die Hälfte vom Zockerkonto, natürlich auch das Haus.«

»Das ist heftig. Was bleibt dir denn dann noch?«

»Für einen Neustart würde es schon reichen.«

»Dann gehe zu einem Anwalt und regel das rein privat.«

»Meinst du?«

»Anders wird es nicht gehen, sonst musst du mit einer Anzeige wegen Steuerhinterziehung rechnen.

Jean, da hast du dich ja ganz schön in die Scheiße geritten. Da gibt es nur eines, einen Schlussstrich ziehen.« Dann fällt mir ein, dass ich sofort das Konto in Genf ändern muss. Wer weiß, zu was der Bänker fähig ist. So läute ich gleich mal bei meinem Sachbearbeiter durch.

Herr Zurfluh ist mit solchen Dingen vertraut. »Da kommen Sie gerade noch rechtzeitig. Ich muss Sie allerdings darauf aufmerksam machen, dass die Umbuchung einiges kostet.«

»Kein Problem, das ist mir schon klar.«

»Das sind dann achtundzwanzigtausend Fränkli.«

»Aha …«

»Tut mir leid, aber anders ist es nicht zu machen. Ich brauch das alles aber unbedingt schriftlich. Sie müssten mir also noch eine Mail schicken.«

»Nein, dass mach ich persönlich. Ich bin übermorgen bei Ihnen!«

»Jean, kannst du mich mitnehmen? Ich brauche den Peugeot.«

Am nächsten Morgen treffe ich Jean vor seinem Hotel. Die zwei Tage haben ihm gut getan. »Siehst du, es gibt immer eine Lösung.«

Wir fahren gemeinsam nach Lyon. In der Tiefgarage der Klinik treffe ich dann noch den Vorstand.

»Haben Sie schon gehört, da gibt es eventuell ein Problem mit Barcelona. Aber Sie können ja mit denen direkt verhandeln. Ich halte ihnen auf jeden Fall die Daumen.«

»Daumenhalten ist schon mal gut. Außerdem hab ich ja noch meinen Vertrag hier an der Klinik. Die Auszeit ist ja in sieben Wochen vorbei. Dann bin ich pünktlich wieder hier.«

»Ja aber, Sie wollten doch nach Barcelona.«

»Wollte, vielleicht …«

»Ich kann Sie doch nicht wieder hier einsetzen. Da bekomme ich mächtig Ärger mit dem Verwaltungsrat.«

»Da müssen Sie durch. Vertrag ist Vertrag!«

Mein Wagen springt natürlich nicht an. Ich brauche ein Überklemmkabel. In der Ecke steht der Wagen von Verena. Mal sehen, ob sie Dienst hat.

»Verena, bist du im Haus?«

»Ja mein Schatz, was brauchst du denn?«

»Ein Überklemmkabel.«

»Liegt im Kofferraum, nimm es dir einfach.«

Nach einer weiteren halben Stunde surrt dann mein »Alter« wieder. Bei der nächsten Tankstelle werde ich mal raus fahren und nach dem Wasser sehen.

Halb eins, da hab ich ja noch mal Glück gehabt. Gleich machen sie zu. Das ist immer die beste Zeit, wenn man von einer Bank was will.

»Zu Herrn Zurfluh bitte.«

»Vierter Stock bitte!«

»Hi, Herr Zurfluh, jetzt hätte ich es beinahe nicht geschafft. Der Wagen wollte nicht anspringen.«

»Ich habe schon alles vorbereitet. Zuerst nehmen Sie alles Geld, was im Depot liegt. Dann zahlen wir es auf ein neues Depot wieder ein.«

»Damit ich es richtig verstehe, wenn jetzt eine Person nach meinem Konto fragen würde, würden Sie sagen, da gibt es kein Konto.«

»Genau, so ist es. Denn wir schließen das jetzt gleich Wir brauchen aber auch ein anderes Codewort.«

»Nehmen sie das Wort »Rebecca«!«

Ein Blick auf mein Konto bestätigt mir, dass es sich dort ordentlich vermehrt hat.

Herr Zurfluh macht mir dann den Vorschlag, dass es angemessen wäre, wenn ich einen Wohnsitz in Genf hätte. So würde ich mein zukünftiges Gehalt hier versteuern.

»Da will ich lieber drüber schlafen. Außerdem muss ich mich dafür erst anmelden.«

»Die Formulare hab ich hier. Wir haben hier im Haus eine Firma, die würde Ihnen eine Bestätigung über Ihren Wohnsitz ausstellen.«

»Was kostet denn dieses Spiel.«

»Nicht viel, aber ich schätze, dass es achttausend sind.«
»Dafür hab ich dann eine Schublade in Genf. Finden Sie nicht, dass es etwas schmal zum Wohnen ist?«
»Wegen der Steuer würde es sich lohnen. Denn wenn Sie Schweizer sind, können die Franzosen nichts unternehmen.«
»Ach, ich verstehe, Sie meinen wegen meines Depots. Dann geben Sie die Unterlagen her. Wenn ich schon mal da bin, sollten wir reinen Tisch machen.«
»Wenn Sie zukünftig mal einen Wagen brauchen, den kann ich Ihnen dann steuerfrei besorgen.«
»Sie haben Mittag, was halten Sie davon, wenn ich Sie jetzt zum Essen einlade?«
»Das ist eine gute Idee, dann kann ich Ihnen ganz privat noch einige Tipps geben.«

So verlasse ich am Nachmittag als eingebürgerter Franzose die Schweiz. In Genf wollte ich schon immer mal leben, nur das mit der Schublade, dass ist schon ziemlich eng.
An der Grenze werde ich heraus gewunken. »Fahren Sie mal rechts heran.«
»Was kann ich für Sie tun?«
»Die Wagenpapiere bitte!«
Ich reiche alle Unterlagen durch das Fenster. »Der TÜV ist abgelaufen, aber das wissen Sie ja sicher.«
»Ich habe den Wagen das letzte Jahr nicht benutzt. Ich verspreche, ich mache übermorgen den TÜV!«
»Was haben Sie in der Schweiz gemacht?«
»Ich habe einen Freund besucht. Er ist sehr krank und ich bin Arzt. So habe ich beraten, wo er am besten seine OP machen sollte.«
»Ach, Sie sind Arzt.«
»Aber Sie waren nicht zufällig wegen eines Kontos in der Schweiz?«
»Wegen eines Kontos? Wie kommen Sie denn auf so eine Idee?«
»Fahren Sie schon, aber wir werden Sie im Auge behalten. Ein Steuerbeamter wird Sie in den nächsten Tagen besuchen.«
»Gerne, aber sagen Sie ihm, er muss sich unbedingt anmelden. Ich habe nämlich Urlaub.«

Als ich einige hundert Meter von der Grenze entfernt bin, schreie ich aus dem offenen Fenster, »Arschloch!«.

Ich fahre direkt in das Camp. Mit einem großem »Hallo« werde ich begrüßt. »Lass uns mit einem guten Wein anstoßen. Ich werde jetzt wieder öfter da sein. Nur Morgen, da muss ich nochmal nach Brest.«

»Nach Brest? Ist dass nicht ziemlich weit?«

Dann betritt Beatrix das Bistro. »Hi, was machst du denn hier?«

»Ich wollte mal sehen, ob ihr euch anständig benehmt.«

Beatrix erzählt von ihrem tollen Geschäft mit den kopierten Bildern. »Mir kann man da nichts nachsagen. Ich mache immer einen Stempel darauf »Kopie«.

»Warum betonst du es so?«

»Es soll Leute geben, die entfernen den Stempel.«

»Du wirst sicher eine Stempelfarbe haben, die man leicht entfernen kann?«

»Da hab ich noch gar nicht drauf geachtet.«

Beatrix's Mundwinkel zeigen ein verschmitztes Lächeln. Sie hat sich ganz schön gemausert. Der Einfluss des Camps ist deutlich zu erkennen.

»Wie geht es Sophie? Was macht die Kunst mit den Gewürzen?«

»Das läuft sagenhaft. Die da oben kommen mit der Fertigung nicht mehr nach.«

»Habt ihr schon Zahlen?«

»So genau weiß ich es natürlich nicht, aber monatlich sollen es schon um die vierzigtausend sein. Und das alles schwarz. Kein Koch will eine Quittung.«

Wo bin ich hier gelandet? Da hab ich ja eine feine Brut herangezogen. Morgen werde ich vorher noch die Finca besuchen und mal nach dem Rechten sehen. Von Dijon nach Brest, das müsste ich an einem Tag schaffen. Nun kann ich ja über die Autobahn fahren.

Wir sitzen noch bis spät in die Nacht und machen Witze und erzählen von den vergangenen Tagen. Von meiner Reise und vielem mehr. Nur von Rebecca, da sage ich nichts. Das will ich für mich behalten.

Neun Uhr, das wird reichen, um noch einen Kurzbesuch in Dijon zu machen, aber am Abend, da will ich dann mit Doktor Dubois zum Essen gehen. Der Verkehr ist erträglich, so dass ich zügig vorankomme.

Dann stehe ich vor dem Tor der Finca. Über mein Handy rufe ich an. Mal sehen, wer das Tor öffnet. Früher hat mich hier immer der kleine Wolfi begrüßt. Er war immer so ein fröhlicher Bursche. Er wird mir abgehen, da bin ich mir sicher. Aber vielleicht ist ja mal ein Jungwolf beim nächsten Wurf für mich dabei.

Mit dem Fahrrad kommt Fatima. Wie groß sie doch geworden ist. Sie ist auf dem besten Weg, ein junges Fräulein zu werden.

Sie nennt mich Onkel Michel, dass tut mir besonders gut. Sie bekommt auch ein besonders großes Bussi.

Da folgt auch schon ihr Papa, »Nun haben wir Sie aber schon lange nicht mehr gesehen.«

»Das ist richtig, ich habe ja auch eine Auszeit genommen.«

»Meine Frau hat für uns einen Tisch gerichtet. Aber zuerst müssen Sie einen Blick in die Gewürzhäuser werfen. Die sind nämlich neu aufgebaut. Gleich daneben haben wir die Gewächshäuser.« Alles ist super aufeinander abgestimmt. Ich staune nicht schlecht, was sich hier so geändert hat. Alles ist unheimlich gepflegt und ordentlich. Die Wege sind eingesäumt und mit kleinen Sträuchern bewachsen.

»Vier neue Pferde haben wir auch. Nur die Wölfe, die haben dieses Jahr keine Jungen geworfen.«

»Schade, der kleine Wolfi ist leider bei einem Unfall umgekommen.«

So erhalte ich gleich eine Standpauke, dass man einen jungen Wolf nicht auf so eine Reise mitnimmt. Dafür hätte er doch sein Gehege.

Das war klar und deutlich, und wo er recht hat, hat er recht. Ich sage lieber nichts, muss aber einsehen, dass ein Dackel sicher besser für eine Reise geeignet ist.

Die Gewürzmischungen sind genau von Vincent angeordnet und werden auch von ihm ständig überprüft.

So setzen wir uns noch auf eine halbe Stunde in der Küche zusammen und ich bekomme einen leckeren Kuchen serviert. Der Kaffee ist auf jeden Fall etwas zu stark, mein Herz fängt an zu rasen. Da brauch ich vielleicht doch besser noch einen halben Liter Wasser!

Ich bin wieder auf der Autobahn, bereits Richtung Paris. Ich trete meinen alten Wagen etwas, was er gar nicht so gerne hat. Die Wassertemperatur geht in die Höhe. »Ist ja schon gut, ich werde gesitteter fahren.« Langsam sinkt das Thermometer wieder auf den Normalstand.

Paris umfahre ich weitläufig, so dass ich dem berühmten Stress aus dem Wege gehe. Die Uhr zeigt drei, ich liege ziemlich gut in der Zeit. Wenn es so weitergeht, schaffe ich es bis sechs Uhr locker.

Zwischendurch mal tanken und nach dem Wasser sehen, das war es schon. Auf eine Brotzeit verzichte ich, da ich schon weiß, dass Doktor Dubois sicher ein feines Lokal ausgesucht hat.

Zwölf Kilometer noch bis Brest, mein Nacken wird steif und meine Glieder fühlen sich wie eingeschlafen an. Zeit, für ein bisschen Strecken und Dehnen. Dann aber fahre ich direkt auf das Rondell zu, dass mir ja noch sehr vertraut ist. Die Platanen bewegen sich im leichten Wind, als würden sie mich begrüßen.

Noch einparken, es ist geschafft. Doktor Dubois sieht bereits aus dem Fenster, gibt mir ein Zeichen, das er mich entdeckt hat. Die Türe zu seiner Praxis steht bereits offen. Eine Dame im weißen Kittel huscht vorbei. Hatte sie nicht rote Haare? Sicher hab ich mich getäuscht.

»Hi, Doktor Dubois, lassen Sie sich umarmen.«

Er bittet mich in sein Arbeitszimmer, welches aber nicht das Behandlungszimmer ist. Das ist gleich nebenan. Ich kann hören, dass dort gerade ein Patient versorgt wird. Eine Frauenstimme kann ich vernehmen. Woher kenne ich den Tonfall, diese Art zu sprechen?

Doktor Dubois will zuerst mal hören, was mit Rebecca passiert ist. Ich schildere ausführlich, wie es sich abgespielt hat. Zumindest dass, was man mir erzählt hat.

Er hört aufmerksam zu. »Sie müssen wissen, es hat mir nie gefallen, dass Rebecca sich für den Algerier entschieden hat. Ich war damals sogar auf der Hochzeit. Rebeccas Eltern sind sehr früh bei einem Unfall verstorben, deshalb hab ich mich für die beiden Mädchen eingesetzt. Rebecca hat einen Narren an ihrem Mann gefressen, aber eines Tages kam der Bruder nach und sie eröffneten ein Lokal. Schnell wurden sie mit ihrer Küche bekannt. Ein Michelin-Stern folgte, aber dann wandelte sich alles. Rebecca verliebte sich in den Bruder ihres Mannes. Oft saß sie hier und erzählte von den Querelen. Ja, und dann passierte das Fürchterliche. Dieser Brand und dann der Schwur, dass er sie verfolgen würde bis an ihr Lebensende.«

»Wir hatten eine wunderschöne Zeit, ich möchte sie nie missen. Rebecca wird in Gedanken immer bei mir sein. Da dürfen Sie sicher sein.«

Dann fliegt die Türe auf und herein kommt eine junge Dame. »Darf ich vorstellen, dass ist Rebeccas Schwester, Franziska!«

»Wow, die Ähnlichkeit ist ja nicht von der Hand zu weisen.«

»Ich bin aber zwei Jahre jünger.«

»Wie schön.«

Weiter fällt mir nichts ein. Ich bin beeindruckt und völlig aus der Fassung. Die gleichen Haare, eine ähnliche Größe, aber von der Statur feiner.

»Es macht Ihnen doch nichts aus, wenn uns Franziska zum Essen begleitet?«

»Nein, natürlich nicht. Im Gegenteil ...«

»Wenn Sie sich noch frisch machen wollen, dann gehen Sie am besten in unser Badezimmer. Für die Nacht habe ich Ihnen das Gästezimmer gerichtet. Also können Sie trinken so viel sie wollen.«

»Das hört sich ja so an, als würde ich gerne mal einen zu viel trinken.«

»Ist das da draußen Ihr hässliches Auto?«, möchte Franziska wissen.

»Wenn Sie den hühnerkackegrünen Peugeot meinen?«

»Ein süßer Name, passt perfekt.«

Wir gehen zusammen über die Straße, direkt auf ein Restaurant zu. Doktor Dubois wird begrüßt, als sei er hier ständiger Gast.

»Sie müssen wissen, dass ist mein zweites Wohnzimmer.«

Ein runder Tisch in einer abgelegenen Ecke ist für ihn reserviert. »Wie immer, wir haben schon mal zwei Flaschen von ihrem Roten hingestellt.«

Die Stühle sind genau abgezählt. Drei Stück, so weiß ich, dass das Essen gut vorausgeplant ist.

Wir stoßen mit einem Champagner an. »Seien Sie willkommen in Brest!«

»Danke und vielen Dank für die Einladung.«

Franziska beobachtet mich von der Seite und als sie merkt, dass ich ihren Blick aufnehme, lächelt sie beinah verlegen. Ihre Grübchen in den Mundwinkeln gefallen mir besonders. Dann ergreift sie die Situation und will über meine Ausbildung Genaueres wissen. Ich erzähle, dass ich hauptsächlich in Paris und anschließend in Lyon war.

»Warum haben Sie eine Auszeit gebraucht?«

»Das ist eine lange Geschichte. Sie müssen wissen, dass ich anstrengende Hobbys habe. Da gibt es ein Trailer-Camp, dann gibt es da noch eine Finca und vieles mehr. Ich will so aber nicht weiter machen.«

»Sie suchen nicht zufällig einen Platz in einer Praxis?«, fragt Doktor Dubois.

»Praxis? Kann man sich von einem Klinikum in eine Praxis flüchten?«, will ich wissen.

»Ich kann mir vorstellen, dass es einige Zeit braucht, aber persönlicher ist es allemal.«

Franziska sieht mich mit einem fragenden Blick an. »Ich glaube, Sie sind ein typischer Klinikarzt.«

Natürlich weiß ich, dass sie mich provozieren will. »Wie könnte denn so eine Zusammenarbeit aussehen?«, frage ich.

»In zwei Jahren gehe ich in Rente.«, meint Doktor Dubois. Meine Assistentin übernimmt von Monat zu Monat mehr Patienten.

»Sind Sie denn als Schwester ausgebildet?«

»Ich bin Ärztin, mit allen Diplomen!«, kommt es ziemlich ruppig.

»Entschuldigung, ich hatte ja keine Ahnung, dass es sie gibt. Ihre Schwester hat sie nie erwähnt.«

»Wir hatten ein gespaltenes Verhältnis.«

»Ach so, das tut mir leid.«

Im Laufe des Abends erfahre ich, wie schön die Bretagne ist. Was es hier an Freizeitaktivitäten gibt. »Segeln, haben Sie eine Ahnung davon? Es ist meine Leidenschaft!« Franziska ist jetzt ganz aufgeweckt.

Wir merken gar nicht wie die Zeit vergeht. Erst als die letzten Gäste den Raum verlassen haben, sehe ich auf die Uhr. An Doktor Dubois gewendet, frage ich, »Was halten Sie davon, wenn wir das Geschäftliche morgen mal in aller Ruhe besprechen?«

»Viel, aber ich muss Ihnen sagen, Franziska gehört als Partnerin dazu. Wenn Franziska nein sagt, wird das nichts mit uns beiden.«

»Sagt Sie denn nein?« Ich sehe Franziska tief in die Augen. »Was sagt denn Ihr Mann dazu?«

»Meinen Sie, weil ich einen Ring trage, dass ich verheiratet bin?«

»Ja, wenn ich ehrlich bin …«

»Nein, dass ist der Ring meines Vater.«

Die halbe Nacht liege ich wach und denke über das Angebot nach. Mal denke ich »ja«, mal »nein«. Wichtig ist, dass ich mich nach Franziska orientiere. Auf der anderen Seite, denke ich, dass vielleicht mit dem Klinikstress mal Schluss sein sollte. Da gäbe es ja auch noch den Vertrieb mit den Gewürzen, dann die Finca als solches, auch da würde ich mich sicher wohl fühlen. Vielleicht das Camp noch weiter auf Vordermann bringen. Ein richtiges Künstlerdorf daraus machen?

Im Gang höre ich die Schuhe von Franziska. Sie ist wohl die erste, die zum Dienst erscheint. So schleiche ich mich in das Gästebad und ziehe mich an. In der kleinen Küche ist bereits der Tisch gerichtet. Franziska fragt, ob lieber Tee oder Kaffee?

Sie hat frische Croissants und ein knackiges Baguette mitgebracht. Ich beobachte sie und sie spürt es. »Bin ich die Entscheidung?«, fragt sie.

»Für mich stellt sich die Frage, ob wir miteinander auskommen. Sie sind ihrer Schwester sehr ähnlich. Ich war in sie verliebt. So frage ich mich, wird das gut gehen?«

Franziska erzählt, dass sie sich immer eine Praxis mit einem Mann gewünscht hat. Aber sie hat dabei nicht an ihren Onkel gedacht. Eine richtige Landpraxis, so wie es früher war. Aber mit modernen Geräten. Vielleicht mit einer Abteilung für Chirurgische Schönheits-OP´s.

Die Idee finde ich ganz gut. Da gäbe es dann auch mal etwas Freizeit. Wir diskutieren bereits über die Zukunft und merken gar nicht, wie uns Doktor Dubois zuhört.

»Das hört sich ja schon recht gut an.«, meint er.

Ich schildere ihm die letzte Nacht. »Ich bin völlig unentschlossen. Aber wir müssen ja auch noch über das Finanzielle reden. Verschenken werden Sie die Praxis sicher nicht.«

»Lassen Sie uns den Kaffee in meinem Büro weiter trinken, dabei werden wir mal die Rechenmaschine zu Rate ziehen.«

Franziska hat schon ihren ersten Klienten. Es sind die normalen Wehwehchen, was halt auf dem Lande so anfällt.

Kaum im Büro von Doktor Dubois, legt er mir ein Blatt Papier vor. »Hier steht alles drauf, was so anfällt.«

Ich sehe natürlich gleich zur Summe, die unterm Strich steht. Nur selten verschlägt es mir die Sprache, aber diesmal ringe ich nach Luft.

»Wenn ich jetzt noch die Renovierung und meine neuen Geräte dazu rechne, dann liegt das ja locker über einer Million.«

»Das kann schon sein. Aber Sie müssen bedenken, dass ja das Gebäude dabei ist.«

»Aber was ist dann mit dem Anteil von Franziska?«

»Franziska erhält lebenslängliches Wohnrecht. Ich habe den Eindruck, dass Ihnen die Summe zu viel ist. Wir können das auch in eine Rente umlegen, da bin ich sehr beweglich.«

»Herr Doktor Dubois, ich muss es mir genau überlegen, dass will ich in den nächsten Tagen machen. Geben Sie mir einfach vier Tage Bedenkzeit.«

»Das ist doch selbstverständlich.«

Eigentlich wollte ich mich noch von Franziska verabschieden, aber sie hat einen Klienten auf der Liege. So winken wir uns nur zu und ich meine noch. »Also bis bald, wir sehen uns.«

Ich bin bereits auf der Autobahn nach Paris, meine Gedanken kreisen um die Praxis und um den Ort, und wie weit doch alles abgelegen ist. Die Bretagne mag ja sehr schön sein, aber in Lyon habe ich meine Freunde. Dann kommt noch die Überlegung hinzu, wie ich mit Franziska auskommen werde. Sie ist seit acht Jahren in der Praxis. Da bin ich doch nur das zweite Rad am Wagen. Wird das klappen?

Ganz spontan entscheide ich mich, noch einige Tage in Paris zu bleiben. Ich fahre in mein kleines Hotel, das gleich neben den bekannten Modehäusern liegt. Mitten im Zentrum. Nur einen Parkplatz, da werde ich ewig kreisen. Aber es zieht mich förmlich in die Großstadt. Am Abend mache ich einen ausgedehnten Spaziergang, und bleibe in einem kleinen Bistro hängen. Ich beobachte die Menschen um mich herum und genieße Paris bei Nacht.

Nach einem ausgedehnten Frühstück, das ich in einem kleinen Café an der nächsten Ecke einnehme, entschließe ich mich, zu Hermes zu gehen. Warum ich gerade hierher gehe, ich weiß es nicht. Als ich den Luxustempel verlasse, habe ich einige Hemden erstanden. Den restlichen Tag verbringe ich damit, dass ich mich einer Gruppe anschließe, die Paris zu Fuß macht.

Paris, vielleicht sollte ich mich hier niederlassen. Als Student hab ich mich hier sauwohl gefühlt. In einer kleinen Pension hatte ich gewohnt. Eigentlich mehr eine Privatwohnung, es gab nur zwei Bäder, was oft zu großem Gedränge führte. Aber es war eine Zeit, die ich niemals vergessen werde.

Je näher ich Dijon komme, desto mehr vergesse ich Brest. Dann stehe ich vor dem Tor meiner Finca. Ja, es ist meine Finca, mit allen Vor- und Nachteilen. Mit der ganzen Verantwortung für so ein Landgut. Warum eigentlich nicht hier eine Praxis hinzufügen?

Diese Idee fasziniert mich von Minute zu Minute mehr. Eine kleine Schönheitspraxis. Hier muss ich nichts erwerben, niemanden fragen. Einen Kollegen finde ich hier immer.

Ich verziehe mich in mein kleines Zimmer, welches ich mir eingerichtet habe und beginne mit Entwürfen für einen Praxisanbau. Dann klopft es heftig an meine Türe. »Du bist ja da? Seit wann?« Sophie kommt direkt vom Labor und hat gerade die neue Lieferung inspiziert.

»Das tut mir gut, dass ich gerade dich hier treffe. Ich glaube, ich hätte beinahe einen großen Fehler gemacht.«

»Was meinst du denn?«

»Gestern war ich dicht davor, mich in eine Praxis in Brest einzukaufen. Aber ich verlangte eine Bedenkzeit.«

»Du wirst doch nicht nach Brest gehen. Wir brauchen dich hier.«

Unser Gespräch zieht sich bis spät in die Nacht. Sophie strahlt mich an und vertieft sich in meine Ideen mit der Praxis. »Das wäre prima, dann würde ich mir hier auch eine Wohnung kaufen und dann könnten wir …

Wo ist eigentlich dein Wohnmobil?«

»Das steht in der Nähe von Toulon, mit einem fantastischen Blick über die Côte d'Azur.«

Sophie blieb und wir strickten an der Idee, vielleicht zusammenzuziehen. Es war wie in den Tagen, als wir uns kennen lernten im Trailer-Camp.

»Sophie, möchtest du meine Muse werden?«

»Wenn du mich immer noch willst …«